我不探索

盛和煜 著

CNS PUBLISHING & MEDIA 中南出版传媒
湖南文艺出版社 HUNAN LITERATURE AND ART PUBLISHING HOUSE ·长沙

图书在版编目（CIP）数据

我不探索 / 盛和煜著 . -- 长沙 : 湖南文艺出版社，2024.9. --ISBN 978-7-5726-1909-0

Ⅰ. I267

中国国家版本馆 CIP 数据核字第 2024N4C860 号

我不探索

WO BU TANSUO

作　　者：盛和煜
出 版 人：陈新文
责任编辑：谢朗宁
责任校对：艾　宁
封面设计：文俊 | 1204 设计工作室（北京）
内文排版：北京行健开元文化公司

出　　版：湖南文艺出版社
（长沙市雨花区东二环一段 508 号　邮编：410014）
网　　址：www.hnwy.net
印　　刷：长沙超峰印刷有限公司
经　　销：新华书店
开　　本：710 mm × 1000 mm　1/16
字　　数：200 千字
印　　张：17.75
版　　次：2024 年 9 月第 1 版
印　　次：2024 年 9 月第 1 次印刷
书　　号：ISBN 978-7-5726-1909-0
定　　价：59.80 元

序

岁月不败紫金冠

龚曙光

盛和煜是一位公认的编剧皇帝。惺惺相惜的朋友刘文武如是说。心心相印的拍档张曼君如是说。

勾栏瓦肆一例如是说……

早年听说盛和煜，是在一众花貌月容、功夫了得的花旦口中。有唱湘剧的，有唱花鼓的，有的甚至是歌舞演员，她们相聚在一起，讨论的不是如何觅个如意郎君，而是如何演个盛和煜编写的戏剧。平常我不怎么看戏，硬被拉进剧场，看的也是花旦扮相靓不靓，武生功夫好不好，永远也不会在意躲在幕后的剧作家。她们众口一词说老盛，既让人不解，更令人嫉妒。后来想到评剧皇后新凤霞，她的老公吴祖光就是一位剧作家，慢慢也就明白了：在梨园行里，编剧才是举足轻重的狠角色！所以关汉卿才拥有了领袖、师首、班头一堆名头。文人混迹勾栏瓦肆，不仅阅尽风月，且享无上尊荣，这职业，倒还真让我心生羡慕。因而对盛兄，未曾谋面，我便颇有几分妒意。

见到盛和煜本尊，是 21 世纪初。那时我举旗办《潇湘晨报》不久，他也刚刚从湘剧院调入广电。广电的门槛一直高，但他却是被许了房子、位子挖过去的，故有点掩饰不住的志得意满。约他相见的是刘文武，也是位风头无两的主。说是要请盛兄加盟电视剧《走向共和》，担任总编剧。央视一套刚刚播完刘文武出品的《雍正王朝》，真正一剧封神，如日中天。他想趁热打铁，继续与长沙广电合作，弄一部振聋发聩，对时代具有启蒙意义的史诗级作品。时任长沙市委宣传部部长的郑佳明，早年在北大学的就是历史，大家不约而同看中了鸦片战争前后这一风云激荡的时代。还真是时代一有野性，艺术便有野心。我和刘文武是吉首大学的同事，属无话不说、意气相投的兄弟。起初动议弄《雍正王朝》，我就是最早参与策划的人。接着策划《走向共和》，便顺理成章参与其中。

盛兄一脸春风走进来，见面便是一串“啊呀啊呀”，说你们两位在这里，怎么得了呵！接着便打了一个拱手。动作略为夸张，看得出他既要施礼，又想让人觉得是个玩笑，不跌自己身份。刘文武说了请他加盟《走向共和》的想法。盛兄说只要你们看得起，合作没一点问题。东西出来要得要不得，你们去评判把关。他的话，每一句都谦逊得体，但你能感觉他心中的底气。他的倨傲，不在话语里，却在眉宇间，话到关键处，他会双眉一敛，嘴角一抿，有一种凛然不容置疑和冒犯的威严。只是一说戏，他便褪去了所有的谦虚和矜持，说之唱之，舞之蹈之，一身头带紫金冠身披黄金甲的少年帅气。

《走向共和》果然大火，火得引起了社会各界的关注和争议。央视播出时，做了一些删节，而且加快了播出的节奏，但在全社会引发的思考和争论，却持久而深远。以至于时至今日，仍有不少人在网上观看其未删节版。一部电视剧，能引领国人对近代历史选择再思考，在国内，应绝无仅有，作为主要编剧，盛和煜的思想承载力和表现力，得到了充分施展，由此拥有了思想性剧作家的名头。

我和盛兄虽为常德同乡，但都不爱在老乡圈子混，故酒馆茶室、勾栏瓦肆中很难碰面。每年见上一两面，都是在剧本的讨论或评审会上。那些本子，要么是他主抓的，要么是他领着弟子写的，每次都是我评他审他。他总是一脸微笑，话语谦逊得挨在地上，以此博得最少的批评和修改意见，所以江湖上称他“过审专家”。当然，“夜路走多了，总有遇到鬼的时候”，他也偶尔会讲狠摆谱。有一回，一位相当级别的领导评他的本子，一条一条，振振有词，越说越来劲，越说越离谱，俨然是一位横空出世的大编剧。我看着盛兄脸上的微笑慢慢冷冻，最后冻成了一坨冰。不等到那位眉飞色舞的领导说完，他便丢出冷冰冰的一句话：那你来搞哈！整个会场，顿时也冻成了一个冰窖。我参加这种会，也会提些意见。但凡觉得需要修改的地方，我都给一个方案，不会让人觉得站着说话不腰疼。因此盛兄逢人便说：曙光水平高！其实多数人提意见，只是为了显示水平，他听不听、改不改，并没人盯着问。会议无论开得多有火药味，本子基本都能过。若是他真一撒手，谁能捡得起？再说，这些项目，大多是管理部门命题作文，盛兄是他们礼贤下士邀请出山的，目的就是要去拿大奖。他真撂了挑子，没人能顶上来。因为盛兄所写的戏剧，得过十一个“五个一工程”奖，七个“文华奖”，举目望去，无有比肩者。

在戏剧界，得奖是一个剧作家的硬实力。但盛兄真正的过人处，不在拿了多少奖，而在他多数的获奖剧目，都可看可听可玩味。他能在那些刚硬的政治主题下，填充自己的真性情、真思想、真趣味。无论正面还是反面人物，他都要将其写得像个人，而不是没有七情六欲的神，或者十恶不赦的鬼。比如《走向共和》中，孙中山和李鸿章，无论历史教科书如何将他们风干为一具政治标本，在他的笔下，总能还魂复活为血肉丰满的艺术形象。元代将一大批读书人扔进了勾栏瓦肆，他们纵情声色，吟风弄月，然而只要一提笔，便能在公案、婚姻、仙道和历史题材的外壳中，填塞自己的忧虑、怨怼，甚至愤懑，在舞台上颠覆三教九流的社会阶层，在勾栏瓦肆中再造一个或优美或悲怆的人性世界。对元明杂剧的这种传统，盛兄可谓心仪甚笃，得道甚深。关汉卿所自诩的那颗铜豌豆，其实一直供奉在盛兄心里。

冯小刚邀请老盛写《夜宴》，神差鬼使被我撞上了。那晚，我在通程大酒店食街吃夜宵，突然涌进一群人，其中便有盛兄和冯导。红男绿女围着盛兄忙这忙那，我估计冯导是要给他大活儿了。拼桌过去，听他们一聊才知道，原来是想用中国五代的历史背景，翻拍一个莎士比亚的故事。我觉得，盛兄弄这种华丽而诡异、血腥而又无关痛痒的剧会来劲，但并不合适，因为他擅长的那些历史思考，可能根本装不进去。后来所谓的“台词门”，也证明了冯小刚、葛优的纯娱乐风格，与盛兄的台词路数，无论怎么相互迁就，总有违和感。

盛兄时常跟人说，我曾有恩于他，其实是桩小事。那时我还在《潇湘晨报》，他打电话给我，说儿子毕业了窝在家里，怕时间一长，窝出毛病来，你能不能帮忙留意一下看有没有合适的工作？话说得轻描淡写，心思却听得出沉重。等我一口应承下来，他才告诉我，打不打这个电话，他纠结了三天。如今社会的风气，是苟富贵，必相忘！你如今搞了这么大的事，我把不准你给不给这个面子！他说是怕伤面子，其实是怕伤了他那颗骄傲的心。无论年龄多大，那都是一颗包着紫金黄金仍害怕伤害的少年王子心。

我俩再次聚首做事，是最近半年多。我的两个学生，许洁和龙博，拟投一场文旅演出，签下了铜官窑古镇的大剧场，想邀我出任总策划。我从未介入过文旅演艺，八十岁学吹箫，害怕落下江湖笑柄。加上我还欠着出版社的签约稿，便一口回绝了。他们让我想想谁能干这活儿，我便推荐了盛兄和罗宏。罗宏也曾当过他俩的老师，他们可以自己邀请。盛兄则只好我出面代邀。电话打过去，他一口答应，只是说你搞我才搞。罗宏的回答，竟如出一辙。本想推给他俩一走了之，没想到，反倒被他们绑架了。我知道盛兄虽退休多年，手上的活依旧忙不过来，平日访客如云，且时常被各地的剧团拉着东奔西跑。他去年才和老搭档张曼君合作，在江西弄了个新剧《一个人的长征》，又捧了一个文华大奖回来。说巧也真巧，这个剧改编自小说《骡子与金子》，其作者就是罗宏。在这个意义上，他们的合作也算梅开二度。

我和罗宏异想天开，想将湖湘的万年历史，用一场演出来表现，我取名《天宠湖南》，他取名《湖南史记》。其实我是想以这个完全外行的策划，逼盛兄出手，让他拿出个既靠谱又出彩的方案。令人意外的是，他竟举手赞同，说本来戏无定法，我们几个老同志搞个东西，难道还要照别人的葫芦画瓢？那不就真的老了？我最看不起的就是倚老卖老！写戏没有少年心，笔都不要动！他还说省里曾经请他写过一部剧，就是从湖南历史上选四个人，一人一折戏，串烧在一起。后来资金没到位，本子还在抽屉里。他讲了其中一场戏，陈天华在日本跳了海，黄兴、蔡锷、宋教仁等一干志士跑来看他妈，每人上场一声娘……没等盛兄激情澎湃地讲完，杨吉红已泪流满面，其他人也哽咽唏嘘，不约而同确定了这个主题。

晚饭后，我还想聊聊策划案，盛兄却两手一挥，还聊什么啰，打麻将，打麻将！我的原则是：有麻将打不洗脚，有脚洗不写剧本，写戏永远排第三。时近午夜，我担心他要休息，说再打四把散场，他却高声大喊：这有么子味啰！过了十二点，我才进入状态，前面都是热身。我打麻将，都是要到天亮的。我们面面相觑，只好舍命陪君子。没想到越近天亮，他的精神越好，打到早晨八点钟，他才极不情愿地同意散场。其后聚在一起，只要他喊打牌，大家心里便犯怵！一场通宵达旦的麻将打下来，真只有他脸不改色嗓不变声，仿佛酣睡了一晚，刚刚才从床上爬起来。

留给盛兄剧本创作的时间，满打满算只有一个月，这对于一个习惯了戏曲和影视剧写作，并未担纲过大型文艺演出剧本的人来说，无疑挑战巨大。更让人放心不下的是，没两天他便阳了。电话里声音嘶哑，说话有气无力。即便如此他依然让我放心，说撑过两天就没事了。毕竟他已年逾古稀，自我感觉再好，依然令我忧心忡忡。还真是只烧了两天，他便撑过来了。在电话那头，似乎已满血复活。盛兄如期拿出了本子，嘴里说拿个靶子供大家批判，但感觉上信心满满。果然是我们想要的样子，一大堆历史人物和事件，被他妥帖地演绎在七幕戏中，贯穿的历史跨度，正好一万年。剧中有不少神来之笔，比如表现明朝初年大移民的长沙弹词，表现湘军将帅分工天下的话剧，还有禾场坪上的那场“认娘”戏。老盛似乎知道，我对本子较真，绝不会一次过关，所以让大家无所顾忌提意见。其实他不仅有专业自信，而且有专业自尊，如果要动他认为的得意之笔，便会站起来据理力争，争完了若是还要动，他便跑到一块大白板前，龙飞凤舞写下一行字：妈妈鳖！老子这么好的一场戏，你们都不用！写完将笔一扔，气鼓鼓地坐在一边，点上一支烟狠劲抽，像极了一个不肯服输的少年郎。我甚至干脆动笔，改了好些旁白和台词，也不管是不是班门弄斧。尽管这样，盛兄也绝不倚老卖老，以名头压人，改过后他若觉得合适，便会用那改不掉的常德话说：要得！真的要得！

其实，盛兄应邀编剧，纯粹只是为了回报我当年的帮助。这事闷在他心里，始终没放下。他似乎一直在等待一个机会，能让他将这笔人情账还了。他对这个地方史诗剧的策划，心中没有底，直到他看过首演，才长长舒了一口气，悬着的心，总算落了地。这回他不仅还了我的人情，还进入了一个新领域，玩了一把真正的综合性艺术。

盛兄叫我去他家，说是要玩牌。一进门，他却递给我一本厚厚的文稿，取名《我不探索》，封面上还正经八百写了“曙光雅正”四个字。我说书还没出版，签什么字？他说你不是答应为我作序吗？态度当然要恭敬一点。我似乎是答应过要为他写篇文章，只是没在意是序还是跋。我接过文稿，挤挤眼睛调侃他：你刚刚还清了我的人情账，立马又欠新的，什么时候还得清呢？莫不成，我一辈子都当你的债主？他哈哈一笑：欠就欠！欠小不欠老！欠你这小鳖的有时间还，我们两只鳖来日方长！

回家翻开《我不探索》，其中内容颇混杂，有创作谈、采访录、讲课稿，甚至还有人物小记。林林总总，但都指向戏曲影视的编剧艺术。我发现他谈艺术，还真不故弄玄虚、摆谱拿调，说到谋篇布局、台词技巧，都是巴粘的干货。若是梨园行中人，静下心来读读，真会有些裨益。

我很好奇，盛兄怎么用了这么个书名？怎么故作惊人之语？“我不探索”也不可能是他的艺术宣言。原来这是关于湘剧《山鬼》的一篇辩词。《山鬼》问世，本以为会是满堂彩，却不料惹来不少非议。最令他义愤填膺而又啼笑皆非的是，赞誉者与贬斥者的理由竟是同一个：这是一个“探索剧目”。他觉得是被人灌了一口苍蝇，恶心得大唾一口：我不探索！1988年，那时他还年轻，在一个全国性的探索戏剧研讨会上，他不管不顾，打了主办方和所有与会人的脸，如同一个头戴紫金冠的任性王子，一路拳脚，踢得舞台上人仰马翻。我将文集一路翻下去，以为其做人成色会与岁俱老，没想到时至今日，依然是使气任性一少年。他丝毫不愿掩其才华，也不委屈其个性，纵使有时难免向资本和权力做些妥协，但仍然会据理力争，傲气凛然。于是我发现，盛兄所有的谦逊恭敬，都只是遮盖骄傲的一层薄纱，不用揭去，照样能感受他英雄少年的坦荡与傲气。

有时我想，勾栏瓦肆之于中国文人，真是一个神奇所在！梨园子弟之于艺术江湖，真是一帮传奇人物……

2023年8月1日

于抱朴庐息壤斋

目 录

辑一 我不探索 / 1

我不探索 / 2

悲悯的情怀——黄梅戏《我的离骚》创作谈 / 12

从《夜宴》台词说起 / 15

我写《走向共和》 / 30

金刚怒目　菩萨低眉——《山鬼》画外音 / 35

轻歌剧形式浅探——《现在的年轻人哪……》创作札记 / 41

我想写的作品 / 50

美丽的《孟姜女》 / 55

写作的价值 / 57

我一点也不快活 / 66

仙品 · 鬼才 · 大活人——《土地庙的来历》读后 / 69

寻找“好猫” / 75

《荀子》的意义 / 77

我写《马桑树》 / 82

《广州十三行》引言 / 84

辑二 逆流而上 / 85
蓬勃的开国气象——《香山叶正红》访谈录 / 86
我们几乎没有话语权 / 93
谈《红楼梦断》 / 103
中国当代剧作家创作心态 / 108
作品的个例与剧作家的个性 / 111
八级台阶——我的创作与登攀 / 123
一个戏曲剧本的诞生——《小乔初嫁》创作谈 / 150
补缀那一块坍塌的文化天空 / 174

辑三 戏里戏外 / 191
温馨的记忆 / 192
喜欢自嘲 / 197
戏剧之梦 / 200
七中，校园里的春天 / 210
曹禺先生和《山鬼》 / 218
如果我是《剧本》主编 / 223

有点感伤 / 226
两种艺术 / 229
改编《曾国藩》 / 231

辑四 旧雨新知 / 233
巴陵曹哥 / 234
半仙吴傲君 / 237
好人甘征文 / 240
石头城上凤凰鸣——罗周其人其文 / 243
先生之风　山高水长 / 248
纸醉金迷多忧愁 / 253
春风大雅　小崔文章 / 256
相看两不厌 / 259

跋 / 266

辑　一

我不探索

我写东西，根本没有打算告诉内行诸君什么门道。我自个是一脑壳糨糊，以己昏昏，岂能使人昭昭？我只是将归真返璞的感悟用于了创作，力图使作品朴素、原始、本质。如屈原问申巫为什么要吃好人，申巫回答：“好人好吃些吵！就像吃鸡蛋，你喜欢吃好蛋还是吃坏蛋？”这实在是用最明白不过的语言，说明最简单不过的事情。

我不探索 *

我认定，《山鬼》自出娘胎便生活在水深火热之中，很大程度上是一些好心的人将它捧为“探索剧目”所致。

这也难怪，因为我们许多的所谓“探索剧目”，并没有体现出新的精神价值，而只是捞个舶来品就照葫芦画瓢，或者顶多给这瓢安上一个塑料把手什么的。丧失了自身的创作能力，就只能靠玩形式而媚俗了，于是声光电迪斯科，意识流宇宙流如黄河决口，让人一听到“探索”二字就心里发怵。其次，便是我们国家这个特定的，包括多种层次在内的观众群体，有着大一统文化的思维模式。这种思维模式是不那么喜欢，不那么习惯，不那么能够容忍哪怕稍微有点儿别的想法的东西的。所以，我犯不上睁着眼睛往火坑里跳。我不探索。

还有，就是我觉得，要创作出真正意义上的探索剧目，需要作者本身具备很好的心理素质和人格力量，我不行。在创作《山鬼》时，我什么都想到了，就是没有想到“我正在探索啊！”。虽然写文章总免不了来点言不由衷的玩意儿，但把完全没有的事硬说得有鼻子有眼，那晚上是睡不着觉的。

---

* 此文为作者在全国探索性戏曲研讨会上的发言。

为什么想到弄《山鬼》这个东西，我曾经在各种场合极诚恳地胡说八道许多遍了。现在仍然难以说清诱发我创作冲动的最初契机是什么。在动笔写《山鬼》前，我正经历着我创作生涯中最严重的一次危机，那就是歌剧《想穿牛仔裤的老知青》在全省歌、话剧调演中的惨败。当时我内心的痛苦真是不可言喻。我对自己的创作道路、艺术品位乃至身心性情都进行了全面的反省。在一篇文章中，我说这次惨败“使我走过了平常十年也难走过的心理历程”，这话并非故作深沉；在另一篇文章里我又咬着牙发狠说：“我非要写出个好戏来不可！”于是，便去做《山鬼》。大丈夫一言九鼎，此所谓也。

提笔伊始，我胸中还有一股愤愤之气，冲撞激荡，写着写着便趋于平静，继而神清气朗，待剧本脱稿，我亦如凤凰涅槃。

总的来说，我写得很潇洒，去尽浮躁；很自觉，时有所悟。我常想起在湘西大山插队时，有一次担着一担谷去山下的水碾房碾米。返回时天色已晚。我放下担子，准备歇口气再爬坡。四周黑黝黝的，山涧流水，竹篁摇曳，黄麂蹑足，秋虫振翅，一切生命的律动都隐藏在静谧的黑暗之中；而从幽幽山峰的顶端直至天穹，却不知从何处发出淡青色的神秘光亮。暗的山谷和亮的夜空界限是那样分明，融合得又是那样浑然一体。天地静止永恒的一瞬间，我深深感动了，沉浸在一种宗教的纯净空灵中，同时内心又感到从未有过的孤独，孤独是这样必需和美好。也许这只是我当时内心感情的一种外化，也许是岁月将我的记忆变形，抽象化了。后来这情景再呈现于我脑海时，就只有一幅说不清形状，明暗对比强烈，透出一派天真的图画。我不知道在我的潜意识里，是否将这图画构成了我剧本的背景。还记得有一年闹春荒时，我和乡亲们在山坡上插秧。秧苗翠嫩，清晨的太阳光鲜如润，可人们饿着肚子。突然，一个回乡中学生尖锐地拖长声音叫起来：“啊——饥饿笼罩着姜家湾，再也奈何不了呀，人死卵朝天！”满田的人于是大笑，我也笑得直不起腰来。这才叫穷开心哪！特别是“人死卵朝天”。一句顶一万句，比说什么都来劲。这句话给我的影响太大了，以至我写剧本时，特别是写到一些道德裁判、生死关头、庄严场面的时候，这句话就冒出来，就觉得所谓的是是非非，生死荣辱，包括我曾有过的不被理解的愤懑，都可笑极了，就忍不住也想来这么一下子。这种调侃自嘲，和玩世不恭有区别，而和庄禅宏大的宇宙观倒有某种相同之处。一个在“文革”中十六岁便陷入冤狱，十年后才平反的女孩子曾对我说：“我们面临着一个最大的哲学命题：人，到底是什么？”她这问题很大很玄乎很一本正经，当时我被唬住了。后来一想又简单极了。人是什么？由碳水化合物构成。至于那些从人的本义上引申的、附加的意义，如人的价值哪，人生的困惑哪，咱们就用不着费那么多脑筋去琢磨了。有的作品喜欢就哲学经济政治都发表意见，还生生地想挤对《人民日报》社论。其实呢，对我们这些编剧来说，甭说一言兴邦，一千言又咋的？换十来块钱的稿费，还得看编辑的兴趣。我是十分尊敬那些具有忧患意识的作家的，我是十分不愿意人家硬拧着我的脖子听他布道传经的。这年头，世界上，谁也不怕谁。把读者和观众惹烦了，戏剧便永远走不出低谷。

不过，这些考虑并不是我在《山鬼》中去刻意塑造另一个屈原的原因。三年前我就萌生了这样的想法，我要写一部关于屈原的作品。在这部作品中出现的屈原，将不同于郭老的、香港的、日本的和人们认识习惯中的屈原。这将是我自己创造的，而不是从什么地方什么人手里“批发”来的屈原。这个屈原可以是诗人哲人，而不可以是政治家思想家；这个屈原属于艺术，而不属于科学。我的这些想法，是在转换了思维方式和看问题的角度之后的新发现。

我从来就很仰慕屈原。他在我心目中的地位，是文化人的第一形象。他的晶莹高洁，他的耿介拔俗，很对中国知识分子的脾胃，也是我原来极想效法的。这些年，韩少功为发轫者，文学的“寻根”热晕乎了文坛；古老楚文化的魅力倾倒几多新潮男女。作为楚文化最杰出代表的屈原先生，自然又被这热潮推向光辉的顶点。我未能免俗，被这潮流裹挟着，又去拜读老先生的《九歌》《九章》《离骚》《天问》，又被老先生的文思弄得满脑壳五彩斑斓，又为他的怀才不遇叹息唏嘘，为他遭宵小谗害愤愤不已，为他的悲凉身世长歌当哭。如此者三，我忽然发现，自己不再感动，甚至不想再读下去，甚至有点儿（现在我仍须鼓足勇气才能说出这个字眼）厌倦。我吃惊了，为我自己居然会产生这种情绪困惑了，问自己为什么会产生这种情绪。有时我想，假设我是一个从来不知屈原为何人的人，骤然去读《离骚》，我将有何感想？我会发现，这个人的遭遇固然值得同情，这个人的牢骚也太多了点。时时以美人香草自比，时时抱怨不为社会所理解，时时觉得世界上的人都浑浊，就他一人清白。“放言无惮，为前人所不敢言”；“而反抗挑战，则终其篇未能见”，鲁迅先生对他的批评是对的。命运不公，你为什么不抗争？人们不理解你，你为什么不去争取理解？你的抱负不能施展，你为什么不想办法去施展？当然，“愤怒出诗人”，也仅仅是出诗人而已，我们为什么要把他捧为或委屈成思想家政治家呢？屈原的伟大意义在于，他创造并代表着楚文化中华文化最光辉的篇章。他的“路漫漫其修远兮，吾将上下而求索”的意志，成了我们民族精神品格的象征。但他在政治上并没有什么伟大的建树。当然，他有过他的政治主张和行动，可失败了，失败的原因总的来说是历史环境决定，再就是他个人性格弱点所致。这点，他比不上他同时代的张仪。他们俩在政治斗争中较量过，屈先生败了。在我们心目中，张仪是个坏家伙，这问题就来了。为什么好的斗不过坏的？屈夫子如此，晚唐昭宗时那些名士也是如此。他们以“清流”自喻，关心国事，抨击时弊。可闹到后来，却被他们称之为“浊流”的宦官统统抓起来，扔到黄河里去了。“以尔清流，投彼浊流。”再就是“文化大革命”中，老舍、赵树理们是绝对斗不过张春桥、姚文元之流的。“历史的经验值得注意”，现代中国人在赞美和学习屈原先生的正直忠诚仁厚求索精神的同时，不应当再去赞美和学习他的迂腐牢骚清高脱离实际了。目前，对《山鬼》中屈原形象的争议，我以为更多是感情使然，而不是客观分析的结果。有同志针对“难道历史上真实的屈原是这样子吗？”解释道：“这个屈原只是一个（哲学上的）符号，而不要看成真实的屈原。”这话是对的；说他是两千多年来中国传统文化、道德力量的化身，或是中国知识分子集体生存心理、悲剧心态的凝聚，也可以。许多看过《山鬼》的同志，包括一些高级知识分子对我说，他们从屈原身上看到了自己的影子。我对这个屈原调侃嘲弄，实际上是对我们自身弱点的调侃嘲弄。而且这之中包含着深切的痛惜。但如果硬要说我写的是历史上真实的屈原我也不讳言，保不准他老人家就是我笔下这个样子？而不是“一贯正确”地走到了汨罗江。

话虽这么说，就我艺术创作的本意而言，我只是希望《山鬼》中屈原的艺术形象成为一杯醇郁的好酒，凡现代中国知识分子都可拿来一浇心中块垒，可您如果连酒味儿都不闻一闻就将酒泼掉，那就太让人想不开了。

有很多人劝我：“不就一个名字吗？将屈原换成别的什么人得了。”中央戏剧学院一位学者为此分析道：艺术的核心问题，是人物形象问题。《山鬼》选择屈原是非政治、非历史的，纯粹是艺术上的原因，所以，不能用庸俗的社会学和庸俗的历史学来评价。从艺术上讲，选择屈原作为剧中道德力量的化身，有三个好处：一、屈原的智慧深沉，正直仁厚以及他的求索精神，是大家公认的，是中国历史上被肯定的一页。同样，道德也不是人类精神的小丑，发挥到淋漓尽致的道德，它本身也是智慧，是忠诚、正直的，在它的范围内充满着求索精神，如果我们换上一个人，比如朱熹就不行。朱熹是中国宋代的大理学家、大道德家。但他也是一个伪君子，平生做事有许多不道德之处，比如到福建当官上任的时候，搞了两个尼姑，藏在轿子里面，带到福建做了小老婆。《山鬼》这个戏，不是讲道德的虚伪，而是讲道德转化到了人性的对立面之后道德本身的悲剧。那么，用忠孝节义的关云长行不行呢？也不行。关云长太蠢，而道德是智慧的。所以，《山鬼》选择屈原这样一个杰出的人物来做道德的化身，这样才不至于歪曲道德本身。在这个戏中，屈原的文明程度是远远高于杜若子和部落其他人的，但是，因为道德走向了人性的对立面，人性的反面，脱离了人性，脱离了实践，因此就用进步的形式实现了倒退。二、以屈原作为道德的化身，具有悲剧所追求的某种最高境界。屈原并不知道，首先是他自己被自己的信仰所消灭，这样的悲剧，能引起人们更深入的思考。三、以屈原作为道德力量的化身，可以给整个戏带来一种很浓厚的楚文化背景。屈原的作品气势磅礴，想象奇特，有着天马行空般的韵律。他被作为一个人物借用到戏剧中来，他本身的气质，他的作品内所含的气质，都被带入这个戏中，天风海雨，扑面而来，使我们进入了楚文化这样一种特别瑰丽奇异，特别具有浪漫色彩的戏剧气氛中间。当然，这位学者的原话，比我在这里所引用的大意要详尽缜密得多。我是不可能作出这样的分析的。我只是模模糊糊感到，如果将屈原的名字换掉，那么我的冲动、我的灵感、我的艺术创造的快乐和悲伤，都将随先生而去了。

在动笔写《山鬼》前，我在日记里写下了五个字，“敢为天下先”。我只能悄悄写在日记里而不能说出来，说出来人家就会认为你狂妄，而狂妄对我们这些已不年轻可老先生还说你年轻的人来说并不是个美妙的字眼，甚至还可能引申出若干的歧义。但我的思想、我的创作指导方针，就这样确定了。我经常阅读一位成就卓著的科学家所写的一本关于组织工学的著作。我是这样喜爱这本薄薄的小册子，甚至将它视为《论语》。就是这本书，开宗明义提出：“先例是为打破而存在的。”“一项新方案，要等到 60% 的人赞成时再干，就为时已晚。”我觉得这些话太对了，太适合于文学艺术创造了。我们的作品不同于政治主张。一项政治主张拿出来，应该得到大多数人的赞成和拥护。而如果一个文艺作品拿出来，所有的人都觉得符合自己的口味，那这个作品就太乏味了。我写屈原是基于这个前提，在我为《山鬼》寻找恰当的表现形式时，更是自觉地不将我知道的任何一部戏剧作品奉为模式。有人说文体其实就是作家自己，是人生心境和创作心境的混合物。那么，当人们鉴定《山鬼》为真实的荒诞的传统的时髦的通俗的深奥的心理现实主义魔幻现实主义哲理寓言黑色幽默的少林拳术峨眉剑红白刀枪昆仑鞭什么都是什么都不是的玩意时，就可以想象到我有一个怎样的随心所欲、矛盾混乱的世界。寻找形式不玩形式，我又实实在在地觉得只有这种不土不洋不古不今不伦不类的形式才能成为我整个艺术感受的载体。

听说在门头沟召开的“戏曲现状与趋势”会议上，《山鬼》被人斥为“后结构主义”什么的。对我来说，这不是批评而是恭维了，这恭维又使我汗颜。因为我迄今仍不知“后结构主义”为何物。不过，我觉得相比迪伦马特“一种美学的虚构”之语，用艺术创造意味着“重新构想一个世界图像”之语来解释《山鬼》的叙述框架，倒是准确一些。

以往，我们的戏剧作品在叙述故事情节时，总要用一种确定性的意义命题来制约故事的发展、流动和多向发生，以理性观念的硬壳来束缚活生生的生活形态、情感形态。我写《山鬼》，却是无拘无束、不负责任的。

这个戏的副标题是“屈原先生的一次奇遇”。既是奇遇，就可胡诌。这个戏上演后，有的领导要请考古学家来考证这究竟是母系社会还是父系社会。可我早在剧本提示中说了，这地点是“很难考证”的，时间也在十分模糊的“过去”。再譬如在人物关系的设置上，有人说高阳不是屈原的远祖吗？“帝高阳之苗裔兮”，怎么把他俩给扯到一块儿来了？逼得我只好想出一条理由：不错，高阳是屈原的远祖，我把他们扯在一起并让他们发生冲突，正象征着人的本性和人类在进化过程中确立的道德价值观念的冲突。论述深刻，疑问冰释。其实我当时只是觉得把他俩扯在一起蛮好玩。还有，申巫给屈原治伤，用的是蒲草、腾蛇、牛王刺、黄荆条、蜥蜴、蚂蟥骨头、羚羊角……这之中，腾蛇是传说中的一种会飞的蛇，蜥蜴使人联想到巫术，羚羊角本来就可入药，蒲草和屈原先生有不解之缘，牛王刺、黄荆条在我插队的那个山坳坳里遍地都有，而蚂蟥根本就没有骨头。我并不要求读者观众对这些东西有逐个的理解，也不奢望人们会从这些词、物的组合中感受到一种奇特的朴素的文化意韵，我只是觉得这样真真假假，虚虚实实，有的说得无，无的说得有的创作活动，实在是人生的一种大快乐。至于如果有人拿“蚂蟥本来是没有骨头的，而盛和煜硬说它有骨头并可入药给人治伤，还拿到剧本和舞台上去宣传愚弄、欺骗读者观众”的罪名来追究我，我是不负责任的。咱们早就有言在先。

《山鬼》对“高台教化”“文以载道”“文章合于时而著”的叙述模式的改变，使得一些人传统的欣赏习惯，即审美心理定式难于接受。有一些批评家也说：“我们都看不懂，何况一般观众！”这使我有些惶惑。惶惑之余，又想怯生生问一句：“您需要看懂什么？”若是想通过观看湘剧高腔《山鬼》，使我们明白一个人在为伟大理想而斗争的道路上，不论遇到任何艰难险阻，都要向屈原同志学习，不屈不挠勇往直前，当然也要团结群众，教育群众富贵不能淫万恶淫为首不孝有三无后为大计划生育好是刹住乱涨价歪风的时候了，那我没辙。因为我写这东西，根本没有打算告诉内行诸君什么门道。我自个是一脑壳糨糊，以己昏昏，岂能使人昭昭？面对您的愤怒，我只能给您讲一个老掉牙的故事：从前，有个皇帝光着身子并没有穿衣服。可是因为裁缝说他穿了衣服而这衣服愚蠢的人是看不见的，大家都不愿当愚蠢的人，于是都说皇帝穿了衣服，这衣服还如何漂亮。最后还是一个孩子嚷出：“他什么也没穿！”童言无忌，孩子没有关于愚蠢等等的考虑，所以他能看清事物的本来面目。不知道您听了这故事以为如何？反正我是将这归真返璞的感悟用于了创作，力图使作品朴素、原始、本质。如屈原问申巫为什么要吃好人，申巫回答："好人好吃些吵！就像吃鸡蛋，你喜欢吃好蛋还是吃坏蛋？"这实在是用最明白不过的语言，说明最简单不过的事情。但如果硬要带着许多生活的附加意义，透过理论的层雾去看它，便会觉得神秘深奥，玄机无穷，甚至觉得从中渗出一些歹毒来。

1988 年　淄博

悲悯的情怀
——黄梅戏《我的离骚》创作谈

我1968年高中毕业，是所谓的“老三届”。1969年元月插队落户到慈利县姜家湾生产队，1975年12月招工返城，整整七年，最好的青春岁月留在了湘西北那个偏僻的小山村。

时至今日，关于二十世纪六七十年代那场“知识青年上山下乡运动”的性质、结果，仍有不少争议。我关注这些争议，但从不参与，虽然我是最有资格参与的；我以为，那会落入庸俗社会学的陷阱。

梁晓声先生是“知青文学”的代表，也是我敬佩的有良知的作家。可他们那一拨知青，都是下放到农场、农垦兵团。部队建制，集体行动，没有或者很少与真实的农村、农民发生关系。也就是说，不可能如我们这些插队落户的知青一样，靠挣工分吃饭，担心着老天爷再不下雨，坡上那几块田土就会绝收……所以，我们对当时中国农村、农民的了解，应当比他们来得真切、深刻；所以，我一直想写一部关于知青的作品，话剧？电影？甚至想自己发明一种文体，我觉得这是老天爷让我来到这个世界的理由之一。

至于知青生活的感受，那是我个体的生命体验，不打算宏观叙事，动不动就扯到国家层面上去。

比如，我觉得当过知青的人，“龙门跳得，狗洞也钻得”。有人说，这不就是“大丈夫能伸能屈”吗？不不，“能伸能屈”有权谋的味道，而“龙门狗洞”，则是一种潇洒、透彻的生活态度。

比如，七年困苦的知青生活，我已将自己融入中国最底层的乡亲们之中，视自己为他们中的一员。记得刚学习写戏、开创作会议时，上面来的领导专家，勉励我们深入基层。我说：“我就是基层！你坐到我身边来，就是深入了基层。”我好佩服一些玩文字游戏的人，明明是底层，他说是基层，一字之改，和谐许多。

有一年春荒，粮食吃完了，人们便四出挖葛打蕨，周遭百十里地的山土都翻了个遍，再后来，一个人饿得不行了，爬到井边去喝水，一头栽下去没起来。老子说，“天地不仁，以万物为刍狗”，屈原说，“长太息以掩涕兮，哀民生之多艰”。老子是哲学家，屈原是诗人，哲学家和诗人的区别咋就那么大呢？

“悲天悯人”，这是多么伟大的汉语啊，可被有些人弄得，一提起这个汉语，就想到“假”，想到“装”，以至于我对要不要用“悲悯”一词，颇费踌躇！

可我当时的心情，的确只有这俩字能表达，虽然我当时的生存状态比乡亲们好不到哪里去，有没有资格去“悲悯”都是个问题。

今天，我知道了，悲悯是一种情怀；有悲悯，才有担当！那会儿，我成天想着的是，怎样和乡亲们一起，改变姜家湾一穷二白的面貌。去县里帮农机局写材料时，发现可以搞农村小水电，我便四处搜集资料，甚至提灌站的设计图纸都央人画好了……

唉，往事已矣！只留下了《我的离骚》……

2017.7.8 北京

从《夜宴》台词说起 *

按：当初，《夜宴》的文学剧本出来后，应当说，制片方和冯小刚导演是很满意的。小刚曾在接受《新京报》采访时表示，他对于拍摄这类历史题材的电影不是很有把握，但一想到是盛老师在做剧本，心里就踏实了。剧本出来后，北京人艺还想让我把它改成话剧，小刚和林大导共同执导，徐帆主演，筹备会都开过了。但没想到，电影在广东试映时，观众笑场。于是，一场批判《夜宴》台词的风潮迅速席卷了影视圈，网上更是热闹得不行……我呢，一直认为观众之所以笑场，问题出在饰演厉帝的演员葛优身上，他那个冷幽默的形象，太深入人心了。你的台词写得越深刻，越深情，从他嘴里说出来就越搞笑，诸君想一想，是不是这么个理儿？（这里我要特别声明，葛大爷是全中国乃至全世界最优秀的演员之一，我非常喜欢和敬佩他；而且，我们的私交蛮好。）出于善意，我写了一篇文章，想向观众从学术角度解释一下，我对写历史剧台词的一些体会。不料有一个娱记拿着我的文章，说我是向广大网友“叫板”。心情悲凉之际，我不由一声叹息：拿什么挽救你？我的小妹！由此，我才有

* 此文为作者 2012 年在某高校讲课时所做的备课笔记。

了后面的认识：我的错误在于将一场娱乐秀当成了学术讨论，于是，我成了媒体狂欢的祭品！

历史剧台词的三个层次

我的体会，历史剧的台词，应该具备三个层次：

第一层次，不出现常识性错误。

这又包括：1. 古代常识的错误，如孝庄太后是她死后给她的谥号，不能让她生前就自称“我孝庄”。曾国藩死后被授“文正”，李鸿章死后被授“文忠”，如果有人在他们活着时称他们“曾文正公”“李文忠公”那就太荒谬了。

2. 不能出现戏曲舞台上的词儿，如“爱卿平身”之类，很多影视剧都不注意这一点，以讹传讹，弄得不这样说反而成了异类。

3. 不能出现古代没有的词，如“问题”“干部”等。

第二层次，要将古汉语的意韵和当代观众的欣赏习惯结合起来，要引起当代观众的共鸣。全部文言文不行，但没有古代人说话的语境也不行。而且，正如一位网友指出的，古人说话也不全是文绉绉的，我看过明太祖朱元璋、明成祖朱棣的圣旨，文白杂糅，怪怪的，有时土得掉渣。

第三层次，文无定法，不能因词害意。而且每个作家的个性不同，每部作品的风格不同，不能强求一律。我写《走向共和》，因为是真实历史、真实人物，所以台词要严格推敲，尽力还原那些历史人物的语言风格。而《夜宴》则是完全虚构的艺术作品，我写到酣畅之时，逸兴横飞，哪管他引发洪水滔天！

《夜宴》中被批得最厉害的一句台词

《夜宴》一两百句台词中，被拎出来示众的大概有七八句。我现在将其中被批得最厉害的一句台词——“朕不学他！我泱泱大国，以诚信为本，我们派真正的太子去！”摆出来，并将厉帝说这句话前后的戏剧情势，包括其余台词摆出来，是不是文艺腔？是不是不文不白？是不是浅薄可笑？

（当太子无鸾以“戏中戏”的形式，揭露了厉帝弑兄篡位的真相后……）

72. 大殿内

〔没有任何声响。

空气静得瘆人。

良久，有掌声响起。

是厉帝。

73. 龙座

〔厉帝站起身来，轻轻鼓掌。

婉后也站起，轻轻鼓掌。

74. 大殿

〔掌声一片。

75. 表演区

〔无鸾向四周鞠躬。

76. 大殿

〔厉帝与婉后离开座位，下楼。走到无鸾面前。

厉帝 我可爱的侄儿，你能除掉面具，让朕看看你的脸吗？朕很久没看到你了！

〔无鸾除下面具。

他满面泪水。

厉帝 啊，你满脸汗水！

无鸾 泪水。

厉帝 （慈祥地） 来，让朕给你拭去！

无鸾 （退后一步） 不，你衣服上有鹤顶红，还有毒蝎子的气味！

77. 大殿

〔所有的人都脸色大变。

78. 大殿

婉后 无鸾，你太投入！

厉帝 天才的艺术家！朕很欣慰！

婉后 还不快快叩谢皇上！

无鸾 多谢叔叔！

厉帝 吴越三年，终成大器。你可以担当重任了！殷太常！

殷太常 臣在。

厉帝 契丹的国书说什么来着？

殷太常 他说为了显示两国交好的诚意，应当各派自己的王子，互为人质，留驻对方。

厉帝 他们的王子派来了吗？

殷太常 派来了……

婉后 不过据我所知，他只是一个牧马人的儿子。

厉帝 （大笑）这些野蛮人！（笑容一收）朕不学他！我泱泱大国，以诚信为本，我们派真正的太子去！

婉后 （一惊）不！

厉帝 （似笑非笑地望着她）为什么不？

婉后 他性格太柔弱……

厉帝 正好，塞外的风沙能磨砺出他的坚强。

婉后 他容易冲动，会得罪契丹可汗……

厉帝 （冷冷地）你现在好像也很冲动，不怕得罪朕吗？

婉后 皇上的胸怀，容纳百川。

厉帝 可朕眼里掺不得沙子……内侍监！

内侍监 在。

厉帝 拟旨（一字一句地）着太子无鸾，出使契丹，十六羽林卫护送，即日启程，钦此。

我写台词的几点体会

一、冲突中塑造人物

《赤壁》

曹操 叫华佗来！

〔华佗拎藤药箱急上。

华佗 丞相头风又犯了？

曹操 头风未犯，但确实有点头疼。

华佗 此话怎讲？

曹操 （一指小乔身影）因为她！

华佗 （明白过来）哦，她确实让丞相头疼。

曹操 这个头疼，怕也只有你能治好！

华佗 哎呀丞相，我只能治好那个头疼，治不好这个头疼！

曹操 你说过，她是你学生？

华佗 说过。

曹操 学生最听老师的话，你去给她说合说合。

华佗 说合什么？

曹操 让她依顺于我！

华佗 禀丞相，华佗是大夫，不是媒婆！

曹操 （隐忍）顶得好！

华佗 好不好你都把人骗来了。

曹操 没有到手，不算。

华佗 人都在这儿了，要到手还不容易？

曹操 我不用下三滥手段。

华佗 那你就到不了手。

曹操 我能征服天下，不信征服不了一个女人。

华佗 送丞相一句话，天下豪杰的忠贞加起来，也抵不上一个女人的痴情！

曹操 （冷笑）你就不能顺着我说一句吗？

华佗 我只知道，扎针要扎在穴位上。

曹操 （终于发怒）你存心要羞辱于我吗？来人！

侍从 在！

曹操 把他拖下去，重责五十军棍！

二、潜台词

《夜宴》

婉后 （转过身来）我还正要问呢，太子没信给你？

青女 （微微摇头，眼里却已有泪水）他从不写信给我。

婉后 那你们怎么联系？

青女 做梦。

婉后 噢？

青女 我天天梦见他，在梦中和他说话儿。

婉后 昨天梦见他了吗？

青女 梦见了。

婉后 他说了些什么？

青女 他叫我少吃甜食。不过，他又说，女孩子爱吃甜食，也不是什么坏毛病。

婉后 （看着青女，半晌，幽幽地）以前我也喜欢吃甜食的……

三、点明主题

《夜宴》

〔包袱皮摊开在地上，里边是几页曲谱、一支短剑。

婉后 （拿起剑，突然挑了个剑花）越女剑，最宜贴身格斗。

无鸾 我用来剪纸。

婉后 当初你父皇教我们剑术时，你可是学得比我好。

〔婉后拿起曲谱。

无鸾 《越人歌》。

婉后 唱吗？

无鸾 （扬声）今夕何夕兮……

无鸾 （看到婉后的脸色，停下来）一个王子泛舟，打桨的女孩子爱慕他，唱了这支歌。

婉后 噢，情歌。

无鸾 不，寂寞的歌。

婉后 那你可以唱给青女听。

无鸾 她不会懂，一个人不会懂另一个人。懂了，就不寂寞了。

婉后 （盯着无鸾看一会儿，突然站起来，激动地走了两步）先帝当初答应你去吴越之地学艺，我是反对的。我心目中的男子汉不应当是一个杏花春雨、温山软水浸泡出来的寂寞歌手，他是皇太子，是一个即将雄视六合，君临天下的帝王！

无鸾 那只是你心目中的男子汉，母后。

婉后 可是，你有责任！这责任是上天赋予你的，列祖列宗传承给你的，臣民百姓期待于你的！

无鸾 这责任不是已经由叔叔担当起来了吗？

婉后 他……（突然举起曲谱对着灯光）咦，这纸上怎么会有血迹？

无鸾 （伸手将曲谱拿过来与剑放在一起，重新将包袱包好）母后看走眼了，那不是血迹，是隐形花纹。这种纸笺是安吉特产——“伎人红”。

〔婉后看着他，久久不语。

四、表达思想（作者思想与人物思想）

《走向共和》

晨雾散开。

一行人马疾驰而来。

当先的乌骓马上，李鸿章仍是一身黑色劲装，青布帕缠头，戴墨镜，腰带上插那把金制左轮手枪。

盛宣怀、伍廷芳和卫队紧随其后。

正是清秋天气，路两旁林木疏朗，不远处村庄的屋顶升起两三缕炊烟，一只芦花公鸡，跳上村头的半截黄土墙，“喔喔”啼起来。

此番景物，不由让李鸿章将缰绳一勒，缓辔而行。

他后面的人也放慢了速度。

蓦然，一只灰斑野兔从路边野地窜起，跑到路当中，睁着张皇失措的圆眼睛看他们一眼，又三蹦两跳，没入路旁枯草中不见了。

李鸿章视线一直追随着那野兔消失，这才转过头来，感叹道："秋风起矣，野兔肥矣，弯弓射猎，当其时矣！"说着，那手下意识地放在腰间的左轮手枪上。

盛宣怀心一动，纵马上前道："久闻中堂大人射技惊人，今日能否让宣怀开开眼界？"

马三俊也大声道："那可不是吹牛，听说咱们淮军当年在上海虹桥与长毛血战，我淮军以三千人大破长毛十万之众，大人一支洋枪，就射杀他娘的长毛匪首十三名！"

李鸿章呵呵笑道："老夫如今眼力不济，比不得当年了！"话虽这么说，他那目光却在往四下搜寻。

马三俊忙道："大人可是要寻活物？那厢正好有一只！"说着，用手一指。

顺他手指方向望去，村头半截黄土墙上，那只芦花公鸡兀自站在那里，顾盼自雄。

李鸿章笑笑，从腰间拔出左轮手枪，脸上倏忽杀气凝聚，举枪瞄准——

久久，却没有响起枪声。

再看李鸿章时，面色已是一派平和，那枪也垂了下来。

盛宣怀诧异问道："中堂为何不射？"

李鸿章并不回答，只是将目光凝望着那村庄——

几乎家家屋顶上都飘起了炊烟，麦秸垛旁有孩童嬉戏的身影和笑声，还有狗吠声。

盛宣怀悟道："中堂是怕惊扰百姓？"

李鸿章点点头，反问道："你们可知道身怀利器，杀心自起，这句话吗？"

盛宣怀和伍廷芳同时点头："也曾听到过。"

李鸿章："我却是时时拿这句话来警策己身啊！……"他一边按辔而行，一边缓缓道："一个人身上带着一把利刃，他会情不自禁地有拿着这利刃去砍杀、伤害他人的冲动；同样，一个人，哪怕他握有一点小小的权力时，他也会难以遏制地想将这个权力施于他人。这就是为什么县衙的差役，甚至一个收税的小吏，也经常作威作福，叱骂、殴打寻常百姓……吾辈为国之大臣，一言一行都将使千百万人受其利害，因此，更要慎用权力。这把金左轮手枪，乃光绪六年俄国皇太子送给我的礼物，十余年来我经常带在身上，但迄今为止从未开过一枪。我是以此来培养定力，遏制杀心，警策自身切勿滥用权力啊！"

盛宣怀和伍廷芳不禁悚然动容。

盛宣怀道："中堂此番议论，直追古哲先贤，当为天下为官者戒！"

李鸿章喟然长叹："哪里敢望天下为官者戒？只我手下那些当差的奴才能听进去就已经不错了！"

《走向共和》

广州·万木草堂

"体制倘不完美，个人品质完美又有什么用？要挽救国势于颓败，光靠那么几个为官的人讲究操守，慎用权力是没有用的，一点用也没有！必须改革制度，改革这个僵化腐败的制度！……”

讲堂上，康有为挥动着手臂，用广东官话大声吼道。

身穿蓝夏布长衫的学子们分东西肃立，以崇敬狂热的目光注视着他，虔诚地聆听着他极富感染力的讲学。

康有为同样穿着蓝夏布长衫，讲得兴起发热，将领口处两个纽扣解开，似乎有热气从里面冒出来。

他身旁摆着一盆清水，盆沿晾着几条小毛巾，一个弟子专门侍候在侧，见他讲得出汗，赶快拧了条毛巾递上来。

康有为接过，擦一把汗，将毛巾往盆子里一扔，又继续讲起来：“孔子定人间为三世：一为据乱世，一为升平世，一为太平世。由低而高，依次有序前进。而推动此前进的，就是‘随时因革’，也就是变法改制呀！你们都知道，先秦六经《诗》《书》《礼》《易》《乐》《春秋》，均为孔子亲作。但你们谁又知道，其中所涉关于神农、黄帝、尧、舜、禹等上古人物的言论和制度并不存在，都是孔子所假托的呢！”

此言一出，满座皆惊！

“老师！”一个弟子禁不住问，“孔圣人为什么要这样做呢？”

“问得好！”康有为又接过毛巾，擦了一把汗，将毛巾扔回盆里，说，“孔子之所以要‘托古’，就是为了‘改制’；先秦诸子，自周衰礼废，大凡通权达变、关心国事的人，‘罔不托古，罔不改制’，孔子今日是圣人，是‘素王’，但他当年乃一介布衣也！而‘布衣改制，事大骇人，故不如托之先王，既不惊人，自可避祸’，这就是他为什么要托古改制的原因了。”

学子们发出赞叹的“啊”声。

康有为:“前有先圣，后有来者。孔子是‘素王’，先生我自号‘长素’，这并非我狂妄，当此时矣，历史需要先生我站出来，像孔子一样，变法改制，以济苍生，以救天下！”说到这里，他缓缓举起一本还散发着油墨清香的新书——《孔子改制考》，康有为著。

学子们发出一阵激动的欢呼！

康有为矜持地对站在最前面神情俊朗的、年轻的梁启超道:“卓如，这本书还是草稿时你就读过了，能否谈谈你的体会？”

梁启超应声出列:“启超谨遵师命！”

他双手捧过新书，转身对着满堂同门师弟，眼睛发亮，朗声道:“先生此书，与《新学伪经考》可并称为当世两大奇书。当此外患近迫、内乱交乘、民生凋敝、政治日蹙之际，乾嘉以后无谓的考据之学和心性之谈，已于急剧恶化的国事丝毫无补！”说到这里，他的情绪慷慨激昂起来:“如果说，《新学伪经考》是我们的先生高举起批判大旗，以犁庭扫穴之势，横扫上千年来的古礼旧制和圣人经典的话，那么，这本《孔子改制考》则为变法改制拯救颓败的国事和天下苍生而建言立论，启超以为，这才是先生著作的最大意义啊！”

他慷慨激昂的话语和神情深深感染了年轻的学子们，一个学生激动高喊:“先生教诲，振聋发聩，石破天惊！外间人称我万木草堂师生为‘康党’，依学生之见，能作‘康党’乃是我等的荣幸！”

学生们一齐喊道:“我等愿永远追随先生，担当天降大任！”

康有为激动地擦把汗，将毛巾往盆里一扔，也喊道:“先生我也一定带领你们建立千秋不朽的功业！”

五、讲道理（要有层次感）

《走向共和》

“……文宗宾天，扔下我们孤儿寡母。肃顺一伙跋扈不臣，是谁收拾的他们，才保住了列祖列宗的江山免于糟蹋？平长毛、剿捻子，北边儿刚闹蝗虫，南边又是水灾，十几年里我何尝睡过囫囵觉，这才换得个‘同治中兴’！这不是为的江山社稷又是为的什么？就说这万寿庆典吧，知道的人说我该享享福了，不知道的骂我穷奢极欲！谁个又知道？我这也是为着江山社稷的一片苦心……”

所有的人都不由得一愣！

东暖阁内

慈禧：“寻常百姓家的老太太六十大寿，办得风光热闹，左邻右舍就会说这老太太好福气有面子，这户人家在那一带就做得起人！百姓如此，国家更是如此：如果连我的生日都办寒碜了，不但我的面子没地方搁，朝廷的面子也没地方搁！又怎么个体现我大清国海晏河清国泰民安？‘同治中兴’以来的兴旺气象又跑到哪里去了？这样一来，不但洋人瞧不起，连老百姓也瞧不起！洋人瞧不起你他就欺负你，老百姓瞧不起你他就不服你，这样就会出事儿，祖宗的基业就会毁于一旦！这些道理你们是真不懂假不懂还是不想懂？我看你们是不想懂！也就是说你们做儿子的孝心做臣子的忠心都让野猫子叼去当作臭鱼干吃了！那好，今儿个我把话也撂在这里了，谁让我这个生日过得不舒服，我让他一辈子不舒服！”

六、评价（要有切实的见解）

《走向共和》

“翁氏书法，以颜书为主，兼有褚、米笔意……”说到这儿，他仿佛在斟酌词句，沉吟一会儿，又道，“后来乃上追汉隶，兼取钟繇，形成了这独往独来、自有真我、出入变化、不可方物之势也！”

我写《走向共和》

要叙述创作心境很困难，文字从来就难以表达思想。但《走向共和》的创作，使我的艺术人生升华到一个新的境界，有三点体会，清晰而深刻。

使命感与历史的通透感

1999 年 6 月，我受命担任《走向共和》编剧。接下来四个月看书学习，10 月份到北京，在继续读书的同时，与出品人、策划班子研究讨论，给作品定位并确定了整个叙述框架，三个月后，也就是 2000 年元月，开始动笔。

我们这部作品要表现的是清末民初这段历史，这是一个纷繁复杂、扑朔迷离的时期，内忧外患，各种人物、思潮、党派沉浮奔逐，乱纷纷你方唱罢我登场……许多关目，连专门家也弄不清楚，许多人和事，至今尚无定论；反过来，人们从文艺影视作品中，从政治教科书中，对这段历史，又多少了解一点，你写的如果与他头脑中固有的对不上号，那又会给他们带来心理阻隔。真是很难。

但我写这部作品，一直有一种使命感。

以现在的时尚，谈使命感似乎有点滑稽，要不就是矫情。可我真有这种感觉，崇高、悲壮、挥之不去！好些个夜晚，翻阅史料，民族屈辱的斑斑血泪，让我将书本猛地摔至一边，拍案长啸，难吐胸中悲愤之气！写“最恨是马关”那一章时我是口述，当说到李鸿章由力争到乞求伊藤博文减少赔款时，我突然哽咽而不能言，转身走到窗前，眺望深邃夜空下北京城的璀璨灯火，任凭泪流满面。

我怎能不让我的读者和观众知道这种感受?

越读史，越思索，越是全身心投入创作之中，我越对我们的先辈充满理解和钦佩之情。如果我们这部电视剧定位是“一部带有崇高悲剧意味的英雄史诗”，那么我们的先辈就是史诗中的悲剧英雄！在中华民族走向共和的漫漫长途上，每一个探索者都值得我们永远尊敬和怀念。以往和朋友们谈近代史，对外，慷慨论兵；对内，恣意批评。可现在，我再也不敢书生意气，随意臧否人物了，我更懂得了爱国主义的本质。而对我们民族文化精神的深入理解，给我的写作带来了一种历史的通透感。

这种通透感，使我们能洞穿历史的重重迷雾，确定我们这部作品中的贯穿动作线——找出路；使我在给我的主要人物如李鸿章、慈禧、光绪、张之洞、袁世凯、孙中山他们定位时，脑海里浮现的是一个个有血有肉的鲜活形象，我能从他们的一个手势，一个眼神知道他们想说什么，做什么，我甚至感觉到了他们的呼吸；这种通透感赋予了这部作品既特立独行，又堂堂正正的艺术品格，让中华文化的黄钟大吕在人们心头回响。

虔诚、敬畏地对待艺术创作

以前，电视连续剧曾被定位为“大众文化”“精神快餐”。从字面上来看并没有什么不好，但掩盖不了对其骨子里的轻蔑。我也曾因其浅薄、庸俗和对高雅艺术的冲击而感到不能容忍，忧心如焚。

但这些年，随着好的电视连续剧越来越多，影响也越来越大，我发现，如汉乐府、唐诗、宋词、元曲、明清小说，近代的戏剧、电影，欧洲文艺复兴的雕塑与绘画，代表着那个时代的主流文化一样，发展到今天的电视连续剧，综合了戏剧、小说、音乐、绘画……几乎所有艺术样式中最重要的元素，凭借高科技的支持，又拥有着最广大的受众，正在成为我们这个时代最重要、最具代表性的艺术形态。换句话说，电视连续剧就是今天的唐诗宋词。

这个发现让我对我的写作怀着虔诚和敬畏之心。

写张之洞为北洋水师筹款，最后差八万两银子没着落。正好一个富商愿出高价为其父征求墓志铭，身为总督，张之洞揽下了这个活儿，也就是说，作为编剧的我揽下了这个活儿。以前读书，学过一些文体，可没想过去学墓志铭。而且，张之洞是大文人，写的太不像样也不行。我花了整整一天时间，写了一篇墓志铭，不多不少，八十个字，一字千金，张之洞的八万两银子到手了！后来读剧本，许多人还以为历史上真有这事，当然，那篇墓志铭也是出于张之洞的手笔了。

举这么一个小例子，旨在证明我的认真。我也知道，这从另一方面反衬了我的无能。我从内心佩服那些两三天就能写一集电视剧的高手，真心认为那是才华横溢的表现。我不行，常常为一句人物性格语言，一个描写用词，停下笔来，绕屋徘徊良久，更不用说大的谋篇布局了，呕心沥血，真是呕心沥血啊！

在我的艺术、我的读者和观众面前，我问心无愧。

我的大学

《走向共和》的创作经历，于我而言，是进了一所最严格、也是最出色的大学。我的合作者都是人中龙凤。

作为出品人，阿武（刘文武）是在成功制作了《雍正王朝》后再来运作《走向共和》的，他是我创作中最主要的依靠和对手。他的逆向思维冲击着我多年形成的创作观念和模式，他的升华能力又帮助我的创作更上层楼。近四年的磨合，我从他那里学到太多太多。

我是经罗浩举荐担任《走向共和》编剧的，即使在最艰难的时刻，他也没放弃对我的信任。他的安排，令我的写作没有任何后顾之忧，并让我们情逾兄弟。罗浩还有一个最大的长处：举重若轻。他处理实际问题的能力令人叹为观止。

“万事开头难”，在这部作品创作伊始，面对浩如烟海的史料，兆龙确定了“捏沙成团，剥茧抽丝”的创作方针，整个作品的贯穿行动线——找出路，也是他提出来的。作为编审，他的心血，融入每一集作品之中。

张黎担任《走向共和》的导演。我原来只知道他是我们国家最优秀的摄影师，这次合作，他的艺术感觉让我赞叹。虽然我们艺术个性时有碰撞，我现在却视他为我们国家最优秀的导演。

还应该特别提到郑佳明和高建民，他们都是这方面的专家，又是官员。《走向共和》的大思路就是他们提出来的。还经常与我讨论作品的文化品位，他们的意见充满学者的睿智。

是缘分让我和这些师友走到一起，并做成了一件事情。

我将继续努力。

2003年3月18日

于长沙

金刚怒目　菩萨低眉

——《山鬼》画外音

一

那时，在湘西大山里当知青。曾于大雪封山之际被公社革委派民兵押回城里，办了一百五十余天的“某某事件学习班”。我被单独关在一间小屋子里，看铁栅窗外那一棵乌柏树光秃秃的枝丫上冒出点点新绿，思念起深山老林中的妻子，愁绪万端，低首徘徊。曾吟诗一首，内有句云：“浮沉人世力不胜，无为闲白少年头。”

事情过去很有些年头了。不知为什么，这首诗的情绪，现在却时时侵蚀着我的身心。这几年，怀抱着不大不小的“野心”（捞一个青年剧作家头衔）；写了几个不好不孬的作品（戏剧振兴声中它是多么微弱），突然悲哀地发现，旅途依然是这样遥远。我没有文凭，先天不足。而种种难以应付的人事纠葛，正儿八经的和啼笑皆非的剧本讨论，二度创作与我初衷的差异，不可预料的“天灾人祸”（经费、剧团等等）组成了不可逾越的障碍，横亘于前，望一望就寒心。戏剧振兴，杳如黄鹤，成为青年剧作家更是昨晚梦呓。可我为什么还强打精神，乔模乔样在这儿写什么剧本呢？

我只怕有些“宝气”。

二

我们这些编剧，没有知识分子的头衔和实惠，却有知识分子的坏脾气。如清高（兑了水的）和狂狷。小不如意，便嚷着“老子再也不写戏了”，很有些“长铗归来乎，食无鱼”的古风。孟尝君少不得冯谖，咱们这地盘少你一个小编剧试试看，自行车轱辘照样转！

审时度势，我便生了事业不成奔仕途的念头。横看竖看，自己当一个“某某县（市）振兴（或曰腾飞）贸易公司”办公室副主任还是满够的。当长，入党，加饷，人生得意三部曲，广东音乐步步高……想到妙处，头撞桌沿，疼得眼冒金星，醒了——这哪像个官样！

写武侠小说也算一条生路。写戏的还捏不拢一个没根基的故事？赚的稿费也多。可提起笔来，便觉出了自己的堕落（心境如此，绝非贬低武侠小说及其作家们。如我的朋友吴傲君，他的武侠小说我是佩服到嫉妒的程度了）。

那还是一个心眼扑在写戏上面吧——前些年兴“以粮为纲”，我插队的那个村子把坡上的桐林、茶林改种了苞谷，山头的杂木林子干脆一把火烧掉，点上粟谷。年底还是没的饭吃。创作如耕耘，这个素材适合写戏，那种氛围非小说难以言传；兴之所至不妨题诗一首，偶有所得便成杂感随笔。且各种体裁，摇曳文笔，互为营养，互为促进，风调雨顺，五谷丰登，生态平衡。就连我写这篇短文，也有三个好处：提炼思想，练笔，再就是弄几个子儿花花。

我也要搞活经济。

三

随乡亲们在荒蛮之地劳作。乏了，仰天八叉躺在山坡上。

那年，闹饥荒。人们纷纷挖葛打蕨度命。冲着每天四两粮的补助，我去了水库工地。大概听说我是个“蛮会写文章的知青”，他们让我办《水库战报》。接手第二天，工地塌方，砸倒一大片人，死三个，伤二十七个。死者中有一个中学刚毕业的十八岁的女孩子。在第一期战报上，我为那女孩写了一首悼诗：“此去从容诉平生，仰首南山旗正红。”战报办得不错。于是，我的工分比队里强劳力还高出20%。这使我悟到了文学可以混饭吃的道理。时至今日，提起笔来仍抱着这功利主义的目的，虽知鄙俗，却崇高不起来。

我正式开始写戏，是在调入常德地区戏剧创作组之后。常德是“戏窝子”，地区创作组则是“窝中之窝”。当时我虽然在中央和省级刊物上发表了一点东西，戏剧作品却没有一部。开会时就有人盯着我看。那眼神充分肯定了我来路不正，兴许还卖过人肉包子。我憋了一肚子委屈，暗自发狠，《血写的田园诗》《现在的年轻人哪……》《想穿牛仔裤的老知青》《妈妈，我对你说》……便相继混入国内市场。

《现在的年轻人哪……》是邀人合作的，但它经历的雨雪风霜却独独染白了我的鬓发。记得它曾为湖南省第四次文代会演出。戏演到一半，剧场一片椅子响。我支撑不住，跑到剧场外面。天下着蒙蒙小雨，我木然伫立雨中，看中途退场的男士女士们谈笑着从面前经过，心中一片凄凉。

后来，当这部歌剧由中央歌剧院在北京金碧辉煌的民族文化宫上演时，尽管掌声如潮闪光灯耀眼，首长接见，洋人叫好，我仍忘不了那个凄凉的雨夜。只要我写戏，这个印象大概会陪伴我一辈子。

其实，我写戏，从来没走红过。拿《现在的年轻人哪……》来说，《剧本》发表，中央歌剧院上演，团中央把我找去开座谈会。可后来有人说主要是音乐好，热情又奔放，作曲刘振球因此大出其名。《想穿牛仔裤的老知青》也有人说主要是导演好，有追求有探索，剧本则是又保守又僵化。可我仍不肯夹起尾巴做人，还想问一个“皮之不存，毛将焉附？”！往常，一个戏上演，很多人眼红编剧，说：“尽帮他一个人忙一气！”这次瞅着机会，我也曾汹汹地对刘振球嚷着：“老子尽帮你们忙一气！”

写到这里，知道走了火。本想装出副费厄泼赖的派头，可人倒霉，喝凉水塞牙，放屁砸脚后跟，火钳落脚背，不跳也得跳！

在《想穿牛仔裤的老知青》栽得一塌糊涂的同时，我接连发表了《仙品·鬼才·大活人》等戏剧理论文章，引起一些人捧场。便有我尊敬的老师和朋友说：“你的文章比戏写得好。”那潜台词是丰富的，也陡然激起了我当知青时就养成的不服输不信邪的脾性。本来还在那里蔫头耷脑的，这时却抖擞起精神，下定决心，非要写出个好戏不可，让人们发自内心地承认：“你的戏和文章都写得好，还有，人也好。”

四

很难说引发《山鬼》创作冲动的最初契机是什么，是湘西大山里幽幽绿竹篁透涌出的天然韵律，是迷蒙夜色中黝黝山峰顶端呈现的神秘光亮，是阅读《未来的冲击》时心灵感受到的巨大冲击，是案头那小小的阴阳太极图启动了我的神思……理论家们力图将这些弄得明明白白，而将这些弄明白则是作家的悲哀。

杨玉环的丰腴，赵飞燕的苗条，叫“环肥燕瘦，各擅其美”。倘有人问贵妃娘娘，您这样肥的初衷是什么？主题是什么？我们便知道这人不正常；倘有人建议飞燕女士多喝麦乳精增加分量，否则以她之瘦必不为汤加王国广大观众所接受，我们也会认为这个建议太荒唐。那么，干吗非得揪住可怜的作者不放，以无穷尽的“为什么”问得他山穷水尽？

金刚怒目，菩萨低眉，自有他的道理。《山鬼》不中不西，不古不今，不伦不类，我也曾作过一番反省。

我未受高等的系统的专业化教育，只是在湖南省第一期编剧进修班混了五个月。这期进修班，被戏称为“黄埔一期”。真正老牌“黄埔一期”的学生，专门学习军事理论的时间并不多，出来却个个能打仗；我们这个班的学生，专门学习戏剧理论的时间也不长，出来却差不离个个能写戏。吃不到葡萄就说葡萄酸，我绝没有轻视理论的意思。而且，我们也曾遍请国内大师讲学，让各种学术流派从我们的大脑勾留过。这样做的结果，便是南拳北腿，都能比画两下子，而没有什么“嫡传”。

后来，我参加了湖南谷雨戏剧文学社。社员十人，好几位是全国获奖剧作家，其余的也都是有头有脸的人物。我以后生小子，忝列诸公，自然思有所为，便成天不怀好意，琢磨他们。乘其不备，将他们各人的“绝活儿”全部偷来，一股脑儿塞进了《山鬼》。

五

我这个人，外表疏狂，内里迂腐；平时张牙舞爪，节骨眼上就露怯。活在这世界上，人生的乐趣享受得太少太少，只知道蠢写戏，几多划不来。有时又想，我现在家庭和睦，住房宽敞；工资虽不高，聊以得温饱；领导对我虽不垂青，也好像不怎么讨嫌；写的剧本虽没有获国家奖，却也鼓噪过一阵子。一个人活在世上，哪能把好事占全呢？由此悟及庄生梦蝶，白马非马……可那个该死的果戈理却说：“每当想到我的一生将默默无闻地度过，恐惧就折磨着我的灵魂。”这句话又折磨着我的灵魂。哎……

1985.6

轻歌剧形式浅探

——《现在的年轻人哪……》创作札记

四幕轻歌剧《现在的年轻人哪……》文学剧本系由我和汪荡平合作写成，刘振球老师作曲。在剧本创作过程中，我们对歌剧的取材和轻歌剧的特点方面做了一些肤浅的探索。

发掘题材中的诗情

不知从什么时候起，一谈到歌剧题材，人们几乎都会毫无例外地想到异国风光，少数民族，革命先烈的英雄事迹，流传民间的古老传说。的确，这些题材中有白浪翻腾的大海的激情呼唤，月光低回的椰林中的笙箫传情，一幅幅色彩明朗的画面，一个个抒情如诗的事件，实际上构成了不少好歌剧。但是，总不能因为强调歌剧的特殊性，而将题材老是囿于这些历史的、异域的范围里呀，何必作茧自缚？我们认为，这几年歌剧不景气，是不是与我们人为地将歌剧题材弄得狭窄有关？是不是因为这些题材与我们今天的观众（特别是青年观众）所熟悉的生活、所关心的问题有一定距离有关？就拿我们准备写的这个题材来说吧，好多人一听说是“工业题材”，就摇头，认为歌剧不适宜表现，劝我们写成话剧。我们不服气，“工业题材”的专利为什么只能由话剧垄断，歌剧为什么就不能直接表现工厂？直接表现现代化建设呢？

我们决意试一试再说。

剧本初稿出来，结构庞杂，主要矛盾不突出，冲突基础不坚实，音乐（设想）布局也显得生硬零散。以后虽然数易其稿，问题却依然如旧。我们为此苦恼了好久，最后才弄明白，这是由于题材、形式、结构三者不统一所致。我们虽然写的是歌剧，但是由于题材的暗中制约，而不知不觉采用了话剧的结构方法。这好比人们想建造一座雕龙镂凤、具有古典风格的亭台楼阁，可材料却全是盖高层建筑用的钢筋水泥，不难想象，采用“钢筋混凝土结构”建造起来的亭台楼阁，会是什么样子。

歌剧和话剧结构上最根本的区别，应该是人物、事件等方面“线”的集中，而不是“面”的集中，由于这个区别，歌剧的生活容量相对地比话剧要小一些。反过来，这也就要求歌剧所要表现的生活内容应该更浓缩、集中，而且必须具备歌剧表现的特点——“长于抒情，拙于论理”。

为什么人们要将游子思乡、壮士赴难等作为歌剧题材呢？就是因为这些题材含有色彩性和抒情性，含有诗的因素。“诗言志，歌咏情”，用歌剧这种既是戏剧，又是诗和歌的艺术形式来表现富有诗情的题材，当然容易达到题材、形式和结构三者完美和谐的统一了。由此我们发现，要采用歌剧结构，就必须发掘题材中的诗情。

可是，“工业题材”，连这个名词本身，都像一堆生铁，给人一种单调的沉重感，哪来的诗情可言？看来，我们想用歌剧来表现工业题材的这种念头是一种违背艺术规律的蛮干了。具体到《现在的年轻人哪……》来看呢，主要情节是青年工人钟玉宁迫切要求参加厂里的全自动修筒机研制组，为四化贡献自己的聪明才智。但厂长夏寰出于对年轻人的偏见和成见，不理解钟玉宁，使他受到压制打击。最后，钟玉宁通过自己的实践行动，终于使夏寰改变了对他和现在的年轻人的看法。这里，冲突和环境是辩论争吵、图纸机器，真是枯燥平淡至极。可是戏剧创作法则并不是要我们平面地照搬生活，特别是歌剧，反映生活要“虚”一点，“太实则近腐”，堆砌一大摊生活表象，是无助于揭示生活的本质的。如果我们能透过这些争吵辩论、图纸机器，将镜头的焦距对准人物，发掘人物的内心世界，就会发现，四个现代化的火红旗帜在召唤，年轻人的青春热血在沸腾，报国无门的苦恼，事业成功的喜悦，当然，还有现代青年工人间特有的爱情、友谊……人物都闪烁着五光十色的奇妙光辉，这正是一首瑰丽的抒情诗，一部华美的交响乐，正是我们所需要的绝好的“歌剧题材”！

题材中的“诗情”一经发掘出来，我们结构时也就舒畅自如多了。

我们根据歌剧结构是“线”的集中这一原则，将主题思想融化在人物动作的贯串线中，形成了钟玉宁和夏寰之间冲突的展开、激化直至解决的这条主线。年轻人“我们希望被理解”的强烈心声贯串于主线发展的始终，主要人物感情变化决定着主线发展时的起伏高低，而音乐布局和咏叹调、宣叙调这样一些声乐的曲体，也随着充满诗情的主线发展，随着剧情的发展，有机地产生出来，并且成为情节发展层次的一部分，再也不会出现该唱的时候唱不起来，或者即使唱了也很生硬，甚至将大段辩论写成唱词这样违背歌剧“长于抒情，拙于论理”特点的拙笨做法了。

上述剧本歌剧化的过程简而言之，即我们获得了题材，要通过歌剧这种艺术形式来表现，就必须采用歌剧的结构，而歌剧结构又必须建筑在题材的“诗情”基础上。如果人们承认这个过程不是杜撰而是确确实实存在的话，那么，我们是不是可以从中引申出一个大胆的结论：任何题材都可以写成歌剧，关键在于发掘题材中的诗情！

对轻歌剧特点的探索

西洋的所谓轻歌剧，主要是从音乐上，对比正统歌剧严肃古典的音乐手法而言的。

我们觉得，根据我国国情和观众欣赏习惯需要，轻歌剧除了应该具备上述特点外，更应该从轻快的节奏、喜剧性因素、生活的语言、适度的感情和音乐服从于舞台法则这五个方面来强调。我们在《现在的年轻人哪……》创作过程中，对此做了一些未能尽如人意的探索。

一、轻快的节奏

斯坦尼斯拉夫斯基说：“哪里有生活，哪里就有动作；哪里有动作的，哪里就有活动；哪里有活动，哪里就有速度；哪里有速度，哪里也就有节奏。”这段话准确地揭示了生活与节奏的关系。而戏剧节奏是生活节奏在舞台上鲜明的重点的体现，因此，戏剧节奏须根据剧本反映的具体生活内容而定。《现在的年轻人哪……》反映的是今天处于四化建设热潮中的中国青年工人的生活，这种生活本身就是一股跳跃前进的愉快的流水，那么，反映这种生活的戏剧节奏必然也是跳跃向前的。当然由于生活本身是复杂的，作为反映生活矛盾冲突的戏剧，也是复杂的，要表现出不断变化和发展的节奏。如《现在的年轻人哪……》第三幕中就有着“沉静、惊讶、失望、愤怒、兴奋、不安”等人物内心情感的节奏表现和由此产生的行为节奏的变化。就是幕与幕之间的节奏也不是尽相一致的。但是，正如我们复杂生活中的主流是健康地奔腾前进一样，《现在的年轻人哪……》的基本节奏也应该而且必须和生活的主流一致，鲜明地合着时代脉搏的跳动。

二、喜剧性因素

有的同志曾将《现在的年轻人哪……》冠以喜歌剧的名称，这是不准确的。因为喜剧最基本的美学特征是“把可笑的东西暴露给人看”，结构上是“在荒谬中再现现实”，结局也往往不十分合理。很明显，《现在的年轻人哪……》并不具备这些特点，那么，人们为什么会产生这种错觉呢？这是因为《现在的年轻人哪……》的冲突充满了喜剧色彩。

拿主导和贯串全剧的钟玉宁和夏寰之间的冲突来说吧，这是一种尖锐激烈的，但又是在目标一致（都是为了建设四化）前提下的性格冲突。这种冲突却具有独特的、幽默、滑稽的喜剧性因素，引起观众的笑感和深思。如第一幕中“送酒”的情节：钟玉宁一心想参加研制组，为四化出点力。但他性格中的偏激却使他认为现在谁都兴“开后门”那一套——“举世皆浊，夏寰何德何能独清？”所以在洪佑亮的怂恿下送了两瓶酒给夏寰，而夏寰在听说钟玉宁是个人才时很想见他。一见面他却来这么一手，又使得夏寰不加分析地认为钟玉宁也一定属于那种令人头痛的年轻人，拒绝了他参加研制组，因而引起了冲突。看到钟玉宁笨拙地送酒给夏寰，要他“请多关照”，夏寰气呼呼加以拒绝并摇头发出“现在的年轻人哪……”的叹息时，明白双方就里的观众当然会为他们的这种冲突发出笑声了。

喜剧性是构成轻歌剧必不可少的因素，它给观众带来笑声，使他们轻松而快乐。

三、生活的语言

在第四幕中，夏德斌有这样一段唱词：

小谭你人才好，
追你的知多少，
六月天的大雪糕，
——实呀实在俏！
看不来老百姓，
更甭说乡巴佬，
找到个洪副主任，
——实呀实在妙！
他挎的公文包，
戴的游泳表，
年轻的干部，
——资呀资格老！
他住的房子大，

坐的车子小，
三条腿的毛驴，这样的丈夫，
——哪呀哪里找？

很多同志认为这段唱词写得较好，既指责了谭雅芳的爱慕虚荣，又嘲讽了洪佑亮的“春风得意”，让人好笑又解气。其实，这段唱词不过是当年插队落户时的许多“知青歌曲”中的一首，我们不过根据剧情需要略略加工而已。原歌词是讽刺某些姑娘的选择。瞧！多么生动明快，多么富于生活气息！要闭门造车，我们是无论如何想象不出这样的语言来的。

可惜，这样的语言少了一点，而干巴巴的书卷气语言却很多。虽然我们遣词造句，煞费苦心，语言不可谓不“美”，但就是缺乏生活气息，缺乏个性，因而缺乏感染人的力量。德国音乐家台列曼说：“真正的作曲家能够替入场券配音乐。”这显然是一种极端的说法，但我们不能拒绝对生活中获得的原始语言素材进行提炼和加工。

四、适度的感情

适度的感情对任何一种体裁的剧作来说都是必需的，但这一条在轻歌剧中自有它的特殊意义。

在《现在的年轻人哪……》第三幕，钟玉宁被洪佑亮“抄家”后，面对摔坏的“电脑”和撕碎的图纸，五脏俱焚。这时他有一段唱：

我从来没有损害过别人，

我从来对得住自己的良心；
我不是“混世魔王”，
在无聊中消磨青春；
我不是政治扒手，
去制造人们痛苦的呻吟；
我不想沽名钓誉，
更不想发财高升。

但是，看过演出的人几乎都有一个共同的感觉：“浅了”，看起来“不解渴”。有人认为这是主题不深所致——应该写“代沟”。

人们可以对一个剧本的主题做多种解释，但不能任意改变它。因为主题的产生，如我们前面所说，是和它产生的土壤——人物、人物关系、人物动作分不开的。随意要求改变主题，无异于要求拔掉水田里的稻子种上高粱。

有人认为这是情节单薄所致——应该在丰富情节上下功夫。歌剧的形式决定了它的情节不宜复杂。我们好容易将旧稿复杂的情节简缩得单纯一些，何必又去重蹈覆辙？而且，我们还有意留出时间和空间给音乐，让音乐来帮助我们激起观众的各种感觉和情感，丰富剧本内涵。但一部分观众习惯用欣赏话剧的眼光来欣赏歌剧，只关心动作，不理解音乐，也就是说不善于将听觉的形象与视觉的形象结合起来，这大概也是认为情节单薄的一个原因。我们这样解释的目的，并不是要拒人于千里之外，而是想根据这种现象提出一个问题：我们的歌剧要适合于自己的观众，而且也应该培养自己的观众。

那么，导致“浅”的原因到底是什么呢？

问题出在人物性格的塑造上。

本来，我们的创作是先塑造了钟玉宁和夏寰这些具体的人物，依据他们之间的性格发展才有了戏剧冲突，有了情节，产生了主题。可是，当我们剧本初稿出来后，在多次修改的过程中，我们却错误地将眼光由人物转向了主题。我们再没有去深入发掘钟玉宁和夏寰等人物之间独特的、形象的性格冲突以深化主题，而是使他们之间的性格冲突成为对主题的解释。特别是钟玉宁，虽然仍在舞台上行动，但他是为证明主题而行动的。人物性格经过了“净化处理”，动作失去了个性色彩，这当然要导致人物的概念化，给人以“浅”的感觉了。* 与此互为印证的另一个人物夏德斌，我们写他的时候，完全被他鲜明独特的性格所吸引，根本没考虑到什么主题。他的嬉笑怒骂、言行举止都只是按照他自己的个性逻辑。恰恰这样，他给观众的感染力最强；恰恰这样，他的性格动作，他这个人物的塑造，体现、丰富、深化了剧本的主题。

我们经历了从生活中获得题材，发掘题材中的诗情使之歌剧化，对轻歌剧的特点进行探索这样一个创作过程，这也是我们对歌剧艺术的一次探索过程。在这个过程中，充满了烦恼、彷徨、动摇、失误……但“艺术的生命在于探索”，对此，我们是深信不疑的。本文作为对这个探索过程的全面检查，得失自论，亦难免失之偏颇。不足之处，敬请同行指正。

1982.9

---

* 觉察到这个问题后，作者又对剧本做了较大的改动。

我想写的作品

前不久，参加了一个影视剧本策划会。报上来的 16 个剧本，其中古代玄幻剧 2 部、当代玄幻剧 4 部、当代科幻剧 4 部、都市情感剧 6 部，竟然没有一部踏踏实实的，或贴近现实，或回眸历史的作品。我知道，这都是所谓的“收视率”惹的祸！看着那些 80、90 后年轻编剧憧憬的眼神，我表达了我的忧虑。可是，老师，我们真的不知写什么好！他们说。

写什么好？这个问题真的很难回答。艺术创作是多元的。你喜欢的、擅长的、想表达的东西，别人并不一定喜欢、擅长、想去表达。所以，我只能将自己想写的作品列举几部。当然，如果列举的这几部作品能够给他们在创意和题材的选择上提供一些参考，打开一点思路，则善莫大焉。

谈作品之前，先就“收视率”谈几句。

2003 年，我正式调入湖南卫视，担任电视剧中心艺术总监。台领导让我抓的第一部作品就是《恰同学少年》。当时，日剧、韩剧、台湾校园剧等青春偶像剧在中国风靡一时。我和黄晖他们商量，要塑造属于我们中国自己的、真正的青春偶像。在这里，替代那些风花雪月、俊男美女的，将是特立独行的身影和倔强坚毅的面容，这就是我们的毛泽东、蔡和森、向警予们！紧接着，我们又创作了抗战题材、奔涌着湖湘文化热血与中华民族不屈精神的《血色湘西》。

这两部剧，那些“市场分析”的行家里手都不看好，断言没人看，会严重拖累湖南卫视的收视率。结果呢？《恰同学少年》在央视一套播出，全国平均收视率 5.26%，最高收视率 8.92%，是当年央视一套收视率冠军！因为这部电视剧，北大、清华、人大、北航的青年学子们，成立了“（恰同学少年）研究会”，请我们主创去讲课。那一届好电视剧很多，中宣部“五个一工程”为此设立了三个特等奖，排名顺序为《恰同学少年》《亮剑》《长征》。至于《血色湘西》的播出，只能用“爆棚”二字来形容。这部剧首轮播出后，重庆台出高价要买我们的二轮播出权，可台里不干。我百思不得其解，便去请教总编室。总编室告诉我，重庆台的收视率（当时）也是很高的，如果我们将《血色湘西》卖给他们，就有可能威胁到我们收视率第一的宝座，我恍然大悟。

这些年来，我们湖南卫视播出的电视剧收视率屡创新高，但争议也从未停止过：褒者认为，收视率是硬指标，其余的都是白搭；贬者认为，这是“过度娱乐化”“娱乐至死”的表现。说实话，每当听到这种争议，我心里特别纠结。作为湖南卫视的一员，我享受着湖南卫视崇高江湖地位带给我的种种好处，让我加入贬低湖南卫视的大合唱中，于心不忍，于行（为）不义。但是，我又真心希望，我们的湖南卫视，我们的芒果台，既有让广大青少年观众喜欢的、超级娱乐的剧目，又能发出紧扣时代脉搏、弘扬民族精神的黄钟大吕之声！

“不信邪，不服输”，本来是我们湖南人宝贵的精神财富。但是，现今天在很多人那里，“不信邪，不服输”，变成了“不服行”，老子天下第一，“倔强”地不承认别人的长处和自己的不足，精神财富变成了我们的精神包袱。

不当家不知柴米贵，有人肯定会诘问我：你知道现在影视剧市场竞争多激烈吗？你做高头讲章可以，真要实际操作起来，我们只有喝西北风的份了！

我的回答当然是否定的。大家如果认为《恰同学少年》与《血色湘西》的成功已成历史，那么，前不久在央视八套播出的电视剧《长沙保卫战》，就切切实实证明，有使命感有担当的作品与高收视率并不矛盾。这部由长沙和光影视制作的作品，播出前，没有任何炒作，甚至没做任何宣传。但播出后收视率一路攀升，口碑也愈来愈好。好多朋友遇见我都夸奖，连我也一并夸奖进去。我赶紧声明，这部作品和我一丁点儿关系也没有，君子不掠人之美，对不？

除了手头正在创作的，我现在最想写的作品有几部：

一、电影《岳麓书院》

文艺复兴时期，意大利画家拉斐尔有一幅名作《雅典学院》。他将不同时代、不同地域、不同学派的著名学者集中呈现于一个空间，进行自由的学术讨论。整个画面洋溢着百家争鸣的气氛，凝聚着人类对智慧与真理的追求。我如果是个画家，我就会画一幅《岳麓书院》，将与岳麓书院有关的先贤们都画进去，让他们在同一空间探讨民族的命运，那该是多么的震撼！当然，电影剧本不可能这样做。或者我会以朱、张讲学为背景，构置一个电影故事；或者以梁启超、蔡锷师生为主线，来展现以岳麓书院为代表的，湖湘文化宏大悠远的韵致。我想，如果我写到惬意处，人都会随之飞翔！

二、电视剧《我的离骚》

说实话，此前播出的有关知青题材的电视剧我都不太满意。比如梁晓声，他是个有良知的作家，但他写的知青题材大都是兵团生活，表现的大都是知青自身，看不到知青与农民、与这块土地的关系。我们不在这里讨论类似作品的思想性，也不涉及对那场运动的评价。我想表现的是，一个刚刚经历了“文化大革命”，迷惘的青年学生，插队落户在湘西北一个小山村，与最底层的父老乡亲们生活在一起，完全靠挣工分吃饭，他对农村、农民有了深切的理解，对贫困、对苦难有了刻骨铭心的感受；同时，这块土地也给了他从未获得的精神滋养。当他再走出来的时候，已经成为一个人生目标坚定，有责任、有担当的成熟男人。

三、电视剧《星城故事》

这是和光影视公司与何立伟兄他们鼓捣过的一个题材，不知现在怎么没了下文。星城就是长沙。这个故事表现的是当下长沙老百姓的世俗生活，蛮有味道。长沙是一个地域文化特色极为浓郁的城市，长沙人民的幸福指数据称是全国最高的。我看过立伟兄的人物小传，我在这里说我想写，并非我来写，只是表明我题材选择上的一种考量，也含有督促之意。不管怎样，这部电视剧如果写出来，会精彩得一塌糊涂！

四、电视剧《溯江而上》

1932 年，日本人轰炸了位于上海的商务印书馆，无数珍贵的文化教育书籍，还有古籍孤本灰飞烟灭。日本人的用心恶毒之明显，就是毁灭我们的文化。在国民政府的安排动员下，商务印书馆随内地工业设备溯长江而上，克服了难以想象的困难，全部转移到了重庆，而且在最短时间内，恢复了生产，印刷出 500 多万套中小学课本供应全国，让孩子们有书读。

抗战题材的电视剧很多，但几乎没有讲文化抵抗的，这部剧就是讲文化抵抗。

五、电影《辰州》

辰州就是沅陵，是古老神秘湘西的缩影。

光绪年间，朝廷变法，取消了千年的科举考试制度。青年知识分子感到没有了出路。辰州青年举子曾子夏，也是在这种时代大背景下，东渡日本留学。在那里，他接受激进思想，成为一个革命党。回到辰州后，他尝试着改变家乡的一切……我想通过这部电影，表达自己对中国近代史的一点思索，对时代浪潮裹胁下的个人命运发出一声感叹。

2015.11.2

美丽的《孟姜女》

去年 4 月在广州，我正在创作一部非常有意义的电视连续剧《广州十三行》，我家乡，湖南常德的市委宣传部部长、文化广电局局长等一行找来，不由分说，强拽着我去写《孟姜女》，并扬言如果我不去，就要“虐待”我在常德的亲属，于是我就去了。

很小的时候就听说了孟姜女的故事，后来在慈利县当知青又听过“姜女下池”的一段唱，但从没想过她是哪里人，这次回家，才知道她居然是我的老乡，啃?!

齐鲁、苏皖、秦晋等十几个省市都有关于孟姜女的传说，申报国家级非物质文化遗产，批复了两家，一是河北廊坊；一是湖南常德的津市嘉山。

中国的民间传说，大抵初级简单，表达着草根民众最朴素的观念与诉求，但是也会有审美与思辨层次上的局限。孟姜女的传说脱胎于春秋齐国将军杞梁之妻的故事，这次重新看《左传》《说苑》《琱玉记》等有关历史记载，看府、县志，看傩戏、曲艺中的有关曲目，看当代人创作的有关孟姜女的各种体裁的文艺作品，发现有两个问题：一、孟姜女形象都是苦巴巴、惨兮兮的，还有“滴血认骨”等情节，一点儿也不美，我不喜欢；二、主题的表达也蛮讨厌，旧文人宣扬她的“贞烈”，新文人宣扬她的“反抗”，其实都是讨好，讨“封建纲常”与“阶级斗争”之好。

我心目中的孟姜女是一个美丽清纯，聚集了我家乡所有的山水灵韵，不懂政治，不会仇恨，让人看一眼就会心疼的小女人。那么她怎么能那样坚韧不拔，用脚步去丈量苦难呢？那是源于她心里的爱！那么她怎么能哭倒长城呢？那是因为长城是用来抵御长箭大刀、霹雳闪电的，而不是用来抵御弱者泪水的，不能承受之轻啊！

还有，在这部作品的创作中，我小心翼翼地绕开了“长城的象征意义”“秦始皇的功绩与暴政”等政治庸俗化的陷阱，提炼出一个不落前人窠臼、高贵独立的主题——世俗的幸福与帝王伟业的冲突，我真的感到高兴，不容易。我让孟姜女和秦始皇进行了一场错位的对话，我们无权评价秦始皇头脑中那些宏大的思想，可是当孟姜女请求秦始皇说：“我要带我的爱人回家，如果您不答应，请想想您的初恋，如果您已将初恋遗忘，您的心总应该柔软，如果您的心坚硬如岩石，请不要把它砌在长城上面，如果长城埋葬了爱，那么就让它塌陷……”我们难道不为之深深感动吗？

2011.7.18 夜 3：20
于长沙

写作的价值

一

小时候，想当个天文学家，那是小小少年蓝色的梦。

“文化大革命”来了，我插队落户在湘西北一个叫姜家湾的偏远贫瘠的小山村，这里是当年那个盐贩子靠两把菜刀起事，把湘西北闹得个沸反盈天的巢穴之一。

我们生产队田土分布在周遭的几座山上，大多被称作“斗笠丘”“蓑衣丘”，意即用一顶斗笠或者一件蓑衣便可遮住的小块田土，几乎没有一块一亩面积以上的大田。而且这些田土大多是“望天收”，老天爷不下雨，就没有收成。我赶上了有一年闹春荒，没有饭吃，乡亲们就挖葛打蕨度日。附近方圆百里的葛根蕨菜都挖光了。有一个人实在饿得不行，趴在井边去喝水，一下栽到井里没有起来。

当时农村兴评工分，出一天工，男劳力 10 分，妇女劳力 8 分。我呢，男劳力使牛打耙、挑担烧炭我干不了；女劳力插秧、捡茶籽的活，我干不好。可是乡亲们仍然给我评了 8 分，后来增加到 9 分，而且派工的时候格外照顾我：比如“双抢”时让我留在禾场上晒谷，到集镇上买一捆铁丝回来也算出了一天工。我们生产队极穷，一个劳动日才值 1 角 3 分钱，每年年终分到手的稻谷、玉米、红薯加起来还不够吃半年，大半年的日子都是忍饥挨饿。给我评 9 分，实际上意味着，乡亲们是将自己口里的粮食抠出来，养育着我。有一次，黄伯娘找我借粮，她一家三口，有两个壮劳力，如今却向我开口。我把粮食借给了她，内心却愧疚万分！

我们县一座大型水库要动工修建了，上级摊派任务，要求每个生产队必须抽调 1—2 名精壮劳力上工地，自带行李口粮，每天记 12—14 工分，年终回生产队参加分配。

听说别的公社有知青上了水库工地，我也向队里提出了要求。派我去工地生产队可以节省一个强劳力，而我则可以拿到高工分还无须队里照顾。这笔账谁也会算，但我们的老队长（村长）担心的是我承受不了水库工地的劳动强度，累垮或被退回来。我说可以先让我去试试看。

水库工程指挥部听别的知青说来了一个“蛮会写文章的知青”，便让我去办《水库战报》。接手第二天，工地塌方，死三人，伤二十七人。死者中有一个中学刚毕业的十八岁的女孩子。第一期战报上，我为那个女孩子写了一首诗，最后两句是“此去从容诉平生，仰首南山旗正红”。战报办得不错，我的工分比队里的强劳力还高出 20%，这让我第一次悟到了写作可以混饭吃的道理。

那时节，日本首相田中角荣访华。读到他的自传，里边两个地方让我印象深刻：一个是他妻子与他结婚时约法三章，其中有一条是婚后丈夫可以打她，但不可以用脚踢她。日本女人的这种思维方式让我惊诧不已。另一个地方就是田中角荣说他还默默无闻时，曾仰望星空发誓，一定要干出一番大成就来！这让我很震撼。我也曾仰望星空，生出的却多是浪漫与忧伤，哪有“王侯将相，宁有种乎？”那般野心？又是许多年后，读到先哲康德的名言，才知道头上的星空与心中的道德定律是应该拿来敬畏的。我想，如果星星是宇宙的眼睛，我身所处的重重叠叠的大山在它们眼中当如微尘，而真正如同一粒微尘被命运抛弃在深山峡谷中的我，又怎么能企图与星空对话？唉，“天地不仁，以万物为刍狗”，这句话的发明者似乎不应该是老聃，而应该是被称为“老三届”的那一代中国知识青年吧？

那时节，有一首“知青之歌”流行全国，我也会唱。可能是受江南隽永文风的影响，词曲都是一本正经的伤感。我们湖南的一些知青歌谣则不同，“八月十五是中秋节，我带着婆婆子（老婆）走亲戚。肩上背着糯米糍粑，手上提着老母鸡。丈母娘夸我好女婿，我说丈母娘你莫客气，糯米糍粑是我的血汗，老母鸡是偷来的！”还有好些知青歌谣，那种戏谑调侃，那种犀利洒脱，那种盐碱水浸泡过后坚硬的生活质感，会让当下好些走红歌星与他们的作品如青花瓷片般一碰就碎。

我曾经萌发过编撰《知青歌曲 100 首》的想法，因难度太大而作罢。

二

在那个小山村整整务农七年后，我被招工至一家由上海内迁到我家乡的纺织机械厂。厂里了解到我当过区文化辅导员，修过枝柳铁路，修过赵家垭水库，参加过农村调查，还帮县水利、农机等部门写过材料，便打算安排我在厂办公室工作。我说：“我在农村写材料蒙骗过贫下中农，如今又要写材料蒙骗工人阶级，良心上真的很痛苦。我希望到产业工人中间去。”

于是，我被分到最苦最累的浇铸车间，抬铁水。

说了农村的苦又来说工厂的苦没意思，反正我们浇铸班十几条汉子，除我外，个个都是身强力壮。抬铁水，打磨铸件毛刺，都是超强体力活，酷暑天出铁水时，车间温度计都会爆炸。可每次评选先进生产者，我都榜上有名。这与文章写得好坏无关，套用章回小说的话说：“这功名可是俺一刀一枪挣来的！”

还是在农村当文化辅导员时，我认识了我的两位恩师——诸扬荣与杨善智，他们俩在我们地区文学青年中的名头，无异于俄罗斯文学青年心中的托尔斯泰。可能是看我“孺子可教”吧，他们勉励我好好写作，同时送我一句话，“前世作了恶，这世搞创作”。这句话的深远意义在以后的岁月中得到了充分展现。

我们浇铸是中班，下午两点上班，午夜十二点下班。每次下班后，同寝室的青工们会聚在一起打扑克，一直闹腾到天亮才睡觉。我则把被子掀到一边，趴在铺板上开始写作，我要写一个农业机械化题材的大型歌剧：《金翅膀》。

我是一个爱玩的人，身边伙伴们打扑克的叫嚷笑骂，实在是极大的诱惑。我硬着头皮，坚持写下去。大概两个多月时间吧，才写完第一场。拿去给杨老师看，他批道：“对比强烈，堪称虎头！”可是往下怎么写，我怎么都编不出来了。杀牛起会，打狗散场，至今，《金翅膀》还躺在我的废稿堆里，飞不起来。

扎扎实实当了两年多工人后，诸老师费了很大的力气，把我调到了常德地区戏剧工作室，正式开始了我的编剧生涯。

三

我的家乡常德，古称朗州，就是那个写下“请君莫奏前朝曲，听唱新翻杨柳枝”的刘禹锡当过十年朗州司马的地方。又名武陵，“晋太元中，武陵人捕鱼为业，缘溪行，忘路之远近。忽逢桃花林，夹岸数百步，中无杂树，芳草鲜美，落英缤纷”。当然，桃花源就在我的家乡了。常德还是春秋战国时楚春申君的封地，建有一座春申阁，联曰：“珠履三千要使英雄尽入彀，虎贲百万不教嬴氏独称王”，于文气氤氲中吹来一阵快意雄风！

我出生在常德城的河街，街道的麻条石路面常年被那些挑河水卖的人弄得湿漉漉的。沈从文先生曾在河街住过两年，我常想，莫非我是踏着先生湿漉漉的脚印走上文坛的？

我编剧是从舞台剧开始的，处女作歌剧《现在的年轻人哪……》由中央歌剧院上演至今，我写过歌剧、舞剧、京剧、湘剧、评剧、汉剧、滇剧、花鼓戏、采茶戏、花灯戏、黄梅戏……我不想开一张清单，来表明我创作了多少作品，多少国家级剧院上演了我的作品，得了多少全国大奖。原来会，现在不会了，我觉得可耻。

但有三部作品我须简单提及，不是因为其影响，而是因为它们代表了我作为一个剧作家在不同阶段的思考与实践。这三部作品是：湘剧高腔《山鬼》、湖北花鼓戏（我更愿意把它称为乡村歌剧）《十二月等郎》以及京剧交响剧诗《梅兰芳》。

在常德地区戏剧工作室工作八年后，由刘鸣泰老师力荐，我被调入湖南省湘剧院。作为晋见之礼，我创作了湘剧高腔《山鬼》。

《山鬼》一问世，便引发了全国戏剧界的大争议！记得在首届中国戏剧节上，由于票太紧张，大会组委会工作人员不得不将自己的票拿出来以满足美、法、德、日、丹等 11 个国家大使馆的需求。

有很多人问过我为什么会想到弄这个东西的，我在“全国探索性戏曲研讨会”上的发言回答了这个问题，那篇发言的题目叫作《我不探索》。不过，我一直以为，文字很难准确地表达思想，特别是艺术思想。古人说，“文章本天成，妙手偶得之”；外国人说，“艺术是偶然发生的”，不必说出个道道来。

但是，自从写了《山鬼》，我的价值观、人生态度、审美取向，特别是艺术的感受，有一点禅宗顿悟的味道；又似乎掌握了“芝麻开门”的咒语，噫，难与外人道也！

《十二月等郎》是我为湖北荆门艺术剧院创作的一部乡村歌剧。荆门那地方毗邻常德，风土人情，甚至语言习惯都极其相似，与他们合作我感受到了一种亲情。

作品上演后应该说好评如潮。《人民日报》一篇评论文章从关注农民工的角度对它进行了解析，我读得心悦诚服。虽然我的初衷并不是写农民工问题。

在长期写作实践中我体会到，即剧作家可以不是政治家（至于捷克剧作家前总统哈维尔那是特例），但必须是个思考者、思想家。他在自己的作品中宁肯像“一根会思考的芦苇”那样提出问题而不是奢望着解决问题。而许多我的同仁们的误区就在于，他们总是下意识地以政治家的身份介入自己作品中。如我们大批描写改革开放的作品，你会看到里边种种难题都被剧作家解决了。邓小平都要“摸着石头过河”，我们的剧作家却以为他们掌握了改革开放的“灵丹妙药”！

在《十二月等郎》中，我提出的问题只不过是，中国妇女千百年来的等待究竟有何意义？当然，也有我自己一些感情的流露，工业化、城市化的进程使得农耕社会建立起来的人际、伦理关系分崩离析，如沈从文所说：“好的风俗和好的女人一样，是要逐渐老去的……”有点感伤。

写京剧《梅兰芳》之前，我则经常想道，一部人类史，多少强大、剽悍的民族或衰败，或湮灭，唯独中华民族能够绵延五千年，且生生不息，我们的民族性格究竟是什么？

写《梅兰芳》时突然感悟，是水。

梅先生那样一个儒雅的人、软弱的人、不争的人，面对强大的日本帝国，取得了一个人抗战的胜利。这是和平、澄明、宽容、自信的胜利，民族性格的胜利。

上善若水！

四

我由罗浩引荐，认识了刘文武，认识了张黎。我们几个与一群朋友，共同打造了电视剧《走向共和》。

不久，魏文斌和欧阳常林两位，以超越常规的方式与速度，将我调入湖南卫视，主要负责电视剧剧本创作这一块。数年间，我组织和参与创作了《恰同学少年》《血色湘西》等作品，给快乐歌唱着的湖南卫视增添了黄钟大吕之声，也算是不负重托吧。

2005年，张黎力荐，我和冯小刚导演合作，创作了电影《夜宴》。与小刚的合作如坐春风，当然，我也有张牙舞爪的时候。小刚坏笑着：盛老师，我发现你有两个特点，一是能坚持，二是把握大方向。我永远不能忘怀的是，《夜宴》遭遇“台词门”后，小刚挺身而出，我从来没有见过哪位导演讲过编剧这样多的好话，我知道他是在用身体为我遮挡枪林弹雨。

与吴宇森导演的合作让我见识了好莱坞的工作环境与流程，吴导恭谨谦和，从不疾言厉色。我看见《赤壁》上映后还保留着我编剧的名字，显然是他的绅士风度。

转眼间，我一只脚跨入影视圈竟有十来年了，但我始终觉得我很难融入，我甚至愿意被他们边缘化。这真是一种很复杂的情绪。

《走向共和》播出后，不论我遇到什么人，官员、商贾、白领、大学生；不论我走到哪里，甚至在洛杉矶、在纽约、在柏林，到处都是热烈的讨论与温暖的目光。也许是生态平衡吧？《夜宴》却遭遇了“台词门”。我曾在博客上发表文章，想以真诚来感动媒体，媒体报以我的却是说我向网友“叫板”！我终于明白我的错误所在：我将一场娱乐秀当成了学术讨论，身为媒体狂欢的祭品却在幻想唤醒他们的文化良知！

“五色令人目盲，五音令人耳聋”，在这个娱乐化浪潮裹挟一切的年代，我们已经失去了阅读，失去了思考，我为何而写作？

《潇湘晨报》记者采访我时，问：你这样强烈希望与名编剧划清界限，那么你希望人们怎么称呼你？我不假思索回答，小知识分子！一个想成为大知识分子的小知识分子。

我不管现代社会如何给知识分子定义，提到这个名词的时候，我脑际里出现的是西哲深邃的目光与先贤凛然的身影。

所以，我希望我的每一部作品都成为女娲补天的一颗颗彩色小石子，去补缀我们中华民族坍塌了的那一块文化天空。

2011.3.4

于广州

我一点也不快活

记得这好像是一部儿童电视剧的片名，因为符合我现时的心境，便拿来做了题目。

从香港返回长沙，刚到家，妻就告诉我，由我编剧的《马桑树》在全国歌剧调演中获优秀剧本奖。说实话，听到这消息后我没一点高兴的感觉，有的只是惊悚不安。果然，接下来几天，沸沸扬扬，有许多风声吹送入耳，便遵循朋友们“沉默是金”的告诫，躲在家里捅藕煤炉子。要命的是，编辑此时跑来约稿，而且约稿的理由让人推辞不得，虽然明知他这是把我往火坑里推，也只好硬着头皮，死活由之了。

《马桑树》获优秀剧本奖，旁人瞅着我这做编剧的蛮风光，蛮快活，却不知我为这劳什子戏剧事业吞咽了太多的苦水，这苦水已将心灵浸泡至麻木，无所谓快乐和悲伤了。

记得那一年，我第一部歌剧作品《现在的年轻人哪……》为省第四次文代会演出时，戏才演到一半，剧场一片椅子响，蒙蒙小雨，我木然伫立雨中，看中途退场的男士女士们谈笑着从面前经过，心中一片凄凉。后来这部歌剧由中央歌剧院在北京金碧辉煌的民族文化宫上演时，尽管掌声如潮，闪光灯耀眼，首长接见洋人叫好，我仍忘不了那个凄凉的雨夜。

五年前，我的另一部歌剧《想穿牛仔裤的老知青》由长沙市歌舞剧院接排，并参加了全省歌剧、话剧调演。首演是在红旗剧院。时值酷暑，上千名观众挤在剧场又闷又热，偏偏剧场的空调又出了毛病，放出来的不是冷气是氨气。结果，剧本连三等奖也没捞上。那次，对我打击实在太沉重，也斩断了我的一脉情丝，从此再不搭理歌剧那薄幸的情人。

今年三月，为迎接全国歌剧调演，省文化厅领导把我找去，不是下命令而是以朋友口气，希望我能将话剧《望断云天》改成歌剧，而且再三说明这也是原作者的意思。原作者李俊彬和我同为湖南谷雨戏剧文学社社员，平常挺哥们的。我最怕信任了，领导和朋友一信任，我就热血沸腾，分不清东南西北了，加上我也很喜爱《望断云天》这部作品，就慨然应承下来。剧本改出来，又几经鼓捣，定名为《马桑树》。说来凑巧，又是由长沙歌舞剧院排演，首演地点又是红旗剧院。商议这地点时，我心有余悸，横竖不答应。可领导已拍板，我只有干瞪眼，只有回过头来给自己壮胆，哪儿跌倒哪儿爬起来。首演结果，不好也不孬。于是，一车子把我送到青园宾馆，关起门来改剧本。好吃好喝就是睡不好，隔三岔五就有人来谈意见，查进度。开始我还做谦谦君子状，后来便按捺不住，跳将起来，争吵发作。如此不知反复了多少个回合，直把我折腾得气息奄奄，什么欲望都没有了，剧本却突然得了奖。想想，真有些滑稽。

说这些话，并非想表明自己是如何淡泊的人（虽然我很想成为这样的人）。说实在的，我喜欢那金光闪闪的奖杯，用时髦的话说，它体现着我的人生价值；我更喜欢奖杯里还放上一叠奖金。用不着体现，它本身就是价值，可如果人的全部生命都为着追求这些，那也太不怎么的了。我历经沧桑，总算有了这样一点顿悟，心地渐趋清凉。不料今年一年内，我竟获电影、广播剧、歌剧三个全国大奖，心里又犯了嘀咕，想着这恐怕不是好兆头。人怕出名猪怕壮嘛！想着日头哪能老在一个人门口红呢？想着福兮祸所伏……我知道这是受儒、释、道等学说影响太深，知道这是中国知识分子传统的心理负担，可就是摆脱不了，似乎也不想去摆脱。所以，我快活不起来，我一点也不快活。

仙品·鬼才·大活人

——《土地庙的来历》读后

读金式《土地庙的来历》，三月不知肉味。

一

现在的文艺理论家们已开展了对创作心境的研究。我们想象，金老先生坐在湖南戏研所的窗明几净的房间里，将祁剧传统剧目《阴阳错》改编成如今这个剧本时，该是一种什么样的心境？

他一定自信而超脱。

因为他是以现代人的目光去审视距今已有数百上千年的《阴阳错》这一段公案的；因为他是从地面，从人间，居高临下去俯察土地老儿、林二姑、罗百孔们在阴曹地府的行动的。因此，对这个剧目而言，他便获得了一种历史的、超越时空的地位，他自信，对剧中人物的性格、动作、心理，对他们之间纠葛冲突的来龙去脉，他比那位日断阳夜审阴的包龙图大人还要清楚；他明了剧中人物的命运并（通过改编）安排着他们的命运。他超脱，没必要“看戏掉眼泪——替古人担忧”，更没有必要如福楼拜写包法利夫人服毒自杀那样，闹得自己也满嘴砒霜味。我们以往的创作实在是太强调作家和作品融为一体了，作品中人物举手投足、一笑一颦，都要求作家如同身历，实在是太少提及超脱感，而这对于我们“跳”出来，换一个角度，用新的眼光来看待自己的作品和人物，是很有好处的。特别是对于改编者，自信和超脱，简直是使作品不囿于原作，跃上新高度的筋肉强健的两条腿。

让我们先看看《土地庙的来历》中这一段对话：

阎　王　下跪的可是林一姑？

林二姑　非也！

阎　王　我这里是阴曹地府，你飞到哪里去？

判　官　禀大王，她不是想飞，是讲她不是林一姑。

阎　王　不是就不是，非什么啰？

判　官　非字比较文雅，而且有点意境。

阎　王　什么文雅、意境？不合为王脾性；既是六只箢箕，只装三担牛粪。文风一定要改。

亦庄亦谐、亦古亦今；官样做派，村人俚语；既不遵循传统章法，又不顾及戏曲程式。可以肯定，这一段文字是原作没有的，老先生太随心所欲了！可是谁看到这里，又不会露出会心的微笑，感受到作者智慧的力量？这种调侃笔墨在剧本中比比皆是，或于机趣中见锋芒，或表面热闹而内里恬静，或是作者幽默感的无意流露。剧本标明是“寓言喜剧”，我们不打算一句句去考证每句话的讽世警世之意，也不打算从中提炼出什么深刻的主题。我们只确确实实感受到作者的自信和超脱，使得这部作品通篇流动着一脉神韵，使得这部作品较之那些处处卖弄噱头的喜剧让人看得舒服自在，回味绵长。反过来，这脉神韵又使人感到作者的格调不凡。噫，老先生于戏曲界参禅悟佛久矣，心地清凉，写出的作品自然也透出些仙风道骨来。

二

中国的戏曲如国画，是一种写意的艺术形态，很是讲究空灵蕴藉。不过，老靠这些，即使飘逸如太白，“仰天大笑出门去”，把观众晾在剧场里不管了，恐怕也是不行的。观众坐在剧场里是来看戏的，而“戏”这个概念，按目前观众的欣赏习惯要求，就意味着有人物，有情节，有故事。但是，那种千人一面，情节雷同，最平庸想象力的人也能编出来的“戏”，又赶跑了并继续赶跑着大批观众。因此，为写出不落俗套，时时给观众以新鲜感，始终维系他们兴趣的剧本，我们的剧作家不得不煞费苦心！

李贺就曾以其诗作想象力的丰富和新颖诡异被世人称为“鬼才”。

晏几道《鹧鸪天》“梦魂惯得无拘检，又踏杨花过谢桥”两句，想入非非，堪称“鬼语”。

《土地庙的来历》里见鬼才，单单看他第五场“罗半仙闹殿”，就真是鬼语连篇，鬼点子层出不穷！

被小鬼误拘的林二姑来到阎罗殿上。糊涂而又自以为是的阎王弄了半天才明白：由于土地捣鬼，抓错人了。他正打算将这件冤案蒙混过去，早已窥视在旁的罗百孔却乘机发难，一杠子插进来。阎王爷哪里把他放在眼里？劈头就是一顿训斥。又哪里知道罗百孔是洞庭湖的麻雀——见过几多风浪的，吓不退，哄不转，非要带着二姑到玉帝那里告状不可。阎王心里有鬼，慌了神，忙着喊判官小鬼“扯后腿”，扯住罗百孔打商量，答应放二姑还阳，让事情结束。

第五场写到这里，看来也可以收场了，粗心的读者或观众会这样以为。但是，作为编剧却不能疏忽，罗百孔也不会甘心：他的还阳问题还没解决哩！怎样转到这上面来呢？怎样写好这个所谓“介口”的地方呢？且听罗百孔的“半仙我有话讲，定要好事成双”。何谓好事成双？那就是放他与二姑一起还阳。好个罗百孔，不愧在江湖上混了如许岁月，启眼动眉毛，“活泛”得很；一句“好事成双”，出人意表，将话题一下子拉到了要害问题上。转折得如此迅疾，“介口”处却了无痕迹。

罗百孔提出还阳要求，阎王以他是正常死亡加以拒绝。冲突复起，两方都极尽讹诈哄骗之能事，最后经判官“圆场”，阎王答应“开后门”放罗百孔还阳。至此，这场戏好像该画句号了吧？不料作者笔锋一转，又带出了一段罗百孔为加阳寿和阎王讲价钱的戏来。一个漫天要价，一个就地还钱，江湖说白你来我往，与前面的“开后门”“平冤昭雪”等人们所熟悉的现代名词交相辉映，令读者（观众）时时有新的发现，引起审美感知的微微颤动。

最后，阎王给罗百孔的阳寿满打满算增加到九十六——顶了壜。罗百孔总算满意了。幕落时“众皆笑”。我们也笑了，是对作者的赞赏：“这么一场戏，亏他想得出来！”

三

在民间，土地是群众相当熟悉的一位脚色。但他的属性，说来惭愧，我们还弄不太清楚。看他的“职称”，“土地菩萨”似乎是位神仙；看他专管一方百姓的生养死葬和风水阴阳的工作性质，又当隶属鬼籍。也许，他行政上属神仙，业务上归阎罗，被置于鬼神的双重领导之下吧？不管怎样，有一点可以肯定，土地绝不是凡人。奇怪的是，就这么一个写鬼神而并非以凡人为主角的剧本，读来却令我们这些凡夫俗子产生一种亲切感；而许许多多写凡人的戏，我们却不得不以极大的忍耐性去承受他们的“装神弄鬼”。这种艺术上强烈的反差太值得我们深思了。

也许，《土地庙的来历》中土地这个形象的塑造，能使我们“悟”出点什么？

虽然有神仙的名分，但在戏曲舞台上，土地该是一个鼻尖上抹一块白，毫不起眼的小老头儿。他外形猥琐，行为也没有什么让常人敬仰的地方。起码，他娶了老婆，而且两公婆感情不坏，朝夕相处，也没听说闹离婚。这就很有悖于佛道“六根清净”的原则了。再则，他好吃。一日三餐，食的都是人间烟火，还常常想着打牙祭。“食色性也”，奈何他竟完全具备！林二姑不给他送饭，于是，他先声色俱厉地质问，再换一套软功夫哄欺，继而打躬作揖乞讨，最后竟动手抢起饭菜篮子来了。呜呼，一方神灵，倘有些微道行，也不至于落到市井无赖这般田地。至于他私改签票，使得小鬼误拘林二姑，又将罗百孔和林二姑的灵魂与躯壳对调，造成阴错阳差等等，其报复手段也与常人很相似。不过，土地的这一切做派愈无超凡脱俗之处，反倒愈显其真实可信。到最后，我们终于发现，原来作者压根儿没把他当作鬼神来写，而是从外形到内心，从语言到衣着，从举止行动到思想感情，都是按照人的面貌，按照平头百姓的面貌来写的。当然，如果硬要说他是鬼神也可以。但这不是那种宗教意义的鬼神，这是艺术的鬼神。作者以人的血肉塑造了他，让他符合人类的审美法则，成为一个活脱鲜灵的艺术形象，一个实实在在的大活人！

四

《阴阳错》的公案了结了。土地被铁面无情的包龙图大人赶到村头舍尾住下来。残砖破瓦，冷火秋烟，两公婆悽悽惶惶，状极愁苦。看到这里，我们不禁动了恻隐之心，可怜起土地并对作者不满起来。土地干了坏事，已经受到惩处。可您老先生笔下还左一个“地头蛇”，右一个“地头蛇”地骂着，地头蛇就他这点能耐吗？最后还大声疾呼：“鬼域昏昏冤沉海，人世官场何异哉?！生杀予夺随意改，造成冤狱实可哀。”将这么天大的罪责让这么可怜的小人物来担当，公允吗？这么直露的主题与这么内涵丰富的形象硬扭在一块儿，合适吗？是不是写到最后，您惩恶扬善之心太切，听任感情从笔下泛滥，因而失去了飘逸蕴藉的旨趣，忘记了艺术适度的原则呢？

1985.5

寻找“好猫”

在中国，写歌剧，艺术上有三难。

一、形式。我们太注重形式了。一部作品出来，便会有许许多多评判：这是不是歌剧？是大歌剧、轻歌剧，还是音乐剧？而评判所依据的标准，又都是从国外批发来的。不是说洋人的标准就要不得，但他们又是从哪里批发来的呢？他们没有批发，是自个创造的，也就是说，是先创造了作品本身，再根据这作品的形式特点，冠以诸如音乐剧等名称。可到我们这儿，就全弄颠倒了。是先有人拿着歌剧、音乐剧等框框再去套一部部作品。没有套上的自然什么也不是，不少套上的也冤得慌，比如，我们湖南近十年来所创造的一大批歌剧，有人一概冠以“音乐剧”，但真拿音乐剧的特点去要求，好些作品又不能达标，于是便成了质量很差的音乐剧。其实，我们也可以来点创造，把这些非驴非马的东西叫“丑（楚）歌剧”岂不恰如其分？

二、阅稿。你的剧本写出来，得交领导审阅，让有关人士“学习”，审阅也好，学习也罢，反正末了是叫编剧脱几层皮，结论则十有八九是“太单薄”，感觉是对的，歌剧剧本最容易让人看着“单薄”，为什么会有这感觉？我们是一个歌剧土壤贫瘠而戏曲基础深厚的国家，很多人受戏曲艺术熏陶，审美定式全是戏曲的。要命的是，他拿戏曲审美定式去看歌剧，焉得不看出“单薄”来？我们撇开歌剧的素材取舍、谋篇布局与戏曲的种种不同，仅以唱词为例，戏曲唱：“月影淡烛光摇夜阑人静”，一句唱词，包含多少层意思？拿到歌剧来：“月色淡淡，烛光摇曳，夜深了，人睡了，多么安静……”还得来一段反复：“夜深了，人睡了……啊！”写了一大段，内容抵不上戏曲一句唱。可音乐呢？歌剧剧本得留给音乐自由翱翔的空间呀！

三、主次。剧本为主还是音乐为主？我真不明白为什么要在这问题上争执，而且往往弄得大家都很尴尬。其实结论是明摆着的。外国是以音乐为主。那是因为作曲家先有了总体构思，再请剧作家根据他的构思写个文字脚本，他又在此基础上作曲。而我们一般是剧作家先写出了剧本，再请作曲家作曲，剧本是一只鸟儿的肉身，音乐是鸟儿的羽毛和翅膀，“皮之不存，毛将焉附？”没有翅膀的鸟儿怎么能飞翔？所以不存在主次之分。我并不认为这种生产方式很先进，但适合我们现阶段的国情。我主张今后的歌剧创作应该向以作曲家为主过渡，哪怕那时候我面临失业的危险。

这是一篇提纲式的短文，不可能把问题谈透彻。而且我更喜欢行动，任何笨拙的起步，都胜似坐而论道。不管白猫黑猫，逮得着老鼠就是好猫。

让我们去寻找“好猫”。

《荀子》的意义

必须承认，相对于以往的历史题材电视剧创作，面对荀子这个题材，我有点底气不足。这与编剧技巧无关，而是关乎创作者本身的人文素养、知识积累和思想高度。

所以，我发自内心地感谢各位专家的莅临指导，相信你们的教诲能解我愚钝，让我和我的创作团队少走弯路，更不要闹出什么历史笑话，从而出色地完成《荀子》的拍摄。

德国哲学家雅斯贝尔斯在《历史的起源与目标》中说，公元前800年到公元前200年是人类文明“轴心时代”，是人类文明精神的重大突破时期。当时古代希腊、中国、古代印度等文明中产生了伟大的思想家，他们提出的思想原则塑造了不同文化传统，并一直影响着人类生活。我们的荀子，就是这样的思想家，他和西方亚里士多德等同时代的思想家一样，用他们的思想光辉，照亮了人类历史的天空。

这段话，应该是我们创作的最高愿景。

《荀子》的创作，我们将朝三个方向努力：一、塑造好荀子这个人物。和史学家们写作学术论文严谨的逻辑思维不同，作为一名剧作家，动笔之前，我首先想到的是：荀老夫子长什么模样？他有哪些性格特性？

第一个问题显然没人能回答我，两千多年了，谁也没见过他老人家。古籍的文字记载也没有关于他老人家容貌的描写，而在西洋画法传入之前，中国古籍的插图，除了孔夫子和朱元璋有些特点外，其他都是千人一面，分不清谁是谁。

那么，荀老夫子的性格特征呢？这个有据可查。首先，他讲科学。在先秦诸子中，对待自然，孔孟回避，老庄哲学，只有荀子，以一种科学精神，坦然面对："天行有常，不为尧存，不为桀亡。"也就是说，自然界有自己的规律，并不以人的意志为转移。其次，他很乐观。大家都知道荀子的"性恶论"，说人的自然属性是恶的。但他还有一个重要观点，"化性而起伪"。化，是改造。起伪，是兴起善心。意思是说人可以通过努力去改造自己恶的自然属性。他坚信这一点，不像孔夫子那样悲观逃避，"道不行，乘桴浮于海"，我的主张行不通了，我就乘着大木筏子跑到海上去！所以说他是乐观的。荀子还有一个性格特征，那就是勇于进取。他说，"天不为人之恶寒而辍其冬，地不为人之恶险而辍广，君子不为小人之匈匈而易其行。"天，是不会因为人们怕冷而没有冬季的；地，也不会因为人们怕远而不再广阔；那么，一个君子，难道会因为小人的吵吵嚷嚷就停止行动吗？当然不会！就冲这一段话，就足以让我心潮澎湃，热血偾张！

讲科学、乐观、勇于进取，了解了荀子这些主要性格特征，甚至可以帮助我们回答第一个问题——"荀子长什么模样？"我想，他应该是个高挑个，因为世事洞明，眼神明亮而不失犀利；因为乐观，笑容温暖，笑声极具感染力；他的胡子有点翘，这泄露了他内心的倔强；他讲话语速很慢（贵人语迟），略带邯郸口音，虽然我也不知道邯郸口音是什么样的；他走路姿态潇洒、优美，他的学生中一定有人学他走路的姿态，比如说李斯，而且学得很成功。

了解了荀子这些主要性格特征，我们的目光就可以注视荀子的命运了，因为，“性格决定命运”。

二、艺术地呈现荀子的人生际遇与他学术思想的形成与发展。我拜读了梁涛教授的《荀子行年新考》与任乃宏教授的《荀子行年新考——以〈议兵〉时间为标尺》，感叹看不懂，这里边学问太深了！但是，看不懂也得看，起码，你不能将荀子的人生颠倒着来写吧？

我们这部电视剧，准备将荀子的人生分为两个阶段来描写。前一个阶段，是荀子游学稷下，三为学宫祭酒；后一个阶段，荀子入楚，两任兰陵令。游学、入楚，都是行动，行动的目的是什么？推广他的政治主张。荀子的这个动作（我们称之为动作贯穿线），贯穿了他人生的两个阶段，这样，我们这部电视剧的叙事框架，就可以立起来了。

与学界对荀子三为学宫祭酒的考据不同，我感兴趣的有两点：一是在这个阶段，荀子学术思想应该基本形成，并有了大的影响。他学了半辈子的孔孟，那为什么 50 岁以后发生了转变？从“性善论”到“性恶论”，从“法先王”到“法后王”，从“死生有命，富贵在天”到“制天命而用之”，这些观点怎么来的？《史记》好像没有讲，而我们结合他的人生际遇去发掘，一定会有精彩的解释；再感兴趣的就是荀子在稷下学宫的生存状态：齐国当权者怎样待他？与同僚关系如何相处？他怎么施教，学生怎么学习？三为祭酒，跌宕起伏，剧情反转，中间还穿插着荀子入秦，与春申君结识等，应该很好看。生存状态还应包括他所处的自然环境，春天里，柳丝绿了，河滩上，青年男女，踏歌而来……我很向往先秦社会的民间生活，那是“关关雎鸠，在河之洲”的民间，是《诗经》的民间，也是归真返璞，心灵自由放飞的民间，彼时彼地，荀老夫子当何以自处？想想就好玩。

至于他担任兰陵令，我想应该是他主动要求的。他去兰陵，不是做一个普通意义上的清官，处理强奸民女之类的案件去的。兰陵是他的深圳，是他实践自己政治主张的试验田。兰陵对他而言，意义非凡。所以他才会在这里著书立说，总结人生，直至终老。

三、彰显荀子的时代影响。荀子是先秦时期最后一个儒学大师，但是，他认为人的天性是恶的，主张设立君权来统治，明确礼义来进行教化，制定法度来进行治理，加重刑罚来禁止犯罪，以求普天之下都“出于治，合于善”。这里，我们分明嗅到了法家的味道。而他的两个学生，李斯和韩非，一个成了法家思想的实践者，一个成了法家思想的集大成者，甚至走向了他的对立面，想到这些，我们不得不惊讶历史的吊诡。

当然，作为一部电视剧，我们没有必要更没有能力给中国历史延续了两千多年的儒法之争来个结论，但可以肯定的是，在烽火连天，战乱频繁的战国末期，在每一次重大的历史事件中，都可以看到荀子的影子。怎样让他的影子清晰起来，彰显出来，这就是我们的任务了，这就是艺术的任务了。

荀子是伟大的，他的思想推动了当时社会的进步，他更给中华民族留下了一笔宝贵的文化遗产。我们今天拥有“依法治国，以德育人”的先进理念，先贤们功莫大焉。为了表现这一点，我们甚至准备打破电视剧传统的结构方式，给这部剧一个别开生面的尾声——

已是西汉时期，经历了“焚书坑儒”浩劫的荀门弟子张苍、毛亨、伏生和浮丘伯（他们每个人的故事都可以写一部大戏）聚集在一起，抚今追昔，感慨世事沧桑，回忆起当年在稷下学宫，老师给他们授课的情景：室外鹅黄嫩绿，青草茵茵，室内蒲垫生暖，如坐春风。青年学子们以热烈虔诚的目光注视着他们敬爱的老师荀子，聆听着他略带邯郸口音的授课，真理和智慧之光照亮了每一个人的面孔，也照亮了整个宇宙空间……

2020.12

北京—邯郸

我写《马桑树》

去年三月，为迎接全国歌剧调演，省文化厅领导同我商量，希望我能将话剧《望断云天》改成歌剧剧本，而且再三说明这也是原作者的意思。原作者李俊彬和我同为湖南谷雨戏剧文学社社员，平常关系很好。《望断云天》通过红军战士在革命胜利后回乡寻亲的动人故事，歌颂了湘西山区普通群众对革命的坚贞信念和他们为革命作出的奉献和牺牲，我很喜爱这部作品，而且领导和朋友这般信任，我就慨然应承下来。

动笔前的一天早晨，一个乡下后生敲开了我家房门，进门就喊："盛叔叔。"我蒙了。一问，才知他是我十多年前插队的那个僻远小山村的孩子。他说他父母拜托我，给他在城里找个临时工作，只要是力气活，不管干什么都行。可我奔波了几天，一无所获。他看在眼里，提出要回家。我不好挽留，妻便收拾了一大包衣物，让他带给他父母和乡亲们。他回去后，他父母来了一封信，说衣物收到了。有一个黄伯娘，那时待我和妻子有如亲生儿女，这次收到我们捎去的一套绒衣裤和蜂王浆，不说话，直哭。又说他们小山村最近和附近村"搭伙"通电，全村乡亲凑钱包了一场电影，要我和妻子一定去看……接到这信，我心里哽得慌。我以前还被借调去搞过一段时间的“农运”调查。听和接触到的一些人和事，至今难忘。有一个井冈山时期的红军著名将领，牺牲了。他在石门县家乡的妻子不知道这消息，苦苦等着他。直到解放前夕，得知他牺牲的确切消息后才改嫁。解放后，她却一直挨批斗。直到她侄儿长大成人，进北京找到朱老总，她才得以平反。平反时问她有什么要求，她什么要求也没有，只求政府把这位将领的烈士证交给她，她是他唯一的亲人呀。

湘西一带流传着一首红军时期的歌谣：“马桑树儿搭灯台，望郎望穿几多岩。郎当红军姐在家，姐在家中慢慢挨，革命成功（你）早回来……”这首歌旋律优美得不得了，简直融汇了湘西山川一切的灵韵。可我在湘西插队七年，却不认识马桑树。问我那个当植物学教授的大哥，他翻开一本厚厚的植物学词典，指着插图和文字给我看。我还是不认识。为此曾专程回到原来插队的小山村。乡亲们笑了，指着山路旁、田坎边、岩缝间一蓬蓬绿色灌木：“喏，那就是。”

马桑树，你原来这般不起眼！

1989.12

《广州十三行》引言

我们这个故事的讲述者是托马斯·斯当东。故事开始的时候他还是个十三岁的孩子。1793年，马戛尔尼率英国使团谒见乾隆皇帝，小斯当东是使团内的见习侍童。他一生的经历使得他与中国，与广州十三行结下了不解之缘。

当然，选择一个英国人作为我们的讲述者还基于几个重要考虑：一、视角的变换可以使我们的艺术立场更广博、更真实。我们希望这个故事能打动地球人的心灵；二、可以绕开那些铁定的，然而是脱离了历史条件、未经真正思索而得出的结论，如“乾隆的妄自尊大、闭关锁国造成了中国的被动挨打”，“愚昧的封建统治者和贪官污吏的榨取和打压，使得广州行商遭受灭顶之灾”，而忽略或是根本没有能力涉及随着工业文明的诞生，在经济全球化的历史趋势中，西方对东方的殖民立场；三、如果我们触犯到某些敏感问题，那显然要由托马斯·斯当东先生负责，他的讲述会不可避免地与我们传统的价值观发生冲突。

但是，我们仍然可以引以为豪的是，这一段历史终于第一次，由中国人以艺术真实的方式，呈现在世界面前。

辑 二

|逆流而上|

一项政治主张拿出来，应该得到大多数人的赞成和拥护。而如果一个文艺作品拿出来，所有的人都觉得符合自己的口味，那这个作品就太乏味了。

蓬勃的开国气象

——《香山叶正红》访谈录

问：《香山叶正红》剧本的创作起源或初衷是什么？

答：我曾看到过这样一份历史资料，1949 年 1 月 31 日，北平和平解放。2 月 3 日，人民解放军举行盛大的入城式。毛泽东只提了一个简单要求，解放军队伍必须经过东交民巷！ 2 月 3 日，当解放军威武之师在红旗引导下，行至前门箭楼时，突然向右拐了个弯，挺进东交民巷。顿时，两旁观看入城式的成千上万北平市民，个个热泪盈眶，发出震天动地的欢呼声……看着这份资料，我也热泪盈眶！

洗刷了百年民族耻辱，站起来的中国人民，开始构建真正属于自己的新时代。这一刻，点燃了我的创作激情。说到这部戏的创作初衷或主旨，如果归结为一句话，那就是："开国气象"，呈现中华人民共和国建国时的开国气象！

问：《香山叶正红》的创作历程是怎样的？遇到的最大困难和挑战是什么？

答：我们这部戏从有了最初的想法，到提供资料，实地采风，多次座谈会，一直到拍摄完成，都是在北京市委宣传部直接指导与支持下进行的，同时也得到总局、中央台和重大办的高度重视与关注。而由我牵头组织的编剧团队，柳桦（他是创作的主力）、董炜、陈铁超，都是充满理想主义且脚踏实地的知己朋友。唐德影视的吴总、刘芳对我们整个创作活动都给予了支持并热情地参与其中。特别是腾讯等出品方，从来没有对我们的创作自由进行过干预。对这一切，我深深感激。

至于最大的困难和挑战，那就是怎样寻求突破创新。我想，这不仅仅是我们创作这部电视剧所遇到的问题，也是所有重大革命历史题材，主旋律作品所面临的问题。

问：从创作角度看，《香山叶正红》最大的艺术特色是什么？

答：其实，这与上一个问题紧密相关。

最大的艺术特色是什么？守正创新。

所谓守正，就是必须保持重大革命历史题材的政治性、严肃性和权威性。而创新，我们做了三个方面的尝试：

一、变回顾总结式为正在进行式。比如我们写渡江战役，江水的涨落、敌情的变化，都是正在发生的，编剧应该跟着剧情的发展走，而不应该“胸有成竹”。创作者角度的转换，会使我们的叙事更真实、更生动。

《香山叶正红》这个题目受到很多朋友的称赞与喜爱，“题好一半文”嘛。但这个题目的产生，我却是不假思索，冲口而出，好像它早就存在那里，这真是我艺术创作生涯中一次偶然的现象。这个题目赋予了这个题材诗意，而“正红”是过程，更能呈现那种意气风发、蓬勃生长的开国气象！

二、在重大事件铺排的同时，突出人物情感。我们的人物，不管是居庙堂之高，还是处江湖之远，都应该通过情感来表现。情感表现不一定非得有一个动情的情节或场景，台词也很重要。比如第一集，周副主席向毛主席谈到敌我双方的兵力对比：

周恩来 ……国民党军从战争之初的四百三十万下降到二百零四万，且其中包括海军和空军，真正能用于作战的陆军部队最多只有一百四十六万人，我们则已经有了一野、二野等五个野战军，四百万人以上……

毛泽东 曾几何时？星移斗转！

周恩来 主席又诗情奔涌了！

毛泽东 有点感慨而已，写诗嘛，还不到时候。你继续说！

周恩来 我军已经解放了长江以北的大部分省份……可以说我们已经取得了半壁江山。

毛泽东 半壁江山装不下中国共产党人的报国情怀，我们要打过长江去，解放全中国！

这些台词就不是简单的叙事了，而是蕴含了强烈的感情色彩！

三、这是一部宏观叙事的作品，但越是宏观叙事的作品，越要采撷尽可能多的精彩细节。比如这部剧中有关毛主席帮警卫战士柳二勇写信的细节，就让人感动、温暖，甚至感受到一丝优雅。

问：除了以毛泽东为代表的伟人领袖，剧中解放军团长姜莱阳、青年干部萧静娴、中央警卫员柳二勇等小人物也有血有肉、格外出彩，深受观众喜爱。在人物塑造，写人物上，您有怎样的心得和体会？

答：在人物塑造上，我想每个编剧都有不同的心得体会。就我自己而言，还是强调应该通过人物性格来塑造人物。比如我在回答您第一个问题时所提到的，毛泽东对解放军北平入城式提要求时说，我的要求很简单，就是解放军必须经过东交民巷！这是何等的气概！这是何等深沉的民族情感！这是何等激扬的民族精神！这样的话，除了毛泽东，谁又讲得出来？这就是通过性格，塑造了人物。

问：这部剧在叙事上是多维视角、多线并行，既有浩浩荡荡的历史事件，也有惊心动魄的敌特斗争；既有伟人的战略部署，也有小人物的成长，更有破解黄炎培“周期律”、化解柳亚子“牢骚”的佳话。您如何看待重大革命历史题材创作中这种繁而不乱的多线叙事？

答：正如您所说，一部重大革命历史题材电视剧，在叙事上必定是多维视角、多线并行的。那么，这种叙事怎样做到繁而不乱？这对编剧的功力的确是个考验，但是，只要我们抓住了最主要的一条线索，其他的问题也就都好办了，这也是我们常说的“纲举目张”吧。那么，这部剧的最主要线索是什么呢？进京—和谈—渡江—（以天津和上海为代表的城市）经济建设—筹备与召开政协会议。这条线索，我们在编剧术语中称之为“动作贯穿线”。牢牢把握住这条动作贯穿线，以组织和带动其他线索（如民主人士、解放军指战员、老百姓、敌特等）发展，就会达到繁而不乱的效果。

问：剧中有很多“名场面”令人动情，印象深刻。比如游击队队长张淑花一家的分离和团聚；政委王开山的母亲留字条，每天在村口大树下等儿子回来；毛泽东拜访柳亚子，一直在门外等候，直到柳亚子午睡醒来。您是如何在宏大历史中融入这些充满人性温度、令人共情的场景的？

答：这些“名场面”，有的本来就存在于真实历史之中，我们只是将其发掘出来，稍加艺术处理而已；有的则是柳桦他们的艺术创作。我一直认为，感情是春雨，它会使重大题材、历史题材变得温润。

问：《香山叶正红》中塑造了一些姜莱阳、萧静娴、柳二勇、张淑花、赵玉甜、黄阿毛等虚构人物。您觉得在真实性的重大革命历史题材创作上，虚构人物的必要性和辅助性是什么？

答：虚构的、小人物的出现，是我们在创作之初就决定的，是一个非常自觉的行动。马列主义唯物论认为，历史是人民群众创造的。那么，怎能想象，在《香山叶正红》这样的重大革命历史题材电视剧中，怎么可能没有人民群众的出现？而姜莱阳、萧静娴、柳二勇他们，就是在历史上真实存在的无数人民群众的代表。他们的作用绝不仅仅是辅助性的，他们也是主角。

问：《香山叶正红》的主题内核是什么？作为编剧，您认为这部剧在当下有哪些现实意义？

答：主题就是这篇访谈录的题目，呈现蓬勃的开国气象，表现我们的革命先辈们为了中华民族的复兴，为了中国人民的幸福，意气风发去奋斗、去建设的真实历程。激励我们在新时代不忘初心，不辱使命，为我们的民族、祖国和人民，奋斗终生。

问：您和刘和平、朱苏进、江奇涛被称为“历史剧编剧四大家”。如何让年轻人走进历史，爱看历史剧？这是业界关注的热点问题。从创作角度，您觉得应该如何让历史剧变得“好看”又有意义？

答：惭愧。其实我们国家写历史剧的高手很多，像龙平平先生和他的《觉醒年代》我就蛮喜欢。如何让年轻人走进历史，爱看历史剧，我觉得应该关注，无须担忧。那些怪力乱神或以皇权为叙事轴心的所谓历史剧，已经让我们的年轻观众感到腻味，他们的视角正在转向真正有历史格局、有审美价值、有文化品位的历史剧，这是令人欣慰的现实。

至于如何让历史剧变得“好看”又有意义，我个人的体会是，不要去想着“收视率”，那只会导致创作者和观众的集体沉沦。我创作和参与创作的电视剧“收视率”从来就很高，但我至今弄不懂也不想去弄懂“收视率”这个词儿，这不是编剧的事。

问：作为国家一级编剧，您创作了《香山叶正红》《走向共和》《恰同学少年》《血色湘西》等众多革命题材剧。在当下市场语境下，您觉得重大革命历史题材创作的难点和突破，分别是什么？

答：不错，我是主持并参与了《恰同学少年》《血色湘西》的创作，但这两部作品真正的编剧是黄晖，这里郑重说明一下。

重大革命历史题材的难点和突破，是篇大文章，是个大工程，远非我的水平格局所能回答。在《香山叶正红》这部作品中，我们做了一些创新突破的尝试，巴特尔导演、唐国强老师与剧组全体演职员的巨大努力，出品方和平台巨大的支持，领导和专家们始终的关怀，特别是广大观众的热情鼓励，使得其表现优异，这真的让人欣慰、激动。但我知道我们做的还很不够，不仅与观众的期待，连与自己的期待都有一定的差距，作为总编剧，我这点自知之明还是有的。所以，我们愿意好好听取各方面意见，为重大革命历史题材的创新突破，真正做出一点贡献。

2021.12.14

我们几乎没有话语权*

缘起

盛和煜因为担任电影《夜宴》的编剧，并因为该片台词引发争议而在去年备受关注，大部分观众并没注意到，盛和煜也是热播电视剧《走向共和》的编剧。作为老知青，盛和煜少年时的理想是做一个天文学家，“文革”改变了他的命运，当他从湘西北回城后，发现自己更喜欢文学创作，在考大学和进文化馆的选择中，他选择了后者。他说，如果考上大学，现在可能在某个中学当老师。后来，盛和煜开始创作舞台剧，很多作品在圈内口碑很好。

1999 年，一个偶然的机会，盛和煜的一个朋友找到他，让他为电视剧《走向共和》编剧。该剧播出后，海内外反响非常好。一个人在美国看到《走向共和》后，专程来到长沙见盛和煜，这个人就是吴宇森，此前，吴宇森从没有来过内地，这次来见盛和煜的主要目的就是让他担任《赤壁》的编剧。此前，已有 10 多个编剧参与过

---

* 本文系《三联生活周刊》记者王晓峰对作者的采访，实习生李冬然对本文亦有贡献。

《赤壁》，吴宇森与盛和煜签了一个定稿编剧。

《走向共和》和机遇

三联生活周刊（下文简称三）：你的创作经历，无论是《走向共和》《恰同学少年》，还是《夜宴》《赤壁》，都给我一种强烈的“家国”概念，这是否与知青经历所形成的责任感有关？

盛和煜（下文简称盛）：肯定是的。“文革”开始，我们就像当年李秀成形容的农民起义，是“蒙蒙而来”的，以为自己做着天底下最正确的事情，真是抛头颅洒热血。我曾经一个人阻挡农民进城的道路，一个人站在那里，想劝说他们，可是农民根本不会听我说，他们也是疯狂的，一拳就把我打到了一边去。后来在产业工人之间，发现一切又都完全不同。我经常说，剧作家不能是政治家，但一定要是思想家，现在我们国家，有思想还是稍稍有一点可怕，但我不怕。哪怕是主旋律，我仍旧要体现一些独立思想的闪光，不要做一种政治概念的解释。我所有的作品都是这样，比如《恰同学少年》，老百姓喜欢才是我最看重的，中年人看了思考，老年人看了怀旧，青年看了是一种仿效，都要带给他们些什么才好。

三：《走向共和》对你后来的影视创作影响很大，这部作品给你带来很多机会。

盛：原来我在舞台剧领域，后来和刘文武他们搞电视剧。他们告诉我怎样编剧，我起先心里觉得好笑，后来发现他们是对的，因为舞台剧的经验并不全适合影视创作。经过几年的磨砺，终于也能胜任这样的工作。我常提起这一段经历，说这是我自己的大学，基本掌握了影视创作的一套方法也是这几年后。尤其是写了《走向共和》，其影响远远超过了一部一般的电视剧。吴宇森说他是看了这部剧才决定回国拍电影的，他当初邀我接手时是第八稿，之前王蕙玲、邹静之等都弄过，剧本很厚，并且很多东西是不通的，吴宇森要求我把它改成两小时一刻钟，后来又发生变化，改成了上、下集。我觉得此次和吴宇森合作，还是获益匪浅，我知道了什么是好莱坞模式。举例说，他们要赵云为了报答周瑜，给他挡了一箭，然后又救了小乔，孙权、赵云、周瑜“三英救美”。本意上我无论如何也不愿意写这样的东西，但是我尊重吴导，这来自不同的创作理念，他是希望把我们中国的文化历史统统堆上去，展现给大家，包括开头用的地震仪，当然后来这也给我弄掉了。吴导的很多操作使我开了眼界，每一个镜头他都画好了，制作的模型之精良、技术之先进都让我叹为观止。

《夜宴》的台词

三：咱们还是说说《夜宴》吧，公映时台词争议比较大，你现在还坚持当初的观点吗？

盛：是这样，冯小刚拿了一个自己写的几千字的东西让我写台词。我就问他要什么，我也讲了我的观点，我希望在这部戏里体现中国味道和古典文化的精髓，不管脱胎于什么东西，小刚听了非常喜欢。《夜宴》是一个误读，是在媒体引导下的一个误读，那个台词你们回头看，比如说人和人之间没办法彼此了解，了解了就不寂寞了。笑得最厉害的台词就是“你贵为皇后，母仪天下，睡觉还要蹬被子”，就说不伦不类，浅薄的媒体啊，误读，就像是我说一句小孩子都知道的话，他们还是会引用错误。开始我还写博客，进行解释，以一种善意和不设防的初衷，想和大家沟通，到了现在，该说《夜宴》台词事件是中国电影史上一个闹剧，说严重了，是一个悲剧，我认为是这样。

三：观众是不是不太习惯半文半白掺杂着说，这样会觉得很别扭？

盛：电视剧的台词，尤其是古装电视剧的台词，我自以为还是下了很多功夫的，所有人都认为《走向共和》的台词好，比如“事情哪有这样顺遂”，我绝对不会用“顺利”。同样，《夜宴》的台词我仍旧是这样的追求，我承认葛优是一个非常优秀的演员，我们私下的关系也非常融洽，我告诉他怎样念台词，节奏感，情感的表达，他非常用心，但他就是那样的一个演员，你写什么他说出来就是好笑。尤其是他再说些煽情的话，那就是绝对的搞笑了。你看这句“你贵为皇后，母仪天下，睡觉还要蹬被子”亦庄亦谐，土得掉渣的生活语言和庄严的宫廷语言结合得非常好，如果是陈道明去说，谁也不会笑，葛优说问题就出现了。葛优是观众热爱的演员，大家不会把他怎样，可是问题还是出来了。

三：你现在还是觉得观众在台词理解上有不到位的地方，如果它是一部话剧，在舞台上呈现，可能会好些？或者说《夜宴》这个故事说的是近现代不是古代，就不会有这样的问题，因为大家其实都不知道古人是怎样说话的？

盛：对。其实台词是一个非常复杂的艺术问题，观众怎样感觉好就怎样来，我也不能说全是我好，这也促使我反省很多东西，但是我仍旧坚持，《夜宴》的台词，我自己还是很满意的。当初电影公映前，准备把它改成话剧，我自己知道，台词是我的强项。

吴宇森的初衷

三：你与冯小刚、吴宇森合作的这两部作品，都是商业大片，之前《赤壁》剧本在网上有泄露，大家看完有些傻眼。电影本身是做梦的艺术，所以它不现实，大片是按市场需求来拍的，首先是画面上的要求，其次是演员上的选择……种种相加，对台词上的要求反而不是很大了。现在国内大片台词越来越弱，甚至究竟说了什么都不再重要。你由此创作电影剧本肯定没有《走向共和》舒服，在这一点上你怎样看？

盛：我在艺术创作上很大的一个原则是妥协，我认为妥协是一种艺术，当然它是个贬义词。但是换句话说，妥协也是中庸之道，并且在我看来，这些导演，获得今日的名望是付出了艰辛努力的，所以我也总是尊重他们，合作的前提定位为他是对的。这不是我写自己的文章，如果是那样，一字一句我是绝对不会因为他人而改动的，搞电影创作，严格说涉及一个编剧地位，一个话语权的问题。好莱坞的编剧高级，因为他们有话语权，而我们几乎没有话语权。刚才你说《赤壁》，我甚至都需要问你们究竟还有没有我的名字在上面，在我其实已经全然不在乎，不会为此上网，也不会打听，只要人家看得起我尊重我，我就尽力把自己的一些理解弄到作品上面去。

就电影而言，至少中国电影编剧是没有话语权的，好莱坞的反而有，一些台词，尤其国内大片，是在退步的。国外商业大片，比如 007 系列，那里面哪怕是和邦女郎的情感对白，说得都能让你在心里温馨很久。我会到处说，我的趣味不高，我不看深刻的，因为我需要看的就是 007 类型的。

三：那么中国进入大片时代，在编剧这一块究竟如何和大片契合在一起？

盛：我的确常常在思考这个问题，为这个现象担忧。正因为是大片，观众来到了电影院，没有大片电影院基本上不会经营下去。在我写《夜宴》之前，当我看到那些经典好莱坞作品，《魂断蓝桥》《罗马假日》之类的影片时会感慨：多么好啊，如果我们的观众能够沉下心看看这些作品，那么思想情操将有怎样的提高啊。只强调视觉效果的大片，把大家的心搞得浮浮躁躁，我对大片这一点还是有一定担忧的，但是一己之力终究有限。我也在想，在有机会的前提下，要在今后的创作中，体现我的追求，让作品既有大片的号召力，又能给我们的生活增添一些优雅。

三：与冯小刚和吴宇森合作，这两个导演的合作方式肯定不一样，你也说和吴导合作更多建立在好莱坞的模式之上，他对你创作的具体要求是怎样的？

盛：拿我刚才举的例子“三英救美”来说，吴导很尊重我，我也很尊重他，我们平时讨论剧本就像两个绅士。比如，有一场大戏是吴导自己写的，说三江口的水战，我就说，吴导你这场戏写成水战，会让观众对水战的期待消融，因为后面还有关键的水战，观众会觉得后面的顶多是大了一点，况且少了这场水战又会节省几千万元。后来他应该接受了我的意见吧，对于这样的国际大导演，这已经很难得了。后来写陆战，他就让我去看《滑铁卢》，他完全是从视觉形象和观众的需要，甚至包括怎样射箭、盾牌怎样变化、怎样排阵之类都由我完成，但我始终觉得这不是我的事情，后来我还是严格按照他的意见写了。如果今后发表（我和他们的合同是说，电影放映半年之后，我的剧本是可以发表的），在这一半心里总是过不去的。这真是一个观念和技术上的问题。小刚就不同了，他完全是我们大陆的思维。

三：这个剧本是你参照之前的几版完成的，还是完全在他的创作思路影响下写的？

盛：当初找我写剧本的时候，我看到过他和郭筝合作的一版，其他如王蕙玲、邹静之的那些版都是在我写完后他才拿给我的，他对我说，有些东西也可以用，但是对于我而言，别人的话我终究一句也没用。

三：吴宇森找这么多人来编这个故事，是他对结果都不满意，还是想要集思广益，然后自己再整理出一版？

盛：我想是后者，集思广益吧，我们每一个人都贡献出自己的一点智慧。

三：吴宇森在和你谈《赤壁》时，是从拍大片的角度，单纯将中国历史作为填充物，还是真的对中国历史文化有所感悟希望借电影去表达？

盛：在和他接触中，我强烈感受到你说的后者。他是一心想把我们国家的优秀文化，放在这么一部前所未有的大片中呈现出来，是一种强烈的责任感，这也是我们合作的基础。在和他的谈话中，我还是很感动的，原来不知道他对我们的文化竟是这样热爱，使命感也那样强烈。但是观点、技术、手段，有种种不同，他表现的可能不是我们所能感受的，但他的初衷是完全不用怀疑的，就是：中国有这么多的好东西，你们去看吧。

他们太强势了

三：那么说，这个片子就是给西方人看的？

盛：绝对是给西方人看的。

三：这让我想到了另一个片子《功夫之王》，国外反响很好，但是中国观众看了就觉得特别别扭。

盛：现在就是这样，这是一个悖论，一点没有办法，我作为编剧，或者自大一些，作为比较有影响的编剧，也无法改变这样的现状，他们太强势。

三：“四大名著”在中国人心中的地位是根深蒂固的，所以我担心，可能《赤壁》会成为大片中间被骂得最严重的一部。

盛：对。有时候我会想，要是没有写我的名字也好，这是一点小小的私心，我用不着搅和在其中获得什么名声。

三：这是吴宇森在妥协大片，还是他对中国的历史文化理解过于浅显？

盛：不能说浅显，只应该说有些局部。有些他理解很深，比如说他谈《赤壁》常常讲到的“义”，兄弟之间的情谊，可他还是比较西化的。

三：这部影片和他当年在香港地区拍的《英雄本色》之类影片有一定的联系？

盛：是的。这些大导演的作品没有知识分子的进入是不行的，知识分子的进入可以带来一种批判精神。这里的知识分子是普遍的概念，你看小国的电影，比如现在伊朗、墨西哥的电影，总是有思考和批判精神在里面，莎士比亚的戏剧哪一部没有批判精神？电影应该是这样。反过来看我们的电影，除了迎合……我说我要妥协，可是在电影里面盛和煜算什么？我是知青，长期在农村在底层，我有自知之明，我知道自己无法和这些人抗衡，我在梦想用自己的追求，用自己的思想，希望在电影里哪怕有一点点体现也好，但是我们的电影就是没有办到，所以不能产生真正意义上的鸿篇巨制，中国电视剧在这一方面倒是有可能。所以经常会梦想自己是导演就好了，可是自己是导演的话会不会也这样？大片可以热闹下去，促进经济，可热闹之后，我担心是否会成为对电影工业的一种摧残？

三：我觉得还够不上一种摧残，因为能摧残电影工业的可能还不是这些，这是中国电影完全走向商业化的过程中，体现出的不成熟的一面——当他们面临一个商业和艺术的对立问题，谁向另一方妥协，还是无从选择。其实其中还是有一个黄金分割点，大家都没有找到。

盛：是的。你看贾樟柯的电影也是这个问题，老是得奖，可是谁都没有看到，你不能影响人，这又有什么意义呢？所以这也是另外的一个极端，都该努力和反省，不能沾沾自喜，无论导演还是编剧，还是要尽力寻找到和谐之道。

三：对于你来说，愿意从事电视剧创作还是愿意写电影或是舞台剧？

盛：我当然愿意写电影和舞台剧。电视剧大家都知道，是一个体力活，现在很多都是由我领衔来做，就是说我拉提纲，然后写的时候由别人完成，定稿时我再顺一遍。而《恰同学少年》和《血色湘西》我自己都动了手。有时候我甚至只是作为策划参与。现在我最感兴趣的就是电视剧《溯江而上》，讲的是商务印书馆 1932 年被日本人轰炸后随内地工业全部转移到了重庆，讲一种文化上的抵抗。这是谁也不会感兴趣的题材，除了难写，猛地一看也没有什么商业价值，不投商界、政界所好，但是我喜欢，我要写，有我很多的寄托和追求，将是另一部《走向共和》。

谈《红楼梦断》*

关于主题

盛：我们做编剧，需要懂一些观众心理学。观众看戏的时候，是有一些期待的，不管是悲剧还是喜剧，像《红楼梦断》这样家族命运是走向没落的剧，需要想清楚怎么满足观众的心理期待，不论是男女主人公的情感走向，还是故事情节的兴奋点，一定要想清楚，这个剧吸引人的地方在哪里？为什么往往一些廉价的喜剧大受欢迎？就是因为满足了观众的心理期待。尤其是在观众普遍并不具有悲悯情怀的时候，做这样灰暗的剧是要冒风险的。

电视台也好，看电视的老百姓也好，是非常讲究兆头的。《血色湘西》就是一个例子，重要的纪念日节日不能播；反而另外一部《红旗飘飘》，大家就觉得彩头好。所以这个问题，在编剧的时候一定要考虑清楚。

郑：《红楼梦断》这个断字，也奠定了剧的基调。或许改编的时

---

* 本文系《红楼梦断》剧本作者郑爱婷 2016 年 6 月 14 日与作者的谈话记录。

候，可以改一个名字。

盛：无论什么剧，定主题的时候一定做到三点：独特、明确、鹤立鸡群。独特就要求彻底脱离套路化，与常人完全不同；明确就是做到清清楚楚，让人一看就懂；鹤立鸡群就是在高度上完全超出一截。我经常打一个比方，蜗牛头上的两根触角都能够打得不可开交，伏尸百万；但是站在人的高度就觉得非常可笑。我们定主题就要跳出蜗牛的视角，站到新的高度。

我想写一部电影《辰州》，主人公是一个读书人，生在清朝末年，光绪变法之后，科举废除了。他失去了科举做官的出路，去了日本留学，回来参加革命，想要改变中国的命运，最终悲剧收场。这部电影，我定的主题就是“大时代潮流裹挟之下个人命运的一声叹息”。但是《红楼梦断》不存在这样大的时代巨变的背景，只是家族走向末路的故事，力度就大打折扣了。

我写《山鬼》，定的主题是“人是在不断追求完美的，因为真正的完美达不到，所以才不断地追求”。写《梅兰芳》，确定的主题是“上善若水”，这个主题涵盖了梅兰芳的方方面面，从唱腔，到性格，到精神追求。定主题一定要站到与世人完全不同的高度，比如说写贺龙，如果还是老一辈无产阶级革命家如何如何，那是没有意义的，一定要真正解构贺老总所处的历史具体环境，以及他的生存之道，才能发掘出深刻的主题。

有的时候，戏剧的主题是在创作中不断地修正和深入的。比如我和冯小刚创作《夜宴》，最早定的主题是“欲望能够创造一切，也能毁灭一切”；但是后来我写到越歌的时候，触发了灵感，确定了另一个主题“一个人不会懂另一个人，懂了，就不寂寞了”。

我们改编《红楼梦断》，要在立意、境界上高于高阳的原小说，给世人一种警醒的作用。“君子之泽，五世而斩”，这是一个普遍规律。我们可以设定主人公在经过各种极端考验和磨难的背景之下，最终归于平淡，成了南京城里卖豆腐卖汤圆的一对普通夫妻。用一句调侃的话来说“卖豆腐是破落贵族的最好结局”，当然这不能够当作正儿八经的主题，只是一个思考的方向。而且这样的主题过于消极和伤感，是不是能够满足当今社会“成功至上”的心理期待？这是值得探讨的。

主题定了，才能定情节和材料的取舍，需要下功夫去思考。

关于结构

郑：我想用“补亏空”来作为《红楼梦断》的动作行为线，统领全剧。最近在研究您的《走向共和》的剧本，您说过《走向共和》的动作行为线是“找出路”，我想从中学习结构布局，但不得要领。

盛：《走向共和》的剧本结构不是传统的戏剧结构，没有贯穿全剧的灵魂人物，你去看前五集，也是非常散的。一般人不好学也学不到。“补亏空”这个动作行为线还是抓得比较准确的，能够确立整个戏剧的张力，统率一部剧。如果你要学习和参考的话，可以看看刘和平老师写的《大明王朝 1566》，这部剧也是围绕一个“改稻为桑”的具体事件，由此而生发出了许多的戏剧冲突和人物事件。

郑：我还有一个担心，因为补亏空主要是上层人物在奔走在运作，如果将“补亏空”确立为主线的话，下层的丫鬟仆人的戏是不是不好表现了呢？

盛：不是这样的。一个“补亏空”就像一棵大树一样，可以衍生出很多的枝节。比如说一个丫鬟，原本她在主人身边是端茶送水的，因为家境变化，需要补亏空，她变成了打扫洒水的丫鬟，原本打扫的丫鬟沦落为在街上卖凉茶。这种地位的变化可以衍生出很多戏来。

郑：因为《红楼梦断》与《红楼梦》不同，这本书开始就是家族命运走向衰落，整个是在走下坡路的，等于还没描写繁华就开始破落了。改编电视剧的时候，我想把整部戏的开始时间点往前提几年，提到曹寅死了，曹颙接任织造的时候，写家族由盛转衰的节点，有富贵繁华的戏，这样更有看头。您觉得呢？

盛：时间线往前提是对的，应该要这么处理。但是这部戏还有一个结构的难点，男主确定为李鼎之后，曹家没有一个像样的男主，只有震二奶奶这个女主，很难撑起整部戏。如果这部剧要打红楼牌的话，就不能脱离曹家。但是曹家确实没有能撑起大局的男主。

郑：如果把时间线从曹颙再往前提，把曹寅的戏加上，是不是能够一定程度弥补这样的缺陷？

盛：也可以考虑。写一些曹寅的戏，包括曹寅的母亲是康熙的保姆，这些红学研究方面的知识，包括江宁织造的衙门是怎么回事，写到电视剧里，信息量比较大，对观众也是一个很好的知识普及。

关于人物

盛：《红楼梦断》原著有一个问题，没有一个充满人格魅力、积极勇敢的男主，不像《大清盐商》《大清十三行》这样的剧，他不能够力挽狂澜，满足观众的英雄情结。高阳的小说经常是虎头蛇尾，开头很精彩，后面不了了之。震二奶奶的结局是自杀，这样是有力度的；但是李鼎这样重要的男主，他的结局没有一个有力的落脚点，给人留下很深刻的印象，这是有重大缺陷的。

郑：李鼎是一个多情、软弱，有一点点类似宝玉这样性格的男主，不是很符合当代观众的审美。

盛：是的。《红楼梦》带有几百年的名著光环，观众不会去对男主的性格提出很多质疑。但是我们现在做电视剧，如果再塑造一个类似贾宝玉这样的人，难道真的受观众喜欢吗？所以我们塑造的男主，他的价值取向和性格特点，一定要符合当代观众的心理需求和审美特点。

不管是李鼎，还是震二奶奶，你一定记住，不要写成大路货。别人能想到的，什么精明啊，厉害啊，贤惠啊，为爱情不顾一切啊，不要陷入这些模式化的人物套路里头。

至于具体的情节，我倒不是很担心，因为高阳的小说会提供很多具体的情节。光你说的李鼎、震二奶奶、蕙纕的三角恋就够做很多戏了。

你写作的特点是幽默、犀利，想办法保持你的特色，做出和别人不一样的东西。还要记住一条，一定要倾注真正的感情去写。当你的感情倾注进去，你的情怀贯穿到整部剧里头，作品才具有真正打动人的力量。

2016.6.14

中国当代剧作家创作心态*

编者按 当戏剧在一片探索声浪中走过新时期第一个十年并进入第二个十年时，戏剧的前景如何，戏剧界的竞技状态如何，无疑是热心戏剧的人们所关注的。鉴于戏剧创作在戏剧发展中的特殊位置，本报拟从本期起陆续刊登本报记者对当代剧作家创作心态的访谈，供关心戏剧的同仁披览。

问：你的《山鬼》开辟了一个文化反省、比较的新视角，这种“寓言式”戏剧的构思是如何产生的？或者说它源于怎样一种生存体验？

答：我写《山鬼》，写得很潇洒，去尽浮躁；很自觉，时有所悟。我常想起在湘西大山插队时，有一次担着一担谷去山下的水碾房碾米。返回时天色已晚。我放下担子，准备歇口气再爬坡。周围黑黝黝的，山涧流水，竹篁摇曳，黄麂蹑足，秋虫振翅，一切生命的律动都隐藏在静静的黑暗之中，而从幽幽山峰的顶端直至天穹，却不知从何处发出淡青色的神秘光亮。暗的山谷和亮的夜空界限是那样

* 本文系《新文化报》记者蓝戈对作者的采访。

分明，融合得又是那样浑然一体。天地静止永恒的一瞬间，我深深感动了，沉浸在一种宗教的纯净空灵中，同时内心又感到从未有过的孤独，孤独是这样必需和美好。也许这只是当时我内心感情的一种外化，也许是岁月将我的记忆变形，抽象化了。后来这情景再呈现于我脑海时，就如有一幅说不清形状、明暗对比强烈、透出一派天真的图画。我不知道在我的潜意识里，是否将这图画构成了我剧本的背景。

还记得有一年闹春荒时，我和乡亲们在坡上插秧。秧苗翠嫩，清晨的太阳光辉如润，可人们饿着肚子。突然，一个回乡中学生尖锐地拖长声音叫起来："啊——饥饿笼罩着姜家湾，再也奈何不了呀，人死卵朝天！"满田的人于是大笑。这才叫穷开心哪！特别是"人死卵朝天"，一句顶一万句，比说什么都来劲。这句话给我的影响太大了，以至我写剧本时，特别是写到一些道德裁判、生死关头、庄严场面的时候，这句话就冒出来，就觉得所谓的是是非非，生死荣辱，包括我曾有过的不被理解的愤懑，都可笑极了，就忍不住也想来这么一下子。

问：《山鬼》中那种浪漫、雄奇的楚文化色彩得益于哪些文化储备？你的知识结构及文化背景？

答：《楚辞》。湘西这本大书。本来，我想当个天文学家的，那是小小少年蓝色的梦。"文革"兴，梦幻灭。"天文学家"便被打发到一个僻远小山村修地球。七年后招工进厂，当了两年浇铸工。接着，便干起了写剧本的营生。

问：除写戏之外，你是否攻读了人类学及文化学著作（例如本尼迪克特的一些著作）？

答： 惭愧，没有读过本尼迪克特。我看书向来是只读不攻，杂而不精。而且只记得零零碎碎几句话，如“楚虽三户，亡秦必楚”，“惟楚有才，于斯为盛”。还有杨度老人家所作的《湖南少年歌》中的两句：“若道中华国果亡，除非湖南人尽死！”还读过一本洋书，里边也说人类有三大精神，斯巴达精神，普鲁士精神（一说大和魂精神），再就是中国湖南人的“犟骡子”精神。不晓得这些可否归入人类学文化学著作？如可以，那我就算读了。

问： 你的竞技状态（自我感觉，进取向度等）？

答： 极佳。虽然《山鬼》在全国剧本评奖中以 7 ：9 票落选，虽然有人不喜欢《山鬼》已超出学术范畴，虽然我经常被人斥为“狂妄”，但我仍然要说：夹起尾巴做人，那是猴子的事。

作品的个例与剧作家的个性 *

曲：盛老师，您好。很高兴您能接受我们的采访。以前没和您接触过，但您的《山歌情》我非常喜欢，是我上课经常提及的一个剧目。我每次看《山歌情》，特别是最后一场，总是被感动得一塌糊涂。您是怎样处理这样的革命历史题材的？我和同学们有许多编剧方面的问题想向您请教。

盛：《山歌情》是革命历史题材，表现路线斗争，有红白两军的背景在里面。那时候人生命的价值是没有的，被一种东西所裹挟。但是我写的那时候的共产党人，他们的信仰和行动都是很真挚的。一般老百姓的那种投入是和自己生存状态紧紧联系的。在《我写〈山歌情〉》中我提到过，《山歌情》就是写信仰对人性的重要。我自己写到第六场，也很感动。我现在写电视剧，也是要求有集中的大戏，一个场景可以写几页，《走向共和》里"整顿北洋水师"就是。

曲：最近看了《十二月等郎》也非常好。戏曲创作要先感动自己再感动观众，《十二月等郎》和《山歌情》给人的感动是不一样的。

---

* 本文系中国戏曲学院曲志燕、李美妮、付玉红、张辰航在首届全国戏曲编剧高峰论坛对作者的采访，发表时略有删改。

盛：戏不能让观众真正哭出来是不行的。有些感动的话是要有技巧的。我经常为自己的东西所感动。《十二月等郎》是一种心里的酸楚。那是对命运对情感的感悟。

付：我们曾经在现场看了您的《十二月等郎》，看完后很震撼，但总觉得它和别的戏曲不太一样，时时都在唱，连对白都是唱词，很多吟诵式的歌唱，风格倾向于歌剧。这是您有意为之，还是无心之作?

盛：湖北花鼓戏《十二月等郎》可以称为“乡村诗剧”，唱词风格和传统的不太一样，这是我有意为之。因为当代戏曲有板腔体，比如河南豫剧、湖南湘剧、湖北汉剧，这些大戏都是板腔体，有严格的平仄。而采茶戏和花鼓戏都是小戏，不受平仄的影响，给戏曲编剧的自由度更大。板腔体的唱词要求平仄，要求能划分出三三四之类的节奏，《十二月等郎》的唱词则有一点不讲平仄，不是三三四的唱词，使用更加生活化的唱词，有内在的韵律，语言上更有冲击力。如果不在唱词中加入一些新鲜的元素进去，我们的语言就会陈旧，观众就不会喜欢。我希望在唱词格式之外加入有生命力的鲜活语言。当年《山歌情》现场演出的时候，田沁鑫看了两遍，廖奔看了录像之后也很震撼，他们都很吃惊。至今很多观众对最后一场明生和贞秀告别时候的唱词，仍然记忆犹新。它的唱词太朴素了，我是在极力返璞归真，越归真返璞越接近于事物的本质，这更需要功底，朴实的心声比华丽的辞藻更加丰富。我一直都有意识地对多年戏曲创作里面的一些规矩进行反叛，想从中求得一种别样的艺术体验。

付：您的探索是仅限于唱词要求较为宽松的剧种，还是对所有戏曲创作都有涉及？

盛：我的探索是在一种创作理念上、一种技术层面上进行艺术尝试，我认为这是戏曲创作规律上很大的突破。在京剧《梅兰芳》里面，我也尝试着在开始用“我看到鸽子从积雪的富士山前飞过”这种唱词作为序幕，在结尾处又写“我寂寞地爱恋着你们，就像幽谷爱恋着阳光”。这种不是京剧唱词的唱词，它只是在开始和结尾处出现，但是中间我是非常严格地按着京剧的行腔去设计和写作。一方面我就是要给京剧的老观众知道，我会写京剧，而且写出来的是京剧；但是另一方面是想把戏曲唱词的某些规律变动一下，想给京剧一些新鲜的东西，一些生命力。舞台剧的台词有两个特点，第一动作性，台词本身具有动作性；第二具备戏剧性，语言的锤炼精深，不是一朝一夕能做到的。我以前写的戏曲剧本有两万字，但是到了《十二月等郎》全文甚至只有八千字。这是在创作实践中不断总结，不断积累的结果。我觉得如果在创作的韵律与节奏之中，放入诸如“谁谁下场，上场”之类提示，影响了创作情绪如水银泄地般流畅地流淌。举一个例子，在《十二月等郎》中苗子唱道：“周大哥哪一天受处罚，苗子哪一天就嫁给他。”直接推出来了周龙的接唱：“好苗子，你又在说傻话。”如果一般的编剧就会在中间写上“苗子下，众人看着她。然后周龙上，某人告诉我苗子说的话，我心里好感动”，我却把它省略了。这不光是节奏问题，不光是欣赏习惯问题，这样的省略，省略了编剧概论几十年教给我的一些东西。

张：《十二月等郎》中十二个月的结构方式很独特，您认为在戏曲剧本的创作过程中，戏剧结构和故事情节哪个更重要一些？

盛：是人物更重要。我总结创作经验认为叙述框架是两个概念：

一个是通常说的结构；一个是体现你这个作家的文体。结构是很复杂的事情，一般是事件叙述的结构。所谓的叙述框架，不是仅仅一个节奏，还包括一种文风、文体，就是看你这个人，你讲这个故事是不是用你的独特的方式讲出来的。《十二月等郎》是把情感作为一种叙述框架，而不是把事件作为叙述框架，这种文体试验性质的作品在戏曲舞台上是和传统有所不同的。很多人说《十二月等郎》写得好，觉得清新空灵。但是只知其然，不知其所以然。如果没有以前几十部作品垫底，一开始是写不出来的。相对于人物，悬念结构固然应该有，但都是次要的，最重要的是人物，是人物命运。不关注人物的命运，戏就不会好看。《十二月等郎》里面有事件，列出了事件的一波三折，但这不是重点，人物才是整个戏剧的要素，才是最重要的。苗子怎么处理自己情感上的问题，中国女性几千年的等待究竟是好事还是坏事，这才是《十二月等郎》最发人深省之处。至于农民工应该怎样，剧作家是无法解答的，这些社会问题很难有定论。剧作家是应该提出问题，但永远不要企图解决问题。能提出问题，能引起观众思考，就是戏曲大家。

李：在您的作品中，包括舞台剧和影视剧，您最得意的是哪一部?

盛：不敢说得意，我最遗憾和最心疼的作品是《山鬼》，在当代戏曲史上它没有得到应有的评价和地位。《山鬼》中有我的艺术追求与精神寄托，有一种对人生永恒的追寻和对生命的感悟与理性的把握，饱含了我对人生的一种思考。当年周长赋有句话说：我们都在跑，盛和煜在飞，《山鬼》太超前了。《山鬼》是生在二十世纪的二十一世纪戏剧。《山鬼》中杜若子的形象很独特，杜若是一种香草，在屈原的作品中香草美人寓意着美好的德行。用现在最小资的语言说她是大自然的女儿，完全什么都不懂。最初在屈原眼中她是个不符合道德标准的人，但在最后他终于认识到杜若子身上那一种纯洁的自然美。《山鬼》的思想内涵、艺术追求是很丰富的。

曲：现在有复排的可能吗？

盛：不可能了。现在《山鬼》只有一个极其粗糙的录像，不能很好地展示在现代的观众面前，已经没有复排的可能。当初写《山鬼》时，我要求戏曲演员在舞台上大声地叫："屈原的血是滚烫的！屈原的肉是酸酸的！"音量大到最好能把剧院的屋顶都掀掉。几个月以后，张艺谋的电影《红高粱》里面才有了这种宣泄。

曲：可以改成别的戏剧形式吗？

盛：差一点把我的《山鬼》改成舞剧。但是既然成了那种艺术样式最成功的东西，怎么能改呢？

李：您的《恰同学少年》在我们同龄人中间影响很大，大家惊讶地发现原来伟人的读书之路也有过和我们一样的困惑迷茫，您能给我们讲讲其中的创作过程吗？

盛：当初《恰同学少年》是经过了很严格的审查的，但还是顺利播出了。《恰同学少年》现在获得了预想不到的反应，虽然里面还有很多问题，但是《恰同学少年》的风格是我们非常自觉、非常坚定确立的，以韩国、日本的偶像剧为参照，剧中坚毅倔强的面孔取代了俊男靓女们，特立独行的身影替代了风花雪月，毛泽东、蔡和森等最酷的青春偶像是完全不同于韩国、日本偶像剧中的偶像人物的。这一段历史没有让毛泽东接触共产主义信念，因为这样才能更真实表现他们那一代人的那一段历史，但是这和惯性思维里的革命含义是大相径庭的。

这涉及了我在戏剧创作中的逆向思维的问题，在很多讲座中我都有提到。

李：从舞台剧的创作，到电视剧和电影的创作，您经历了怎样的创作转型过程？

盛：当年写舞台剧的时候，我是戏曲界响当当的人物。舞台剧创作方面提起我，大家都还是认可的、知道的，甚至有那么一丁点记忆的。刚做完《雍正王朝》的两个制片人，一个是刘文武，是我们湘西人，还一个是罗浩，他们找我写《走向共和》。这其中有很多艰难困苦，也有很多很好玩的事情，以后有时间可以给大家说说。第一次见面谈起剧本，他们告诉我要怎样怎样，开始我好笑，觉得他们没有资格教训一个卓有成就的编剧。后来我发现他们是对的。可能他们的想法不符合编剧法，甚至无法在剧本上体现，平时写舞台剧所用的，甚至包括价值观，所有的思维定式，都被颠覆了。他们的思维完全不同于我们多少年戏剧概念下的思维。这种完全不同的思维使本来就有逆向思维的我学习到了戏曲编剧生涯中没有过的知识。我是个逆向思维的人，对同样一个题材主要看两点，一是从什么角度去切入，一是能把戏提炼出一个什么主题。简单地说，就是我们现在的这些戏，都是速朽的玩意，不能够流传。现在有那么多得奖的戏，不见得能流传。我自己预言我的《山鬼》如果文本还在，以后会有一定的评价，电视剧《走向共和》可以流传，但是其余的，包括《恰同学少年》都会随风扬去。电视剧这个行当，文字没有深浅。我写剧本的时候，接触了最有学问的人，什么大学者都接触，也接触了最没有学问的人。一个服务员，他来给我倒水，说盛老师你那一句话写得要不得。他可以这样，没有深浅。有专业技术的东西，比如说摄像、音乐、灯光，不懂的人，不敢随便乱发言。但是凡是认识几个字的都可以对你的剧本指手画脚。走到这种角色的转化之中，自怨自艾没有用，市场不相信眼泪。走到影视创作中，你必须经历自己角色的转换、思维方式的转换。现在《走向共和》，得到的肯定和否定都是政治层面上的。我写《走向共和》还有很多艺术上的努力和探索在里面。《走向共和》是很难的，我常说通过《走向共和》这部电视剧垫底，我什么都能写。我有自己的阅历，有自己的气质，有自己的文笔，《走向共和》不过是让他们承认我的能力。技巧是一回事，但是我的思想，我对事情的认知能力，是我从做编剧就有的。我在写作的过程中，学习运用原来舞台剧的经验是很重要的。舞台剧起码有节奏感，起码知道要把戏集中。你们现在受的这种训练很好，出好的作品是要有文化氛围的。有的大城市出不了好的作品，我总结了两个原因：一个是外面的世界太精彩，相对来说诱惑太多，容易丧失自己。文学工作是寂寞的，好像是躲在自己的房子里挖一口井。再一个就是仅仅是追逐一种情调，而没有自己真正的文化根基。

李：您创作了那么多作品，您认为您成功的经验是什么？

盛：经验和我的经历是有关系的。那个时代提出无产阶级革命接班人的标准：种过田，做过工，打过仗，这三条我都符合。我十几岁下乡，比你们现在年纪还小，在我们湘西北的小山沟种田，当了七年知青。我完完全全就是农民，种田拿工分，就是担心今天下不下雨，天不下雨，田里没收成。整整七年，可以说在农村的那段生活是我最好的青春年华，了解到中国真正的最底层。当了七年知青后，我进了上海内迁常德的一个很好的工厂。当了两年多抬铁水的工人。这个阶段我既有丰富的人生阅历，又有一些思考。我小时候的理想是当天文学家，青年时代却去修地球。对写东西我还是很喜欢的，也从知青生活中受到了锻炼，这为我以后的创作打下了很好的基础。我看书特别快，记忆力特别好，我初中二年级的时候就把当时能找到的所有的名著都看完了。有时候搞创作还是要有一定的天赋，再加上自己的努力。

曲：您最理想的创作环境是怎样的？

盛：其实最理想的创作环境就是写自己想写的东西。我现在没有生存的压力，物质生活可以了，精神生活却不怎么样。我现在是湖南电视剧制作中心的艺术总监，在北京响巢国际传媒也负担着很多工作。人家给我挂上无数的总策划、艺术总监。我忙得成天和剧本打交道，看电视剧是体力活，很紧张。就如王朔的一部小说的名字，《过着狼狈不堪的生活》，我要尽快摆脱这个局面。这样下去会成为一个机器。

张：您现在是湖南电视剧制作中心的艺术总监，写了很多本子，做了很多片子，为什么您还是钟情戏曲剧本呢？

盛：我原来就是写舞台剧的。写了很长时间。想写的，现在还只完成了一部《山鬼》，其他的都没写。写了一二十年舞台剧，写着写着就有了感情。像现在写电视剧，名利都有，但我一直觉得舞台剧是我安身立命的东西。人不能忘本，我们这些人，说起来比较滑稽，虽然不是什么高官，也不是什么有影响的人物，就是有与生俱来的使命感。话说得空一点，我们有责任传承我们国家的文化，对人类进步作出贡献。我们中国文化的缺失是非常严重的。我曾经说，我们都要有一种使命感，就是把我们的作品变成女娲补天的一颗颗小彩石，去补中华民族文化坍塌了的那块天空。首先是情感，其次是使命感。我在电视剧方面抓创作，但是舞台剧是我必须写的。所以一般大的戏剧活动都能看到我的作品。

曲：今年您在舞台剧方面有什么计划吗？

答：北京方面要我写一个京剧，定金都拿了三四年了，我五月底要交稿。很多人来找我写，价钱很高，但是我没有接。单位的工作，朋友找我帮忙，我是推不掉的，我现在干的都是些没有钱的。

李：您认为现在戏曲编剧面临的严重问题是什么？

答：我的思考是：戏曲这块是不景气的，造成这批戏曲作家的生存状态的艰难。现在全国人民都过小康生活和幸福生活，有的编剧一辈子连基本的生活都不能保障。靠写戏曲剧本是得不到多少钱的，所以生存状态的艰难使戏曲编剧丧失了独立思考的能力。而戏曲创作最重要的是独立思考。戏曲编剧不能没有自己的思想。我说要有使命感，但现在的作家没有使命感。有些导演经常会说，我今天接了一个什么戏，你又不是包工头，接什么工程？导演是要自己创造一个什么戏，怎么能仅仅被动地接活儿干？现在戏曲不景气，编剧没有自己的话语权，经济地位又不行，谈不到创作的独立意识和自主精神。艺术创作最重要的就是这一点。

曲：现在很多剧团都花重金请编剧写本子，好像剧团养不起编剧，这一点您怎么看？

盛：胡说！剧团能养得起那么多不相关的人，怎么养不起编剧？编剧对一个剧团的生存状态很重要，对剧团的发展是有利的。我当时在湖南湘剧院，就给湖南湘剧院争了很大的荣誉。所以说剧团养不起编剧是不对的。对于这样的现象，我再三说，不主张自怨自艾。社会发展的深层状态就是这个样子，作为一个编剧，你要坚守，就要忍受寂寞和清贫。但是我们作为一个人，有权利满足自己的欲望。但是就文化的发展来说，我感到深深的悲哀。我们需要相应地拿出一个措施来，把它作为一个强心剂来维持剧团的生存。

李：对我们这些以舞台剧打基础的学生来说，怎样提高舞台剧的写作质量？

盛：首先是看剧本，我从工厂调到戏曲工作室后，不管好赖，把《剧本》的剧本全部看完了。当年的老剧本，包括莎士比亚的，只要能找到，我都认真地读过。你们在读的过程中不要觉得太痛苦。像“我要学习这个台词”，“我要深思这句话”，这种想法大可不必。你最好能把这些剧本当小说来读。然后就是跟剧团，跟一段时间就行。我跟过常德的汉剧团，跟了四个月下来，什么都懂了，很简单，只要能坚持就没什么。我现在写东西，包括当时写《山鬼》，都把当时最牛的剧本找过来读，当时最当红的几个剧作家，他们的经典之作，开始读的时候我觉得很好，但读来读去读熟了，就能发现他们的问题，读来读去就觉得我可以比他们写得更好。

付：京剧的平仄要求很高，很多地方小戏可以不押平仄。刚刚学写戏的我们，应该是写要求严格的还是写要求宽松的？

盛：京剧这种体制比较完备的戏要严格地按照曲牌平仄去写，小戏就可以随意点。读剧本的时候都要读，在实践上可以从地方小戏开始，这样可以避免限制你情感的流畅。直接写押韵很严格的唱词会很空洞，很难受。限制了你的情感的发挥和创作的冲动。我的意见就是先写地方小戏，比如采茶戏、花鼓戏、黄梅戏。不用严格按照格式去写。地方小戏写起来都是相同的。

付：我觉得韩剧的编剧体制很厉害，比如 170 多集的一部韩剧，他们是边写边拍，人物的命运、情节的发展，虽然缓慢但是引人入胜，能不能把这种东西引入戏曲当中呢？

盛：这是不可以的。我们看韩剧的时候感觉好，是因为和看国内剧角度不一样，进行了角色的转换。韩剧很细腻，真正地贴近生活。情感、人物、命运，都是很优秀的东西，但是韩剧的节奏是不能放在戏曲上的，也不能放在国内电视剧上。

李：我们应该从小剧种上开始写作，您现在的题材大多是历史方面，但是我们就写不出来那种厚重感，没有很多生活阅历的我们怎样选择题材？

盛：题材上的选择也是一个困惑戏曲界的问题。写历史题材对你们来说很困难，到了我们这个年纪才能真正驾驭。题材上你们可以写你们比较熟悉的东西，比如校园生活、魔幻题材、你们父亲母亲的故事。我建议你们可以写写校园，你们只有这样的一个比较熟悉的环境。切忌写很重大的东西，会做得很累很累，改编还是可以的。我小学的时候还改编过莫泊桑的《我的叔叔于勒》。但是任何一种戏剧形式，如果是最成功的，就不要去改。最好的小说改不成戏曲，也改不成好电影。捷克斯洛伐克的一个导演说，最容易改成好电影的是二流的小说。

张：请您对学习戏曲编剧的我们说点什么吧！现在戏曲编剧的前景堪忧，我们走出校门后该怎样面对？

盛：在校期间有好的机会，可以多看看当代比较好的小说、国外的经典作品。要成为一个好的编剧这些很重要。毕业以后先求生存，再求发展，不要一下子就希望自己成为一个剧作家。可以有梦想，但自己别真的陷在里面。想做一个好的编剧，就不要把目标定得太高。有生存才能发展，定得太高自己太累。要当一个快乐的编剧。还是引用我们先哲的两句话吧，“沧浪之水清兮，可以濯我缨。沧浪之水浊兮，可以濯我足”。希望你们好好理解我们先哲的智慧，将终身受用无穷。

八级台阶

——我的创作与登攀

我看那个名单，听我讲过课的举手好不好？殷婷来了没有？估计你听过我五六次讲课了，还有听过的没有？没有听过就好。因为讲的次数多了，我的艺术观点又不可能变化是不是？不能因为你们听过我就变。但是今天我看了一下名单，各个方面的都有，像专门从事编剧的和影视的，影视文学创作方面的比较少，大家都是舞蹈、曲艺工作者，文化馆的干部这些，我看了名单以后，我临时把我的内容做了一个调整。本来专业性比较强，我会专门讲剧本的写作。但是因为今天初学者较多，还是综合来讲，再一个我希望信息量大一点。我这个调整是第一次这样调整，这样讲。

讲自己忙，有点显摆的意思，但的确是忙，忙得一塌糊涂。但你们的文联主席何立伟和我是朋友，长沙市我原来打交道比较多，当初文华奖刚刚设立的时候，文华奖是文化部的政府最高奖，我就给长沙市歌舞剧院写了一个《马桑树》，我现在都没有把它列在我的作品中，就得了首届文华奖，那也是湖南省第一个文华奖。

说到得奖，我看我的简历，这个简历让我现在很羞愧，可能人都有过这种虚荣心的阶段吧，所以我现在无论在什么地方自我介绍都是九个字，盛和煜，湖南人，剧作家。无论在什么大场合，去国际上都是这九个字。我一看你们从网上下的这个东西，我自己很羞愧，不仅仅羞愧，就我现在的心态来说觉得有一点可耻。当然这是过去的事，什么得了六次全国“五个一”，几次文华大奖，我全国“五个一”不知道得了多少了，至少得了十个吧，但是这都成了过去，所谓过眼烟云是也！我今天本来想讲“追梦之旅”，后来一想就叫“八级台阶”吧，就是我创作的“八级台阶”，因为今天在座的大多是从事文艺创作的，我就讲我经历的这八级台阶。

这是我的讲课提纲，几十个字。因为都是讲自己的事，比较熟悉，希望达到什么目的？一是把我的创作经历、人生阅历向大家分享。二是在创作中，有些理论性的东西我会给它拎出来，希望对大家的艺术创作有所启迪。三是人活着不容易，不可能全是励志故事，也有一些消极的东西，我不喜欢心灵鸡汤，我希望面对现实，鲁迅说“真的猛士，敢于直面惨淡的人生”。虽然我好像也是一个励志人物，但是我不希望作为一种励志故事，给大家心灵鸡汤。

创作是很艰苦的，我开始学编剧的时候，我的启蒙老师，现在两位老先生还在常德，就送我一句话，“前世作了恶，这世搞创作”，你看把创作当作一种惩罚，当作一种因果报应了。但是我对我从事的事非常非常喜欢，我不能搞别的。有过经商的机会，有过当官的机会，这里坐的有文联的领导，我那时 40 刚出头，好像就是文化单位领导的候补人选，找我谈话。我就分析几个人，谁谁谁有派系，谁谁谁不是搞创作的，不是搞业务的，结论是只有我能够当，但是我不当。当时那个处长笑得不行。当然，最后我这种态度肯定也当不成，这种事怎么能够调侃呢？我只能搞创作，没有别的本事，心无旁骛，艺多不养家，虽然还有一句话叫作“艺多不压身”，但是“艺多不养家”，我就是在掘一口深井。混了这么多年还行，混得还好，但是我也说过，只看到盛老师如何拿稿费，如何光鲜，只看见贼吃肉，没见贼挨打。我挨打的时候多。

这是我昨天临时写的讲稿提纲，没有用老的讲稿。提纲分八个部分：第一知青年代，第二浇铸工人，第三常德戏工室，第四湖南湘剧院，第五京华风云，第六湖南卫视，第七刚刚出道，第八幻想未来。

一、知青年代。我是老三届，1968 年高中毕业。老三届是从 66 届到 68 届，这是我们国家历史阶段一个特有的名词。何立伟好像都没有资格当老三届，韩少功是老三届，韩少功是初中老三届，我是高中老三届，其实也就是高中读了一年就开始“文化大革命”了，其实学历填个高中都不够资格。我在我的自选集里面说了我小时候的梦想是想当一个天文学家，“文化大革命”开始，天文学家就被打发去修地球了。我们常德大家都知道，是风水宝地，我是常德市二中毕业的，初中是常德七中，为什么没有到常德一中呢？因为我小学考初中就没考取，因为家庭是资本家，我的成绩当然是最好，但是没有考取，所以我从此不考一中，那个一中校长后悔死了。

“文革”中，知识青年下乡。我下乡在慈利县龙潭河公社岩坪大队姜家湾生产队，那是个山区，是很贫困的地方。那里的工分当时是多少呢？一个劳动力做一天，给你记 10 工分，值一角三分钱，就是这样。你勤扒苦做一年，年终结算反而会欠队里的。我去的第二年就遇上春荒，我那个小山村，周围百十里的土地，全部被饥饿的山民翻了个遍，打葛藤、挖蕨根，那时候我才开始真正知道什么叫农村，什么叫农民。我最近刚刚给安徽省黄梅戏剧院，就是马兰原来的剧院，写了一个《小乔初嫁》，接着，他们又缠着我给他们写了一个《我的离骚》。《离骚》大家知道是屈原著名的诗篇。“离”历史上作“别离”的意思讲，也作“遭遇”；“骚”是忧郁、忧伤，遭遇忧伤，《我的离骚》以我知青的经历来做素材，我们国家的知青文学我是不满意的。他们反映的东西绝大部分是兵团生活，大部分上海、北京知青下到黑龙江兵团，兵团实际上是军事单位，准军事编制，完全没有和农村、农民接触，所以他们的知青生活是不准确和不全面的，和农民隔开来了，和我们这块土地发生的悲欢离合隔开来了。我是 1969 年元月下乡的，1975 年年底返城，在农村干了七年。所以总书记在英国的讲演时提到他的知青经历，把我感动得不行，我们插队落户的知青都经历过这个磨难。我不对这个下放运动、知青运动做评价，以后历史、后人会作评价的。我只是说经历了苦难生活的淬炼，从这块土地上走出的是有担当的、成熟的男人。

在农村期间，我主要是做工，后来就修水库，慈利县要修赵家垭水库，上面要求队里派强劳力去修，队里就商量让我去，因为一个强劳力去修水库对队里是一个损失，我去了以后可以拿强劳力的工分，但是我干农活还是不行。可是有的知青就行，你看总书记他后来能够扛 200 多斤，走十几里路不换肩，那真厉害！我只能挑 80 斤的谷，走 15 里山路，还要换几次肩。到水库以后，先去的知青就给水库指挥部说：“来了一个好会写文章的知青！”原来，常德市曾经举行过一次中学生作文选，我那时读初中，两篇作文入选了，得了一二名，所以在常德市学生中间小有名气，以后漂泊江湖，一遇到那些老同学还是：哦，你就是写那个什么什么的啊！领导马上安排我在水库办战报，第一期战报就成了一个悼念的战报，因为那天工地塌方，一块岩石从200米高的悬崖上落下来，正好砸中施工人群，当场死3个，伤27个，死者中有一个18岁的女孩子，我给她写了一首诗，“此去从容诉平生，仰首南山旗正红”。办战报出了名，县里经常让我去写材料，农业机械化什么的。当时两个老师，是常德地区戏剧工作室的，看到这个战报很诧异，就开始关注我。说起我这两位老师，我就想到了我们中国县、市的文化馆，有好多从事文化艺术工作的老人、老师们，与在座诸位一样，为我们国民素质的提高，为中国文化的普及，起了极大的作用。我对他们满怀敬意。老师让我参加学习班学习写歌词，我记得我发表的第一首歌词叫作《湘江是条幸福江》，两层意思，第一层意思是这里是毛主席的家乡，第二层意思是这里是华主席工作过的地方。大家还记得华主席吗？那一年中央元旦社论发表，“一顶顶皇冠落地”那是著名的社论。你别说，那时候中国人好有气势！我们湖南话叫不噻起（没放在眼里）！对超级大国、国际强权不噻起。这边是元旦社论，那边就是我的那首歌。然后就在农村当文化辅导员，一个月5块钱，那5块钱抵大用。我就写了一个叫《搬家》的小戏，严格来说叫小演唱，那完全是批发一些概念，兴修水利渠道要从这里经过，好，这一户人家舍小家为大家，然后搬家，就写了这么一个东西。我是第一次写这种东西，不懂，也不会写舞台提示（我们写剧本，除了台词唱词以外，放在括号里面，说明性的文字叫舞台提示）。当时我想舞台上应该有一张书桌，这张书桌上面要贴有旧报纸，那时候的桌子都是贴的旧报纸，这张旧报纸因为年代久了还有点斑驳，这张书桌我放在舞台的什么地方，为这个弄了一天，一个字没写出来！我们的创作，常常会有陷阱，没有经验，或者不小心就掉进去了，我那时就掉进去了。这都是没有老师教的苦，不懂的苦！但是这样严酷的摸索与训练，也有很大的好处。文无定法，现在的舞台剧，中国的舞台剧就是我最不讲规矩了，但是写出来的东西大家都喜欢。影视剧纷纷攘攘，但舞台剧相对还是纯净一点，我写舞台剧不敢说达到了随心所欲的境界，相对来说还是比较自由。

当然，我现在会有一个自动的预警机制，有时候写着写着，甚至写得很迅速，发现不对了，有陷阱，就会绕开它。创作中的陷阱是很危险的，多少人写了一辈子没有出来，就是掉入了陷阱。后来，我遇见了我写戏的两位启蒙恩师，一个叫诸扬荣，一个叫杨善智。他们两位在“文革”中写了一部中型歌剧《心红眼亮》，是讲桃源一位叫袁彩云的医生，用一根针，治好了许多白内障病人，金针拨内障，好像不得了，后来才知道印度的地摊上都能够随便给你治好。但当时她是全国的模范人物啊！两位老师就写了这么一个歌剧，一炮而红！当时在长沙会演，那个反响不得了！歌剧团的书记是部队转业的，就给演员们说，你们全部把军大衣穿上，把皮鞋擦得锃亮，在长沙街头上排队走他一圈，什么叫趾高气扬？这就叫趾高气扬！由此可见这个歌剧的成功程度。我后来写文章回忆起我这两个老师，对常德的文学青年来说，诸扬荣、杨善智，就是俄罗斯的文学青年听见了托尔斯泰！那次县里调演，杨老师就作为地区老师来指导，讲评。当时我坐在后排，好想他表扬我那个小戏，他根本不提，我认为我写得很好，他就是不提，我那个失落惆怅啊！散会以后杨老师找到我，说看了我在《水库战报》写的一些东西，很欣赏，从此他们就对我着力培养。这是讲我知青年代中的文学生涯。

二、浇铸工人。我在农村干了七年，我们那个公社的100多个知青都走完了，我还没有走。有过一次机会，常德市刀剪社，那种街道办的厂子招工，准备招我，好高兴。但那个刀剪社的支部书记知道后，说资本家的儿子不能招，我最后的希望都破灭了。但是我有一个亲戚，在中纺部工作，那个时候纺织部属于中央，通过一些关系把我招到了常德纺织机械厂。常德纺织机械厂是上海内迁的厂，当时常德有两个厂，一个浦沅，一个纺机，是最好的厂子，其实严格地说纺机甚至比浦沅还好，全是上海的，条件非常好。我因为有一点小小的名气就叫我在厂办公室整材料。我当时是怎么说的？我说我在农村写材料欺骗了贫下中农，现在又要在工厂写材料欺骗工人阶级吗？我不干，我要到产业工人中间去。真是这样说的，年轻啊！领导又好气又好笑。我当时还有一个愿望，我想当炊事员。那时候学徒工月工资是22块，当炊事员每个月交8块钱就什么也不管了，划得来。最后，领导说既然你想到产业工人中间去，那就去三车间吧，三车间就是翻砂车间，我就成了翻砂车间的浇铸工。翻砂车间的翻砂工是很有技术的，我们没有。我们叫熟练工也叫普工，干吗呢？就是行车吊起大罐的铁水，我们用小罐接着，再浇到砂模里边去；还有就是铸件出来后，把铸件上面的毛刺打掉。农村干活是苦，但是工厂的浇铸工更苦！那时条件又比不上现在，夏天高温，加上铁水本身的温度，温度计都要爆炸！我曾经根据自己的经历写了一个短篇小说《蓝眼镜》，讲的是浇铸时铁水的光太刺眼，而发给我们的眼镜是平光的，起不到保护作用。我就带头要求劳资科发给我们蓝色的眼镜，然后就和劳资科谈判，谈到中途谈判破裂，知青性格嘛，土匪一样，把车间好大的铁皮门一脚踹开，走，不谈了！

后来调我到常德戏工室的时候，去劳资科办手续，那时的干部真好，没有报复。但他们很惊讶，你是什么门路？从一个最底层的工人调去当干部？后来，厂里给我们配了蓝眼镜，因为看东西受影响，我们也没戴。还有，给我们发的防护帽、劳动布的工作服，因为热得受不了，统统脱掉，就脚下穿着翻毛皮靴，赤膊上阵，哪怕火星四溅，溅到身上“滋”烫起一个个泡，也顾不得了。

在工厂这段时间，几位老师一直鼓励我搞创作，我就给厂里写了些东西，有一首集体的长诗朗诵得了市里的第二名。当时我们是做中班，下午两点钟上班，午夜十二点下班。年轻人精力旺盛，同伴们下班后都不睡觉，打扑克。我呢，就把被单掀开，在床板上写作。写一个叫“金翅膀”的戏。因为我给农业机械局整过材料，那时讲农业机械化，就是农业现代化的金翅膀。写了好久，仅写了一个开头，杨老师鼓励我，批道：“对比强烈，堪称虎头！”诸、杨老师教我的还不仅仅是这些，比如说我们戏曲唱词，要讲平仄，他给我写了一张字条，“平平仄仄平平仄，仄仄平平仄仄平，上仄下平”，就这样手把手，教我一些最基本的知识。那时候的老师真是好啊，我对两位恩师一辈子感激！现在都说什么教授、博导们让学生给他们打工，我的老师没有，我也没有，我给我的学生打工！我那个大弟子黄晖，《恰同学少年》《血色湘西》《毛泽东》的编剧，现在名震业界，整个一牛人！我给他谈构思、改剧本、要稿费，什么都干。他出名以后，有段时间我们联系少了，但有一次，他突然发一个信息：“师父，没有任何事情，想念你。”我很感动，也很欣慰，为他的成长与成熟。我那二徒弟也是朵奇葩，刘杰，湖南邵阳人，先是在北京舞蹈学院学跳舞，然后又考到中戏当编剧，中戏出来当“北漂”，我们师徒在那时结缘。他是京剧票友，旦角，程派。他玉面长身，性格阴柔，和邵阳“宝古佬”的性格形成强烈反差，这也叫生态平衡吧。在认识我之前，他经常会花 80 块钱，站在长安大剧院剧场最后面，去看迟小秋的《锁麟囊》，只要有迟小秋的戏，他就去看。认识我以后第一个要求你们知道是什么？师父给我弄张票，我要坐长安大剧院前面那个贵宾席。我说你去找长安大剧院的总经理，就说是我的学生。结果他如愿以偿，坐在那里啃着瓜子，喝着茶，欣赏着迟小秋。我估计指导他写个戏都没有这么感激我。后来他写了几部舞剧，《金瓶梅》《肉蒲团》什么的，引起了轩然大波。现在黄晖收了几个高才生做徒弟，那次看《小乔出嫁》后很兴奋，才来拜见师爷，给我鞠躬，大概这时候才认为，我有资格当他们师父的师父吧！刘杰呢？改行了。改行干吗呢？你们谁也想不到。中医，中医大师啊！名字也改为刘 ××。你们下课以后上网搜搜刘 ××，好大的名气啊！我专门看过他的讲课记录，讲得那个好，那个专业啊！我说这是我的学生吗？听课的多是中医学的研究生、博士生，趋之若鹜。最让我想不到的是，他国学底子那么深厚，他开课讲老庄、讲唐诗宋词、讲《红楼梦》，他一本讲《红楼梦》的书，被评为当年优秀书籍。

我在纺机干了两年多，我曾经在我的一篇文章里面回忆这段生活。我们浇铸班 13 个人，都是知青与复员军人，个个身强力壮，就我的身体弱一点。但我每年都是先进生产者，这个不是凭写文章写出来的，套用章回小说的话说，这功名是俺一刀一枪挣来的。在纺机干了两年多后，常德地区正式成立戏剧工作室，除了几位老师，还有一个指标。当时三个候选人，一个叫黄士元，“文革”中写了一个《山村兽医》，全国闻名，绝对的农民作家。我这个兄长现在都还在继续写，获奖无数。后来写过一个《嘻队长》，胡耀邦亲自批示，这样的剧团，这样的编剧，怎么不重奖？还有一个大家就太熟悉了，水运宪，再一个就是我。当时要填表，在代表作品一栏，黄士元填的是的《山村兽医》，主要代表作《嘻队长》，水运宪当时还没写《祸起萧墙》《乌龙山剿匪记》，但他给我们地区歌剧团写过一个话剧《关键问题》。我呢？代表作一栏填的是“诸、杨二人极力推荐”。我没有代表作，就是两位老师极力推荐。结果上天眷顾，我成了戏工室的正式成员。调动时我们厂都轰动了，浇铸工人在工厂里面是最底下的一级，竟然被调去当干部了，大家很惊讶。这真是两位老师和我们常德的文化部门对我的恩德。所以对我生命中的这些贵人，我一直心存感激，所以我现在只要能帮到人，我都会帮。

因为我讲课比较多，经常有学员把自己的作品寄给我看，大家的心情我体会得到，因为我也是业余作者出来的。但我真的忙，信息又写得慢，所以难免回复不及时，甚至忘记了，请大家谅解。这不是拒绝，与人为善是我为人处世的基本原则，赠人玫瑰，手有留香。

三、常德戏工室。我调到戏工室后，开始做好多打杂的工作。我记得第一个大任务是全国的戏剧专家到常德桃花源开会。我负责接待，卖饭票，分房子。那时候开会要交粮票，要交钱的，我再将饭票一一分发给他们。哪位老师住哪间房，我都用粉笔写在门上，就干这些事。说实在的我也干得心甘情愿，为大师服务嘛。到了戏工室，我可以看书了，我们单位那时候资料保存得好，我看书用“如饥似渴”“如狼似虎”来形容一点都不过分。我那时有一点特异功能，人家一目十行，我是一目一页。当时我们常德地区有 48 个专业编剧，200 多个业余作者，都有作品。全国当时有三个戏窝子，一个四川自贡，一个福建莆田，一个湖南常德。记得有一次地区剧本研讨会一小时后就要开会了，但还有 8 个小戏剧本没看。诸老师就说，小盛，你看得快，你来。一个钟头看完 8 个小戏，还要讲评啊，但最后我连唱词都给他背出来了，所以我好像生来就是干这个的。我看剧本，郭（郭沫若）、老（老舍）、曹（曹禺）的，莎士比亚全集，什么剧本都看。《剧本》上发表的剧本，从创刊以来，那时还是竖排字体，全部看完。所以我现在肚子里，不说多了，千把个剧本的底子还是有的。现在全国请我写舞台剧，那么多剧种都要涉猎，也没有太犯难，实在是得益于当年的疯狂学习。

在这个阶段，水运宪写了《祸起萧墙》，全国轰动。记得他把那个手稿给我看，12 万字，这么厚，沉甸甸的。哎哟，把我看得……我说这是水运宪吗？这是我的同伴吗？后来我跟另外的同伴说，我们要赶上小水，可能 10 年都困难了。但是，我不嫉妒，真的。别人我不知道，我只有激励，最大的嫉妒就是你超过他。也就是在这时，根据我的知青生活与工厂生活，我与汪荡平创作的歌剧《现在的年轻人哪……》，得到了省文化厅领导的赞赏，他们说来常德最大的收获就是发现了这个剧本。我那时住在纺机招待所写东西，汪荡平把这个消息告诉我，我当晚在日记里面说，这不是我的目标，我的目标是国家级剧院，日记现在都在。这个戏应该说算我的处女作，最早是由湘潭歌舞剧团排演，给我们省第四次文代会献演。演出的时候剧场一片椅子响，大家都纷纷提前退场。那天下着蒙蒙小雨，我站在那个剧场外面，看着这些退场的人，谈笑风生地从我面前经过，那个凄凉的雨夜，在我的创作生涯中留下了极为深刻的印象。后来，这部歌剧由中央歌剧院在北京上演，一片叫好声，中央台、《人民日报》报道，共青团中央召开座谈会，我记得陈老总的儿子当时还在共青团当书记，也参加了座谈，可我一点都没有得意，因为我记住了那个凄凉的雨夜。

我还有一个歌剧，知青三部曲的第三部，《想穿牛仔裤的老知青》，长沙歌剧团参加省会演。导演、演员都得了一等奖，那个导演是李慕贤的夫人王冰。可剧本连三等奖都没有份。我说这个歌剧的失败，使我走过了平常 10 年也难走过的心理历程。当时那种刺激，那种痛苦真是不可言喻。今天看来，大可不必，可这就是年轻，就是阅历啊！今天，大家看盛老师蛮光鲜的，我说你们只看见贼吃肉，没看见贼挨打，我说的就是挨打的经历。

中央歌剧院是从全国歌剧研讨会 90 多个剧本中，选中《现在的年轻人哪……》排演的。这也是他们建院以来，第一次排国内的年轻编剧的作品。他们对剧本提意见的时候，因为对知青生活、工厂生活不熟悉，提了好多外行意见，我虽然没有分辩，但也没有赞同。所以他们一个女的，好像是副院长，对我印象很不好，认为这个年轻人太骄傲了。我那时候不世故，今天也不世故，离“世事洞明，人情练达”的要求差得远。

《现在的年轻人哪……》以后，我又写了两部作品，其中一部叫《妈妈，我对你说》。这部剧创作的缘起是，我听到一个乡村女教师覃申媛的事迹，非常感人，然后就一个人坐了一天的长途汽车，又走了好久的山路，深入石门县罗坪公社，大山的最深处去采访她。覃老师今天可能不在了，因为那时候我去采访她，她就有 50 多岁了。采访以后好感动，回来就写了《妈妈，我对你说》。这是 30 年多年前的事了，没想到 30 年后，我又把它重写，就是湘剧高腔《月亮粑粑》，今年湖南省艺术节大奖第一名，同时入选国家十大精品剧目。

在常德戏工室工作 8 年，在老师们的帮助与同伴的激励下，我写了一些习作，打下了较为扎实的基础。但我也一直为自己创作的突破、提升，苦恼并探索着。这时，我艺术生涯中一个重要的机遇出现了。

1981 年，湖南举办了第一期编剧进修班，学员为全省各个戏工室、艺术院团有作品的青年编剧。授课老师则遍请国内名家：少林拳术峨眉剑，红白刀枪昆仑鞭，真个是受益匪浅哪！记得当时余秋雨老师还只是上戏的一个讲师，白衬衫，摇着把大蒲扇，给我们讲“新编历史剧的创作”，板书漂亮，风度潇洒。今日回溯，犹感慨不已。这期编剧进修班取得极大成功，后来一直被戏称为“黄埔一期”。刘鸣泰老师（曾担任省委宣传部副部长，新闻出版局局长），当时是湖南省湘剧院的编剧兼副院长，也给我们讲过课。我和他没有太多接触，不知怎么他就觉得我有培养前途，上下活动，一纸调令，把我调到了湖南湘剧院。

四、湖南省湘剧院。调来省湘剧院以后，省文化厅艺术处说，盛和煜是写歌剧的，写湘剧行吗？我决心给他们晋见之礼。两个题材，一个是《夹山钟声》，那时有一个考证，就是李自成没有死，跑到我们湖南石门夹山寺当了和尚。我是最早接触这个传说的，于是写了一个中篇小说，后来出版了，就叫《夹山钟声》，这个东西很适合写成湘剧。再一个就是屈原，一个朋友点醒我，要写就写人家没写过的，我就决定写屈原，也就是后来的《山鬼》。《山鬼》还有一个副标题——屈原先生的一次奇遇。《山鬼》这个作品是怎样产生的呢？当时咱们湖南的韩少功提出寻根文化，风靡全国。我被这个潮流影响也去寻根，就看《九歌》《离骚》这些东西。我脑中也被屈原的文思弄得五彩斑斓，但是看着看着我就觉得有一点不对了，因为我们对屈原的宣传是爱国诗人什么的。我就想如果我是个日本人，一个美国人，一个火星人，我是从来不知道屈原是个什么人的人，如果我从来不知道他，第一次接触这个，在不知道他任何情况的背景下去看他的东西，我会发现这个人的文采非常好，但是这个人的牢骚也太多了一点。后来我才知道鲁迅也说过类似的话，“放言无惮，为前人所不敢言”“而反抗挑战，则终其篇未能见”。

当时改革开放不久，我们那时候叫文艺复兴，那真的是个好年代，好作品无数。我就把当时能够找到的最好的舞台剧、歌剧、话剧摆在案头，我写《山鬼》的时候真的很虔诚地学习，像学毛主席著作一样学习，很虔诚地读。学到了好多东西，但是读着读着我也发现了他们的不足，读着读着发现我也能写出这样的东西，甚至更好。

写《山鬼》时，我有那种当头棒喝、禅宗顿悟的感觉。后来发展成我的艺术创作最主要的几个观点。总体上概括为艺术创作中的逆向思维。逆向思维是什么？我举个最简单的例子，感冒了去医院看病，这是惯性思维。但有人感冒了他去跳舞，出出汗，感冒就好了，这就是逆向思维。我创作中有时候觉得写得得心应手，我就会警惕自己，得心应手是不是走到了一个什么套路中？你看我们好多成语非常精辟，但是用滥了。可你试着把它们拆开来，恢复它的本意去用，你会发现好新奇。我有时候把中国成语或者古诗翻译成外国人的话，比如“对酒当歌，人生几何”，你试着把它翻译给外国人看看，多么好玩。针对这个逆向思维，我有两句导言：一是一项艺术方案，60% 的人赞成再干，为时已晚。这是什么意思？艺术方案，不同于党的方针政策，党的方针政策拿出来要受到绝大多数人民的拥护，这是好方针好政策，但是艺术方案你拿出来 60% 的人赞同，为时已晚，就说明你是一个什么？大陆货！不要相信所谓一致叫好。二是纪录是为打破而存在的。我希望所有听过我讲课的人都能够分享我这个心得，这句话是什么意思？刘翔 110 米跨栏纪录后来被打破了，跳高纪录、短跑纪录都是为打破而存在的。那么同样放在艺术创作中，我看的那些剧本，当时是全国最好的剧本，它是纪录。我拿来是为打破它，它的存在是为打破而存在的，这两句导言，就是支持逆向思维的两个重要的观点。我搞创作，除了文学，音乐我接触过，舞蹈我接触过。当初省歌舞剧团的彭德成团长，要我写舞剧《边城》，我不知道他同时还叫了好多舞剧专家在写。我没有写过舞剧，但是我就把所有能搜集到的舞蹈杂志，都找来看了。还看录像，《美人鱼》等等，古今中外看了 50 多部舞剧。再看舞蹈杂志的一些理论分析。我知道好多一辈子搞舞蹈的，没有我那几个月下的功夫多。投机取巧不行的，做学问搞艺术创作都得扎扎实实的。看了以后我就写出了舞剧剧本，我后来才知道，那些舞蹈编导拿着我的舞剧剧本往彭德成办公桌上一摔，这也叫舞剧？后来我听到了，那时候也年轻气盛，我说我要给你们扫盲！什么叫舞剧，我的舞剧不是说此处用那个阿拉伯数字标明，还用上分秒符号，一分三十秒单人舞。我说我的舞剧是把你带入想跳的这种情绪，带入这种氛围，刻画人物内心，因为舞剧它是肢体语言。这是我在看了那么多舞剧和理论文章后悟到的一些东西，结果这个舞剧得了文华大奖，也是我们省第一个得文华大奖的剧目，舞剧原来只有编导奖，因为这部舞剧专门设了著作奖。

中国作协对这个舞剧的印象最好，说这个文学剧本搭起了从沈从文小说原著到舞剧的桥梁，因为在座的有搞音乐搞舞剧的，我随便说一下。我现在一见到主演杨霞，我就说你见到我要鞠躬，原来一个小演员，现在又是梅花奖又是政协委员、总经理什么的，包括作曲杨天解，中国十大作曲家啊！当时我们睡在一个房间，我说你作曲，我能支持你评到一级，这都是真实的，所以我们现在关系都非常好。我在他们面前，我说不管你什么大师，见到我都要鞠躬，你是我培养的，这都是朋友之间开玩笑的。这部舞剧后来获得了非常大的成功。我讲这些是为了来支撑两句导言：一项艺术方案拿出来 60% 的人赞同再干，为时已晚；纪录是为打破而存在的。我不知道殷婷背不背得这句话，你听过至少五次了，希望用到你的创作实践中。

《山鬼》的写作使我禅宗顿悟，悟到了艺术创作中逆向思维的重要性。逆向思维是总纲，两句导言是支撑。落实在具体创作实践中，我有三个步骤，或者说三个艺术手段，来实现我们的目的。这三个艺术手段，我想不仅对编剧，对舞蹈、音乐、美术等艺术创作都有作用。一、提炼主题，提炼出独特的、鹤立鸡群的主题。比如说你们领导要你编一个好人好事的节目，在座的大概经常遇到这种任务。好，你这个主人翁是个农民工或者是个什么，他要你编这么个东西，你一定要问自己，你想表现什么？表现农民工对城市做的贡献？这是批发来的主题，这不是你独立思考的主题。哪怕编个小演唱，你也要有独特的主题，提炼出独特的主题，这太重要了。

《山鬼》的主题是什么？《山鬼》因为影响非常大，在国内外都引起争执，在北京上演的时候，11 个国家，那时候我们建交的国家还没有这么多。美国、法国、丹麦、日本，还有几个国家的大使馆来要票，没有票，组委会就把自己的票给了这些大使。当时中央台连续报道，座谈会各个门类的学者都来了，称为戏剧的全运会，中央台采访摄影的三脚架都没地方放。盛况空前。中戏的学生看《山鬼》的时候把帽子都甩上去了，然后彻夜不眠，自主地展开了讨论，得出了一个结论说《山鬼》主题是性解放。另外好多人也把它解释为两种文化的冲突。我的主题是什么呢？人一生都在追求，追求完美，但完美是达不到的，所以才不断地追求。路漫漫其修远兮，吾将上下而求索。人一生都在追求完美，屈原一生都在追求香草美人，香草美人是什么？是他的一种政治理想，他追求不到，所以他才“路漫漫其修远兮”。《走向共和》的主题是什么？找出路，我们的先辈、先贤们为中华民族的生存发展、伟大复兴寻找出路。我写的京剧《梅兰芳》，是于魁智、李胜素、孟广禄、赵葆秀这些京剧的领军人物，第一次集中在一个戏里出演，《梅兰芳》的主题是什么？上善若水。后来陈凯歌、黎明他们都去看过，也把我这个主题到处讲。但是他们那个电影，上半部还可以，下半部就太丢人了！日子鬼子拿着刀搁在梅兰芳的脖子上面，怎么会？缺乏常识，最普通的常识都没有，我真不知道怎么会弄出那么差的东西来。日本人对梅兰芳多么尊重。1923 年日本关东大地震，次年梅先生率团去日本慰问，那个国际影响，日本人对他的感激程度，远不是我们今天所能想象的。日本人好尊重他，怎么会用军刀对着他？他只是请梅先生去，梅先生没去，就是这样。上善若水这个主题是怎么分析出来的？我联想到我们的民族性格，历史上多少彪悍的民族都灰飞烟灭了，我们中华民族并不是那么强悍的，甚至有些时候很软弱。美国旧金山修太平洋铁路，一具枕木下就有一具华人的尸体。白人、黑人都欺负我们，打杀我们，但结果，华人生生不息在那立足下来。我就想到老子说的上善若水，水是不争的，人往高处走，水往低处流。它还藏污纳垢，但是最后它让一切都澄明，这就是水的力量。梅先生一生演女人，咱们不是说女人是水做的吗？梅先生是一个很软弱的人、不争的人，那样一个软弱的、不争的人，能够取得，我称之为一个人对抗整个日本军国主义的一场战争的胜利，这是民族性格的胜利。

再次强调，我们创作的时候第一个步骤是提炼主题，这个主题一定是鹤立鸡群，而不是批发来的，不是领导给你说的。我那次开玩笑，因为我们在湖南，所以老是叫我们写红色题材，贺龙元帅什么的。我问，主题是什么呢？他们很惊讶地回答，忠诚哪、艰苦朴素哪、英勇善战哪，好像这不是明摆着的吗？你怎么还会这样问？但如果让我来写，我一定会根据贺老总独特的经历和个性，写出不一般的、极其精彩的东西来。咱们读金庸小说，你们发现没有？他的前期小说都是写儒家，都是儒家文化，后来是佛，最后是道，儒释道三种文化都不灵，最后怎么弄？弄了个流氓文化，韦小宝。你们看是不是这样？所以我这里只是提供给大家一个思路。为什么我们好多作品出不来？我是长沙舞台剧的首席顾问，找到我，给了我 5000 块钱，我说这点小恩小惠我就当首席顾问了。所以这次我帮他们弄了一个《耀邦回乡》，现在还没有正式演出，正式演出希望大家去看一下，有点意思。《耀邦回乡》的主题是什么？共产党人的良心。胡耀邦在国内外的评价非常高，他做了好多好事。这是讲他当湘潭地委书记的时候回来做的一些事。还弄了一个戏，长沙市湘剧院写了田汉，是我那个极具灵性的上海学生钱珏写的。

不光剧本，你编舞的时候，你写曲艺的时候，你作曲的时候都要提炼主题。这次湘剧《田汉》的作曲老师德高望重，大家都不好提意见，我就提了。我说这太一般了，是一个惯性思维的东西，应该有新东西，极端一点。

创作《山鬼》以后，长沙电视台成立10周年，罗浩，大家都很熟悉，现在和光影视董事长，他找刘鸣泰去写歌词，刘鸣泰说我给你推荐一个人，然后他就说谁，鸣泰就说盛和煜。这后面的经过浩哥把它发展成一个段子，我自己都弄不清了。浩哥就说给我打电话，说我提了两个条件，第一稿费500；第二，一个字不许改。罗浩本来就是一牛人，他说哎呀，我还没有碰到过这么牛的人，也罢，先答应下来再说。然后，看我写的歌词，的确是一个字用不着改，他这是先抑后扬，表扬我。当时哪里500块钱一首歌词？我好像记得是得了100多块。再一个艺术上，我还是善于学习的，“改我一字，男盗女娼”，我没有这样膨胀。

但经过这种交往，罗浩就推荐我去写《走向共和》。

五、京华风云。《走向共和》是我们湖南人刘文武、罗浩、苏斌他们几个人，在打造了电视剧《雍正王朝》后，准备继续做的一部电视剧。当时我们的郑佳明部长也是这个戏的总策划。写之前，给了我半年的时间读书，今天做电视剧可没有这样郑重，老板恨不得你一天一集，还看书？重点看什么书呢？剑桥晚清史、民国史，重点看的就是这些。

本来我是不愿意接这个戏的，因为在《走向共和》之前，戊戌变法呀这些东西，我们的各种文艺体裁表现得太多了，再就是那些历史的关目往往模糊不清；各种人物，各种思潮，你方唱罢我登场，我们的观众、领导，甚至有些专家，对这段历史知道一点，说起来又好像全知道，李鸿章怎么卖国啊，袁世凯怎么怎么的啊，好像熟悉得不得了，所以导致非常难写。而且这段历史是我们中华民族最屈辱的一段历史，在情感上我也接受不了，不能承受之重。看着资料，我经常一个人在屋子里面拍案长啸，真的好痛苦。

因为前面有着《雍正王朝》的经验，阿武他们也教我怎么写，我的潜台词是："老子是编剧的祖宗，你还来教我？"真的是一点都不骗你们，就是这种态度。但是做着做着我就发现他们是有道理的，这也叫逆向思维，颠覆了我原来好多东西。举一个例子，写到甲午海战，不是邓世昌撞吉野号吗？大家都知道。我就说到了一个水兵怎么牺牲了，黎元洪，后来的民国总统，当时是北洋水军一个二等官，就到这个水兵的家乡去看望他的母亲、妻儿，我就写他家乡父老乡亲那种反应，写得非常感人。刘文武说了一句：什么话？你这不是写的北洋水军，你写的是八路军。有道理啊，那时候的老百姓是麻木的，鸦片战争开战的时候，广东的民众在做什么？你以为都是三元里抗英？看热闹，两边打，炮火纷飞。那时候我们的人民还没有民族的概念，没有国家的概念。中华民族真正凝结，有了独立的、民族的国家概念，那是抗日战争。鸦片战争打起来，我们内地的道台，三品官员，相当于今天的厅级干部，都不知道打了这场战争，你想封闭落后到何等程度！我们湘军是不错的，但是甲午战争后期跑到东北去，还是打不赢。湖南人再厉害，你那个长矛，那样点火的枪，打日本人是不行的。我写《走向共和》，对这个感慨太深了。李鸿章和清流派在朝廷上辩论，清流派说得道者多助，失道者寡助，正义是在我们这边。是，正义是在我们这边，但武器在人家那边。李鸿章说我们的大炮，5 分钟开一炮，而且好多还打不响，人家一分钟开 5 炮；而且他的航速比你快，你要打他，他跑了，他要打你，一窜就上来了。吉野号本来是我们订了的，300 多万银子，没钱，被日本人买走了。一个高级海军将领看了《走向共和》以后感动得不得了，说说出了他们的心里话，这个不说了。

我前面讲了主题的提炼，《走向共和》主题就是找出路。但是，我们是艺术创作者，我们不是政治家，我们是思想者。我们不要想着在自己的作品中去回答问题，而是要提出问题。搞改革开放，邓小平都要摸着石头过河，我们能回答什么问题呢？

我的《十二月等郎》，一个湖北花鼓戏，很多人看完以后，有一点惆怅，有一点感伤，但是又被温暖所包围着。这就非常好，达到了我的目的。《人民日报》对我那个戏有一篇评论文章，写得非常好，把我也夸奖一番，说是关注了农民工问题，其实我提炼的主题是什么？中国女人千百年来的等待究竟是为了什么？我自己也没有个答案，但是观众就会思考，就能得到启迪。

提炼主题，这是我们创作的第一个步骤，第二个步骤——人物陌生化。

李鸿章，在《走向共和》之前，在全国人民的认识之中，是典型的卖国贼，老迈昏庸，但是我可以说《走向共和》播出之后，没有人会轻言李鸿章是卖国贼。你去看现在的好多介绍、文字资料，没有人轻率地下这种结论。为什么呢？得益于李鸿章这个人物的塑造。大家都知道李鸿章是洋务运动的代表人物，甲午战争前是洋务运动最蓬勃上升的阶段，我看过一张照片，就是李鸿章视察大沽口炮台时照的，一身黑色短打，那种侠客的服装，腰间系一条布带，头上扎青布帕头巾，腰间插一把金色左轮手枪，是光绪六年时沙皇皇太子送给他的。你看七十多岁的人，这种打扮，叫英姿飒爽一点都不为过。因为那时候是洋务运动最蓬勃的时期，他的精神面貌就代表着处于上升阶段洋务运动的风貌，哪里有一点颤颤巍巍、老迈昏庸的样子？后来媒体说我为李鸿章而流泪，不是，我是因为写到《马关条约》签订时，情不能自已，为我们民族所遭受的屈辱而流泪。而通过大量的历史文献资料，我发现李鸿章是在忍辱负重，寻找民族的出路。世界上没有一个国家一个民族会否定自己的民族英雄，会否定自己的先贤，而我们，一代否定一代，前人全不是好东西，这种搞法真的不好。还李鸿章以本来面目，这就是我说的人物陌生化。人家做了多少事，在世界各国访问，在美国为华人争权利，前些年美国国会才为当年的排华法案道歉，而李鸿章当时就抗议了。《马关条约》的签订是皇帝做的主，他哪里做得了主？电报全部都是慈禧太后、光绪皇帝批准了，往返之间，电报密码被破译还落到了日本人手中，这是历史的真实。国民党也有些神话孙中山，列宁说孙中山政治上幼稚如天真少女，列宁说的，你总不能说他是帝国主义吧？但这些资料、这些评价对我们的观众读者而言，对我们已经盖棺论定的人物而言，是多么的陌生！

当初我写《梅兰芳》时，它已经有一个京剧剧本，要我去参加讨论。我说你们把梅兰芳完全写成了一个政治上的梅兰芳，而且是三四十年代左联的那种政治。梅先生是我们中华民族文化的优秀代表，他更是人类文化的优秀代表，先生是可以和上天对话的人。他们觉得我分析得好，就要我来写。

《梅兰芳》到德国柏林去演出，京剧交响乐队伴奏，指挥是胡炳旭，乐队、合唱队是柏林歌剧院的，全是洋人。当我坐在歌剧院金碧辉煌的包厢，听他们唱起“上善若水”，真是感慨！

咱们电视剧《恰同学少年》，大家都看过吧？最早的时候，导演他们把提纲拿去，给一个专写主旋律的权威看，结果被这个权威很粗暴地当场否决了，说根本不行。我知道后很生气，说你们拿给他看做什么？当年，19 岁的毛泽东进入一师，他还没有接触到科学社会主义，所以，他没有那些革命活动，他就是在读书，为中华崛起而读书。这就是毛泽东，人物陌生化后的、历史的、真实的毛泽东。

提炼主题，人物陌生化，再就是第三个步骤了——独特的叙述框架。

一般而言，叙述框架是指故事结构与剧作家文体的叠合。而独特就意味着文无定法。

《走向共和》的叙述框架是什么？两个特点，一、高来高往，不写小人物；二、没有虚构人物。诸位，这是违背我们文艺概论的，文艺概论不是教导我们，要写小人物吗？人民，只有人民，才是推动历史前进的真正动力吗？我那个本家盛宣怀，是一个了不得的人物，创造了中国第一个电报局、招商局等十一个第一，单独为他写一部 50 集的电视剧都不够。可他在《走向共和》里面，只是一个小配角。我们的主角是李鸿章、袁世凯、慈禧、孙中山、日本天皇……高来高往。第二，没有虚构人物。《走向共和》我只写了前面部分，后来因为写得太慢，被他们炒了鱿鱼。我把这些都写在我的简历中了，可能你们没见过这样写简历的，嫌它不规范，就没有用，而用了我多少年前网上的那个简历，那已经完全过时了。《走向共和》大思路是我的，前面部分是我的，我没写了，后面就由他们来写，结果发现那样纷纭繁复的历史事件，那样众多的人物，他们捏不拢来，故事也讲不下去。于是，背弃了我们的初衷，虚构了两个人物，就是赵立新演的一个记者，还有一个什么人，这样才把戏串起来。

但是，对这部戏而言，由于增加了两个虚构人物，它的戏剧张力，它的真实性，给观众的震撼，都失去了。因为观众看戏的心理、立场、角度发生了转换，他看真人的故事与虚构人物的故事感觉是会不同的。

黄梅戏《小乔初嫁》的叙述框架是什么？对比，完全是对比。这是由它的主题而来的，它的主题是帝王伟业与老百姓幸福的冲突嘛。小乔是贵妇身份，草根情怀。她的闺蜜叶儿，是豆腐店的老板娘。

《十二月等郎》的叙述框架是什么？不是以情节，而是以主角苗子的心理情感线构成整部戏的动作贯穿线。这种写法在舞台剧创作中也是极为罕见的。

六、湖南卫视。《走向共和》还没有播出，湖南卫视就来调我。调我去搞《恰同学少年》，这是欧阳常林的本意。记得调去后老魏和常林找我谈话，老魏问我要一个什么样的行政待遇，我说不要，只是艺术上要全作主。当时老魏就竖起大拇指，好，这是个搞事的！

后来我才知道，没要行政待遇，吃了大亏。艺术上呢？也根本作不了主，我抓的《恰同学少年》也好，《血色湘西》也好，都要送到总编室去审，遇到不懂的，他就是不批，结果两部戏都是我亲自向老魏、常林，立了军令状，才得以启动。这里我又讲一下我挨打的经历，《血色湘西》拍完后，评审委员会三点意见：第一，严重地不符合历史事实；第二，严重地不符合现实要求；第三，严重地不符合十七大精神。需要做重大修改，方能播出。剧组吓蒙了。我呢，叫无知无畏也好，叫心底无私天地宽也好，我发言说这个戏是我一手抓的，我自己认为这个戏是湖南卫视除琼瑶系列剧以外，拍得最好的一部戏。无论从哪个方面都是最好的，导演、美术、音乐、拍摄质量。你们现在指责的问题，出在剧本上，剧本由我负责，但是我要解释几点。第一，所谓不符合历史事实，他们的意思是说，我们共产党的湘西党支部、地下组织在干什么呢？我说我在湘西当知青干了七年，这期间不止一次参加过农民运动调查，我说我比你们有发言权，贺龙走了以后，白军奉行石头都要过刀，湘西的共产党被杀得一个不留。别的地方你可以说共产党多，湘西没有，这就是历史事实。第二，所谓不符合现实要求，他的意思是说少数民族会不高兴，我说你们去湘西看看，包括拍摄期间，湘西老百姓对《血色湘西》的那种亲切、那种喜欢。我还讲我们可以去湘西征求意见，最后去了，意见反馈好得不得了。第三，所谓不符合十七大精神，我说我写的时候十七大还没有召开哩，真的是莫名其妙！

前不久，在省里繁荣社会主义文艺推进会上，我也举了这个例子，我们现在整个的电视剧市场，被买片人、销售人员所控制，一些艺术质量低下的作品大行其道，这种现象是绝对不能持久的，它戕害的不仅仅是一代人的心灵啊！

在湖南卫视期间，我还创作了《夜宴》，《夜宴》后来遭遇“台词门”，但我觉得是冤假错案。为什么呢？《夜宴》开始我跟小刚商量，它的主题是什么呢？“是欲望能够创造一切，也能够毁灭一切。”后来我在写的时候我找到了《越人歌》，我就发现了另外一种主题，就是“一个人不懂另一个人，懂了，就不寂寞了”，我觉得这个主题好独特，就写了。《夜宴》的失败是为什么呢？是冯小刚第一次接这种大资金，第一次有这么大的资金给他，他又想从事转型，突破这种瓶颈，在这种时候他又不能抛弃他的老朋友葛优，我们的关系非常好，葛大爷专门请我吃饭，王中军、王中磊作陪，小刚、徐帆都在座，专门请我吃饭，干吗呢？请我给他讲台词。戛纳影帝啊，让我用常德普通话给他练台词，这就是葛优大师！但他演这个戏心里没底，说到他的表演状况时，他拿起一个杯子在桌上移动，他说，演别的戏，这个杯子移到什么地方要掉下去了，他知道。但演这个戏，他不知道。还有，葛优长期以来在全国人民中的形象，冷幽默大师嘛，可他塑造厉帝这个人物，你们想，我写的台词越深刻，越动情，从他嘴里说出来就越搞笑，是不是？其实台词真是我的强项，后来，我就这个问题恳切地、一本正经地讲了我对于台词应该怎样写的一些体会，可那些不良媒体却说我向网友叫板。后来我终于明白，我的错误在于，我把一场娱乐秀，当成了学术讨论，于是我就成了媒体狂欢的祭品。

时间不够了，最后两个阶段我简单讲几句：

七、刚刚出道。这是我现在真实的心态，一点都没有作秀的成分。我在什么时候都怀着一颗新奇的心，我真的认为我是刚刚出道的一个毛头小伙子。二十多年前，一个老师说，盛和煜是我们国家最有实力的剧作家之一。我说老师请你改一个字，实力改为潜力。我现在还是这样认为。我是我们国家最有潜力的剧作家之一。我也希望拿这句话与在座诸位共勉。

八、幻想未来。现在手头创作的东西很多，除了舞台剧是磨不开人情面子接下的，现在创作的最重要的作品是《广州十三行》，他们称之为经济上的《走向共和》，我认为这部戏出来以后对我们中国的影视剧，对我们中国的经济，对我们中国的文化现象会起一点作用。我给自己的定位是什么呢？一个想成为大知识分子的小知识分子。我希望我的每一部作品都能成为一颗女娲补天的五彩斑斓的小石子，去补缀我们中华民族坍塌了的那一块文化天空。谢谢。

2011.6

一个戏曲剧本的诞生*

——《小乔初嫁》创作谈

我今天讲的题目叫《一个戏曲剧本的诞生》，主要贯彻我创作的三个基本观点，一、主题的提炼；二、人物陌生化；三、独特的叙述框架。这三点讲得多了，我称之为“老三篇”。《小乔初嫁》就是我自己践行“老三篇”的过程。

同样的题目与内容，我已在湖南和中国文研院全国高级编导研修班等好几个讲座讲过，我又不是传教士，为什么到处讲？因为我觉得戏剧，特别是戏曲文学这一块，挺荒漠的。我呢，江湖漂泊这些年，好歹有些积累，说出来与大家分享，自以为有给西北缺水地区捐赠一口“母亲水窖”的感觉。

《小乔初嫁》是个黄梅戏，因为大家都是从事编剧实践的，我把创作这个戏的缘起、选材、视角、“老三篇”、唱词的全过程，和大家分享。我想，这对于大家舞台剧创作，特别是戏曲剧本的创作，会有着不同于课堂与教科书的实际的意义。

* 此文系作者 2014 年于中国戏曲学院戏文系的讲课录音整理而成，发表时略有删改。

缘起

2008年，当时安徽省文化厅主管业务的张居淮副厅长到北京找我，希望我能为安徽写个戏，写一个安徽的黄梅戏。黄梅戏的特点，人们总结了很多，我觉得就是两个字，亲和。这个剧种有极强的亲和力，听得懂，亲切，唱起来舒服。当时我问张厅多大年纪，他说53岁，我说那你还等得，果不其然，这一等就等了6年。我是去年7月份给他们写完的。在这等待的过程中，我们这种小知识分子，本事不大文人的脾气蛮大，你对我尊敬，我对你越尊敬；你摆架子，那么对不起，那就没得事了。他每年过年过节给我发信息，不是群发，是单独发的。特别是有一年到苏州去开会，我在屋里休息，他在门外一直等了好久，我感动得要命。中国传统文化中，这种游戏已玩了千百年，可还是逃脱不了“士为知己者死”的宿命。拿这次这个编剧进修班来说，我改了北京讲课的日程，几天之内往返长沙、北京，跑了几趟，没办法啊，魏院摆出那个姿态来了。安徽宣传部部长到中宣部汇报工作，汇报两个钟头的工作谈了一个小时的黄梅戏，回来就要抓黄梅戏。这时候张厅长已经变为演艺集团的董事长了，张总打电话告诉我这个情况，我就想到当时给湖南省湘剧院写《李贞回乡》的情况，《李贞回乡》之于湘剧，当不得大家那么多的溢美之词，但至少盘活了湘剧。于是我想于安徽也当如此，就答应去了。到安徽，又认识了蒋建国院长他们，蒋院温和而坚韧，我们很投缘。还有剧院其他朋友，怎么说呢？缘分，我与黄梅戏有着前世今生的缘分。

选材

到安徽去之前，他们宣传部长说想搞一个现代戏。我在去安徽的路上就想，现代戏呢，我有一个，知青题材的。我当了 7 年知青，插队落户，真正靠工分吃饭，在农村实打实地干了 7 年。我看现在这些写知青作品的，包括写影视剧的，和真正的农民群众实质上是隔开的。比如说梁晓声，他以知青作家著称，是一个非常有艺术良知的作家，但他到的是兵团，所以他们的这些知青体会只能是兵团的体会，而不能代表我们这种插队落户的知青体会。我成为剧作家以后，上面经常讲深入基层，我说我就是基层！经过这几十年，我对知青问题有些反思，有些想法。我最早准备写个话剧，那会非常震撼。后来别人要求我写电影，我也蛮想写个电影。安徽这一让我去，我就准备把知青题材给他们。慎重考虑后，我打消了这个念头。知青题材写出来会有争议，我的东西基本上都有争议：《山鬼》全国戏剧界大争论，甚至争议到国外去了；《夜宴》遭遇“台词门”……这都是争议。我想我不怕争议，不怕怎么样，但我现在是抱着一个成人之美的目的去，怎么能够给他们惹麻烦呢？这个题材就暂时放下来了。（不过我写完《小乔初嫁》以后，他们蛮喜欢，现在又天天催我签约，要我把知青题材写出来。他们心里想盛老师搞的东西蛮好嘛，分寸感把握得很到位嘛。他们不晓得艺术这个东西不是精密仪器，艺术是浪漫，是激情，我一惹麻烦就捅上天去了。）当然，这是后话了。知青题材搞不成，安徽方面就提供了两个题材。一个是《合肥四姐妹》，就是张兆和四姐妹，张兆和何许人也？就是沈从文的夫人。我一听，蛮好！我为什么觉得《合肥四姐妹》这个题材蛮好呢？一个原因是黄梅戏本身特别适合于演时装戏；第二个原因，我觉得我可以写出中西文化交融的过程中，如何诞生了这样一批极其知性、极其优雅的民国新女性；第三，黄梅戏不是有五朵金花吗？如果用这个戏，把这五朵金花重新聚集起来，那将会成为一个文化事件，会产生非常好的影响。但是，五朵金花重新聚集，谈何容易？再就是可能我什么中西文化交融，知性、优雅女性的一番阐述，把领导吓着了，没有人再提这个题材。最后，就是《小乔初嫁》了。小乔是安徽潜山人，曹操是安徽亳州人，周瑜是安徽庐江人，三个人都是安徽的。对小乔的记载，史料上没有多少，民间倒是更多些。但是小乔名气很大。还有一个历史渊源，当年吴宇森导演要我写电影《赤壁》，对小乔我有一点感觉。本来《三国演义》对我来讲，烂熟于心，我写的时候，根本没有去翻它。但是严格意义上来说小乔是一个传说中的人物，史料上没有这个人物，她在《三国演义》里的分量极其轻，是个花瓶式的人物。“小乔初嫁”得益于苏东坡的《念奴娇·赤壁怀古》，但也仅仅是“小乔初嫁了”这五个字而已，可这五个字可以引起我们多少的遐想啊……

最后定下来，写《小乔初嫁》。

视角

题材定下来，接着就是寻找表现角度了。蒋院让王成他们几个哥们姐们陪着我，到黄山一带到处转悠，虽然风景怡人，但是我内心焦虑。因为写一部大戏，仅有一点感觉不够啊！剧院做得漂亮，合同未签，他们就不声不响把定金打过来了。我讲你打了也是空的，视角没找到，我只能回去。那一段时间，是我创作过程中最犹豫不决的时候。我们知道，关于小乔，有无数的文艺作品，我看过的也不知道有多少，可你要有自己的视角啊！否则的话，前面布满陷阱，掉进去了，那就没搞头了。有一天，我们在一户水上农家乐，享用着美味鱼汤（蛮便宜，没超标）的时候，突然间，我福至心灵！我想，我为什么不从小乔的视角，从一个女人的视角，来表现赤壁之战呢？当时，我就对王成说，可以签约了！今天来看，这个发现没什么了不起的。是的，没什么了不起，可是你看看这么多三国戏、袍带戏，哪一部又是这样做的呢？

选定题材，找到视角，这都是一个剧本下笔的前奏。下面，进入正式创作。

“老三篇”

在座的绝大部分朋友都听过我的“老三篇”，有的还听过好几次。现在，该我自己来践行我的“老三篇”了。

一、主题的提炼

《小乔初嫁》提炼出一个什么样的主题，对于这个戏的品质，这个戏的高度，是生死攸关的！

这次在北京讲课，我那大弟子去了。黄晖，就是《恰同学少年》《血色湘西》《毛泽东》的编剧。对于这一点他就有深刻体会。我们受命写《恰同学少年》，就是毛泽东在一师读书的这一段，在这之前是没有人表现的，我们提炼的主题就是“为中华崛起而读书”。在这个主题的指引下，我当时就讲，我们这个戏不要写毛泽东革命。毛泽东不革命？对呀，因为他那时候还没有接触到科学社会主义嘛。你要写他革命，就不符合历史事实，显得虚假。“为中华崛起而读书”，多好啊，这比“伟大领袖年轻时就胸怀革命理想不畏强暴敢于斗争，深入农工唤起民众”好得多吧，比那些想当然的，或者批发来的主题好得多吧？《恰同学少年》获得成功以后，跟着要我们写《风华正茂》，就是毛泽东从一师毕业以后的事，我就不写了。为什么？因为我提炼不出主题，换言之，我不知道要表达什么。他们说，文件上都写了要你参加哩，有文件我也不参加。然后要黄晖他们继续写，写了三年没搞出来，最后湖南广电没要黄晖写了，急拉了几个人写，老实说，极不成功。

那么，《小乔初嫁》的主题是什么——“帝王伟业与老百姓世俗幸福的冲突”。

这就和以往的三国戏有了根本的区别。以往的三国戏，大多宣扬仁智勇信之类，我不是说仁智勇信不好，鲁迅讲过一句话，“刘备之德近乎伪，孔明之智近乎妖”。从来没有人在三国戏里，在小乔身上，在赤壁之战中提炼出这么一个主题，帝王伟业与世俗幸福之间的冲突。别小看这个主题，有了这个主题，我以后的故事框架、人物的设置（比如说叶儿与王小六的设置），特别是矛盾冲突的取舍，都奔着它而去了啊！

当年，中国殿堂级的导演（这个形容词是我从他们宣传词上学来的）薪伊大姐他们搞了一个京剧《梅兰芳》，要我去参加讨论。我一去呢发现剧本不错，但是主题有问题。在这个戏中，把梅先生塑造成一个爱国的、政治化的，而且是二十世纪三四十年代左联的那种政治的爱国者，这就是思维惯性，没有提炼主题所致。梅先生是什么样的人？他代表的文化是什么？不错，梅先生是个爱国主义者，可他更是个艺术家；他代表着优秀的中华传统文化，他更是整个人类文化的优秀代表。先生是可以和上天对话的人啊！先生的抗战，是一个艺术家的抗战，是他一个人对整个日本军国主义的一场战争，而且他取得了这场战争的胜利。那么就奇怪，梅先生这么一个软弱的人、不争的人，为什么他能够取得胜利？这完全是我们的民族性格决定的。我们的民族性格是什么？其实有时候看起来中国人是蛮窝囊的。我感受最深的是，有一段时间听到很多华工故事，到美国西部修太平洋铁路的，每一米枕木下面埋藏着一具中国人的尸体。他们到异国他乡，又勤勉，又怕事，但是美国人、拉丁美洲人、黑人，反正各色人等都欺负他们，那欺负已经到说打就打说杀就杀的地步。可华工们总是忍气吞声，没有看到一个反抗的。可后来，他们在那样恶劣的环境中站稳了脚，生生不息。

前面说了，梅先生那样一个软弱的人、不争的人，为什么能够一个人取得对整个日本军国主义的胜利？这是由我们的民族性格决定的，是我们民族性格的胜利。那么，什么是我们的民族性格？“上善若水！”“上善若水”这句话是老子讲的。什么意思呢？你看水，打一拳它就往后缩，不争。人都是争上进的，可水往低处流。低处是些什么呢？洼地，一些脏东西。水呢？藏污纳垢，但是最后澄明一切，你看万物都被水澄明了，老子就不由得感叹，上善若水！中华民族的行为就是水的行为。另外，中国从来就有“女人似水”这句话，女人似水，清澈。梅先生演了那么多女人，演了忠贞的女人，也演了放浪的女人，演了很多优秀的女人，又加上我们的民族性格激活在梅先生身上，激活在这个戏本身。你看这个主题提炼，我拐了好多弯，想了好多事，才提炼出“上善若水”。陈凯歌、黎明都看了两次我那个京剧《梅兰芳》。电影《梅兰芳》前半段不错，后半段实在是不敢恭维，特别是日本人拿着军刀架到梅先生脖子上，这个动作太丢人了！日本人对梅先生是很尊重的，1923 年日本关东大地震，次年梅先生率团到日本去慰问，整个日本为之倾倒，很多粉丝，对他很尊重，这是历史，是真实的。在上海，他们也是非常客气地请梅先生去，先生胸怀民族大义，不去！历史是这样一个情况。你把敌人写得那么猥琐，梅先生也高大不到哪里去。今天我们不能光凭一种情绪，要真的要了解对手，才能战胜他们，这是题外话。我在京剧《梅兰芳》的创作中，提炼出“上善若水”这个主题，后来陈薪伊导演也好，陈凯歌导演也好，他们都多次讲到这个“上善若水”，对不起，这不是导演提出来的，是编剧在实践创作中提炼出来后，得到了他们认可的。在中国，编剧的劳动与贡献得到肯定之日，也就是作品质量腾飞之时。

再一个，就是关于《十二月等郎》的主题提炼，这个我已经说过很多次了，但联系到今天我们在座诸位的有些剧本，我觉得有必要再次提一下。现代戏怎么去提炼主题？大家知道，《人民日报》曾对《十二月等郎》做了一个很大篇幅的剧评，说这个戏关注了农民工问题，非常好，把我也夸上天。但是，说良心话，我的初衷并不是农民工问题，我的主题是：中国女人千百年来的等待究竟是为什么？我们为什么要在我们自己的创作中来回答现实生活中的问题呢？诸位，我们是思想者，不是政治家，我们回答不了。最好的作品是提出问题，给大家以启迪，让大家思考，而不是回答一个现实生活中的问题。看《十二月等郎》，很多人惆怅，很多人感伤，同时又被温暖与感动，行，这就是我要的效果。所以一个剧作有一个好的主题，让人看了以后有所启迪有些思考，这就了不起了，这也就是我们苦心孤诣提炼主题的意义所在了。

《小乔初嫁》提炼出“帝王伟业与老百姓世俗幸福的冲突”这个主题以后，我就进入了创作的第二步，设定人物。

二、人物陌生化

关于人物陌生化，原来我讲课时举过李鸿章、毛泽东等人的例子，大家应该都有印象。而现在，我自己要在《小乔初嫁》这个戏里边，确切去完成人物陌生化这个任务了。

曹操、周瑜、小乔，都是我们熟悉的历史人物。如果说小乔还有一些传说中的东西，那么曹操和周瑜都是我们熟得不能再熟的历史人物。在《小乔初嫁》这部黄梅戏中，如何让这些人物在观众熟悉的基础上，在艺术的创造上，给他们以新的信息、新的面貌、新的惊喜呢？

先讲周瑜。《三国演义》中的周瑜大家都知道，非常有才华，但是气量狭小。这是小说作者的成功，他把周瑜这个形象歪曲了。事实上，赤壁之战，诸葛亮只是个助手，主要还是周瑜打的，他是孙刘盟军的统帅。周瑜是个什么样的人呢？他是孙权哥哥孙策最好的朋友，帮孙策打下了东吴的江山，死的时候 36 岁。当时有一句话，“与周公瑾交，若饮醇醪，不觉自醉”。什么意思呢？就是和周瑜打交道，好像喝那种非常醇厚的美酒，不知不觉你就醉了，多么有魅力的一个人！还有一句话大家也都知道，“曲有误，周郎顾”，你弹琴哪怕一个音出了问题，也一定瞒不过他。他会与演奏者相顾，微微一笑，提醒抚琴者，错音了。这还是指这个人在艺术上的修养，更不用说他的军事指挥才能了。赤壁之战流传千古，这是他的杰作。孙策娶的大乔，他娶的小乔，他与小乔夫妻感情非常好。在这个戏中，我既要保留一个大家对他最基本的看法，又要让大家对这个人物有新的认识。这次在北京演出之后开座谈会，大家都非常肯定周瑜这个人物。有《三国演义》中周瑜的影子，但是又重新塑造了这么一个深情的英雄。

曹操，就更不用说了。曹操是安徽亳州人，历史上，这个人一直被丑化。建国以后，毛泽东对曹操是非常赞赏的。后来郭沫若专门写了一些替曹操翻案的文章，事实上曹操也的确是一个非常有作为的政治家、军事家和诗人。不过真实的人和我们艺术创作舞台上的人是要有区别的，舞台上所有的三国戏，白脸奸雄，专门形成一个脸谱，就是曹操。在我这个剧本里，虽然曹操是小乔的对立面，你不能把他搞成一个雄姿英发、非常出色的人物。但是根据人物陌生化的要求也好，艺术真实的要求也好，作为剧作家本身对自己的要求也好，你不能把他当成一个白脸奸雄，写低写坏，又不能拔高，并且还要让观众感觉到这个曹操给他们带来的艺术魅力。这真的很难，让我费尽了心思。等会儿在讲唱词的时候，我再具体讲，这是曹操。

讲了周瑜，讲了曹操，现在应该讲小乔了。在电影《赤壁》里，小乔是怎样出场的呢？小乔是在采莲。“莲叶何田田”，我好喜欢那首汉乐府，就重现了汉乐府的情景。《小乔初嫁》里面，有一句唱词我很得意，“江风吹衣玉佩响”，我觉得有一点汉乐府的味道。在电影《赤壁》里面，小乔在采莲时，侍女告诉她，小马生马驹子了，小乔就回来了。但她是个村姑的打扮，她不知道诸葛亮已经在那里了，而一见到诸葛亮，因为她打着赤脚，就把脚往后缩，请诸葛先生吃她采的莲子，然后进去换衣，换衣出来，环佩叮当。清纯的村姑，高雅的贵妇，两个都是绝美的形象。我让小乔以一个村姑的形象首先出现在所有的电影观众面前，这个我想是从来没有的。但最后没有用，这一点办法都没有。所以《三联生活周刊》采访我的时候，我哀叹，在“吴宇森们”面前，我们是没有多大话语权的，后来《三联生活周刊》好像把我这句话做了标题。那么，在黄梅戏中，我要怎样将小乔陌生化呢？小乔，大家都知道，是一个贵妇人的身份，大都督的夫人，野史中她父亲乔公也是名门望族。但是，在“帝王伟业和老百姓世俗幸福冲突”这一主题的引导下，我给小乔的定位是：贵妇身份，草根情怀。这也成了小乔这一人物陌生化的重要方向。然后，我就设计她来自民间，她的闺蜜叶儿是邻家豆腐店的老板娘，由叶儿又引出叶儿的老公王小六……满盘皆活。

我到安徽去，他们那里的黄梅戏，我看了很多，我还去了安庆，安庆是黄梅戏的发源地，我看了他们街头的演出。黄梅戏有一个小戏叫《打豆腐》，很有名，类似我们的《打铜锣》《补锅》。当然，《打豆腐》是传统小戏，《打铜锣》《补锅》是现代作家创作的。这里我又顺便说一下，我们湖南写农村生活现代戏的前辈作家真的了不起。我建议大家再去看一下《打铜锣》和《补锅》。《打铜锣》是我读初中的时候，学校组织去看的。我一个初中生，看得从座位上跳起来，笑得那个啊，真写得好！我们有这样好的东西摆在面前，先不讲他什么观念、主题，就讲那个唱词，就讲那个创作技巧，就讲它对人物的把握，真的写得好！《打豆腐》讲的是一家豆腐店两口子，男人叫王小六，女人没有名字（我叫她叶儿），就是王小六的老婆。王小六拿着钱去买黄豆，接着喝酒赌博把钱输掉了，然后回来背了一袋河砂，冒充是黄豆，当然一下就被识破了，夫妻俩打闹争执一番，最后重归于好，两人重新开始磨豆腐，过日子。就这么一个小戏，充满着生活情趣和老百姓普通的情感纠纷，那个唱腔都是一个牌子，老是那样唱，蛮好玩。

在戏中，王小六和叶儿所追求的世俗幸福生活和周瑜、曹操、孙权们是完全不同的。他们的追求，他们对战争的看法，完全不同。那么小乔就成了中间的一个，她既是贵妇的身份，又有草根的情怀，她成了这么一个矛盾冲突的焦点，人物的戏也就有了。

《小乔初嫁》是在上个月（5月）29号到北京演出的，演出后，《中国文化报》以两个整版的篇幅，在《黄梅戏〈小乔初嫁〉：一场别开生面的赤壁之战　一出领异标新的黄梅盛宴》的套红标题之下，刊登了好几篇评论文章。其中龚和德老师的《盛和煜深情塑小乔》，就讲了我对小乔这个人物的理解，深情二字，知我肺腑。一个编剧，对自己的人物，怎么能没有感情呢？感情是春雨，滋润着作品的生命。我希望在座诸位，都有情怀。悲天悯人的情怀，古典的情怀。古典情怀的定义我也下不好，“醉里挑灯看剑”“曲水流觞”都算吧。

拥有情怀的剧作家，他的作品会体现出一种优雅与善意。

讲到这里，我还想提一下我们好多人知道的，但是遗憾没有看到过的湘剧高腔《山鬼》。这是我调到湖南省湘剧院后的第一部作品。在《山鬼》中，我塑造了一个陌生化的屈原。当年在北京首演的时候，因为它争执的影响太大，名气太大，11 个国家大使馆的大使都来要票，当时没票了，组委会都拿出自己的票，那真叫盛况空前。中戏的学生全去看，欢呼着，当场把帽子都抛到空中去了。回去以后，各个宿舍都亮着灯，自发讨论《山鬼》，讨论它的主题，不过他们得出的结论是性解放。争论的时候有各种各样的声音，最正面的解释就是两种文化的冲撞。我在《山鬼》的创作谈里，也只能承认是两种文化的冲撞。实际上，因为我们把屈原尊为爱国知识分子的典范，一直不敢重新审视他。我原来读过屈原的《离骚》《九歌》，但是那时候，一是年纪小，二是我读书向来是不求甚解，也没去多想。在二十世纪八十年代那种改革开放的背景下，受“寻根文学”的影响，再去读屈原，对那种五彩斑斓的文辞好佩服。但是，也把我自己脑袋弄得五彩斑斓，稀里糊涂了。我就想，如果一个火星人、外星人，或者是个外国人，从来不知道屈原是何许人也，他来读屈原，他会发现，这个人政治上的作为不大，这个人的牢骚特多。他的文章文采好极了，但他只是一个诗人，或者只是一个哲学家，我们没有必要把他吹捧为或者贬低为一个政治家。就我的理解，他是两千多年以来中国知识分子集体生存心理的代表人物。《山鬼》的主题是什么呢？人一生中都在追求完美，但完美是没有的，所以唯其追求不到，才会永远去追求。“路漫漫其修远兮，吾将上下而求索”，也就是这个意思。

完成了对小乔、周瑜、曹操几个主要人物陌生化塑造的任务，我开始架构这个戏的框架。

三、独特的叙述框架

我经常说，剧作家第一个任务，把故事讲好，那就已经不简单了。现在很多编剧导演，特别是电影导演，忽视或缺乏讲故事的能力。第二个任务，能够塑造一个或几个人物，那就了不起了。第三个任务，讲好故事，塑造人物，还有自己的思想，独特的闪光的思想。如果一个戏能完成这三个任务，那已达到一种境界，夫复何求？

我所讲的叙述框架，除了必不可少的故事结构以外，还包括作家本身的文体、语言风格。这些特质，叠合起来，作家文体加上故事结构，就形成了独特的叙述框架。

《走向共和》的叙述框架是什么？——高来高往。

这就是独特，这就是我这个作家写的东西。比如按照常规写法，作家在一个戏里面，经常会塑造那种老百姓的代表，小人物的代表，我们这里没有，《走向共和》里面没有一个小人物，这就是我们定的原则。高来高往，全是英雄豪杰，全是大人物，本来历史也应该是这样；还有，没有虚构人物。开始我写大纲的时候，定下的宗旨就是这样。后来他们无力结构这种没有虚构人物的大戏，戏拧不起来了，于是就弄了两个虚构人物。结果后面这个戏的戏剧张力、真实感、冲击力都不够了。靠虚构人物联系起来的历史，难道还有冲击力，还有力量吗？没有。所以《走向共和》定的原则就是高来高往，没有虚构人物，没有小人物。这是《走向共和》的独特叙述框架。

《十二月等郎》的叙述框架是什么？——以心理情感线索为动作贯穿线。

平常我们写戏，第一场什么事件，第二场什么事件，那都是要写明白的。我不这么走，你们仔细看，《十二月等郎》一月、二月、三月、五月、七月、九月、十二月一共七场戏，全是以苗子的心理情感依据为线索而贯穿的。我不管外界的事情，只讲她心理情感的发展变化，没人会这样啊！而这都是我一贯的主张——逆向思维。写历史大戏，高来高往，不要虚构人物，不要小人物，这是违背戏剧创作原则的，一般的戏都不这样；还有，哪有一个戏是以心理情感依据为线索而贯穿的？所以这两个戏，如果说有些成功，那是逆向思维的成功，更是独特叙述框架的成功。举完这两个例子，才好讲《小乔初嫁》。

那么，《小乔初嫁》的叙述框架是什么呢？——对比。

前面我讲了主题，帝王伟业和世俗幸福生活的冲突。主题本身就是对比的。所以，我整个叙述框架都是围绕着对比而展开。《小乔初嫁》一个序幕六场戏，第一场“打豆腐”，第二场“劝和”，第三场“送郎”，第四场“作赋”，第五场“过江”，第六场“破曹”，还有个尾声。

序幕是曹操打败了刘备，集合了83万大军，剑指江东，是这么一个大形势。

短短的序幕后，马上移到第一场，移到东吴。市井的叫卖声，和豆腐店叶儿唱的那些喂猪啊，打酱油啊，极其家长里短、极其琐碎的事，与大形势形成对比。然后小乔来看叶儿，她们两个身份发生变化的对比。

第二场“劝和”是一种什么情况呢？王小六夫妇闹了矛盾，到小乔那里去求她主持公道。隔壁大堂呢，东吴君臣在议事，在商量曹操来了，是战还是和。这边在商量军国大事，那边是豆腐店的两个小百姓的家务事，放在一场表现，这是对比。

第三场“送郎”，东吴决定出征，小乔送周瑜，叶儿送王小六，两个场景同出现。小乔送周瑜是夫妻两个在弹琴奏瑟，周瑜弹琴，小乔说“琴声邈邈乎？周郎忧国”，小乔奏瑟，周瑜说“瑟音切切乎？夫人忧民”，然后他们琴瑟和鸣，这是他们送行时的场景。那种汉代的文风，他们的状态，人物的身份，都出来了。然后就是豆腐店的送别，他们是怎么送的呢？王小六要叶儿再骂他几声，否则上战场了，想听她骂都听不到了，叶儿就说了他一顿，然后王小六唱：“上了战场都不想，舍不得一副磨子两间房，舍不得还未出世的小宝宝，舍不得我的老婆孩子他娘，舍不得一日三餐白米饭，舍不得青菜萝卜豆腐汤……”唱完满场喝彩声，观众感受到了对比的魅力。

第四场“作赋”，曹操作《铜雀台赋》*，表明了要得到小乔的意愿，但是他这里面更隐藏了反间计，我不详细讲了。

谈一下华佗这个人物，华佗的形象，在《小乔初嫁》里，得到了很高的评价。我把他写成一个医术精湛、有情有义，直指人性弱点，又有幽默感的名医，既做到了人物陌生化，又符合人们对他的期待。

---

* 《铜雀台赋》为曹植所作，在剧本中，作者根据剧情需要做了更改。

最后一场“破曹”，也就是小乔和曹操这两个人物之间的对比，人物性格的对比，戏剧情势的对比，甚至唱词的语言风格的对比，来形成整个的叙述框架。其实从第一场下来，我心里就非常有底了。

说完“老三篇”，下面说唱词。

唱词

我为什么愿意写《小乔初嫁》？还有一个原因，技痒。因为这几年，我都是写的现代戏，文采得不到表现的机会。其实这句话是不对的，现代戏的唱词更要功夫。你们去看《打铜锣》的唱词，比华丽的文采要费一千倍的功夫。《李贞回乡》《十二月等郎》的唱词，看似是生活语言的随意流淌，那种简洁、内敛、节制的力量，要比我弄个三三四的句式，平平仄仄平平仄要难多了。但是没办法，人家不认。我呢，这个年纪，还是少年心性，遇见《小乔初嫁》，我终于能显摆显摆我的文采了，这也是一个动力。小乔过江，我让她唱了几十句，酣畅淋漓啊！

所以，今天讲舞台剧，讲一个戏曲剧本的诞生，我要特别讲一下唱词。

在《小乔初嫁》中，我写唱词运用了四种手法：陡峭、层次感、强调与推进、辩驳。

第一，陡峭。《小乔初嫁》大幕一拉开，第一句唱就是，“峡谷风吹送着血腥阵阵”，没有任何铺垫，直达中心。最早我的序幕写得跟话剧一样，这样才好做一些铺垫，介绍一下背景。后来一想，不行。序幕最怕从遥远的过去扯到现在。你说介绍当时的情势要多少笔墨才能介绍得出来，曹操战胜袁绍、袁术，北征乌丸，大败刘备，然后再来讨伐孙权，这要多少字才讲得清楚，越解释越解释不清。干脆，“峡谷风吹送着血腥阵阵”，句势陡峭！再来个倒装句，“这一仗直杀得日月不明”。然后才开始叙说，“刘玄德率残部狼狈逃命，从此后荆、襄地云淡风轻”……六句唱词，起得很陡。你们去看，很多的大戏，开场唱总要做一些铺垫，介绍形势啊，环境啊，人物啊等等，几乎没有我这种搞法。什么叫先声夺人？陡峭就是先声夺人！

第二，层次。我最怕看那种没有层次，一大段唱词一块板，眉目不清的唱词。叙事性的唱词，歌剧叫宣叙调，没有层次，条理不清楚，事情也讲不清楚。哪怕写咏叹调，也要把心理层次、情感层次分清楚。《小乔初嫁》第一场，小乔来看叶儿，经过一些交流以后，两人就边推磨边开始唱，这一大段唱词是典型叙事，要唱些什么，层次如何安排，我必须精心设计。起首一段，“一副磨子圆又圆，姐妹推磨心喜欢”，起得很平实，很家常，很草根，然后叶儿就开始问了：“我与小六常叨念，妹妹出嫁有几多天？妹夫待你好不好？婆家规矩严不严？”小乔唱：“好不好刚才你看得见，公婆慈爱小姑贤。小乔初嫁为人妇，上天赐我美姻缘。”点明初嫁的小乔，幸福、满足、感恩。然后……然后我们通常写到这里就没辙了，不知道接下来唱什么；或者，掉进一个创作中的陷阱，写一些华丽空洞的唱词，而自己浑然不知。

我的人物当然不会这样做，她们姐妹要说的私房话太多了。叶儿问，“娶亲那天我没赶上，只听满大街在疯传。车如流水马如龙，鼓乐排场闹翻了天”，这是叶儿听来的，大家都是这样传说的。小乔连忙解释，“周郎白马相随伴，一乘花轿四人颠，鼓乐奏的是《小桃红》，春风习习润心田”，不是那样，不是“车如流水马如龙，鼓乐排场闹翻了天”，而是周郎白马伴随着一乘花轿，一曲《小桃红》，很温馨、很简朴、很诗意地把她娶回去了。叶儿不相信，怎么会是这样呢？“人说都督开喜筵，流水席一眼望不到边。金盘子装来银盘子盛，桌桌凤胆与龙肝！”小乔告诉她：“毛豆腐，臭鳜鱼。刀板香，炒豆干。桌桌徽州八大碗，哪来的凤胆与龙肝。”安徽的徽州八大碗是很有特点的，我把这写进去，体现出安徽的民情民俗，体现出小乔的草根情怀，安徽人也会蛮高兴。这里，实际上是把小乔和周瑜的婚礼重新演绎了一遍。好，叶儿再问：“一根绸带红艳艳，夫妻两个把手牵。牵入洞房蛮好玩，妹妹给我讲一遍？”闺蜜嘛，燕尔新婚，鱼水之谐怎么可以不讲呢？观众也有期待啊。但小乔不好意思，娇嗔地叫一声姐姐。可叶儿继续追问“哪个为你揭盖头？哪个为你摘凤冠？绣鞋可是你自己脱？哪个轻轻解衣衫？”并催促小乔：“讲吵！”抵不住叶儿的追问，小乔答道：“一根绸带红艳艳，周郎与我把手牵。洞房花烛光闪闪，羞答答低头不敢言……周郎为我揭盖头，周郎为我摘凤冠。轻轻为我脱绣鞋，轻轻为我解衣衫……”我们营造这幸福的温馨的恩爱的场景，一切都是为了烘托小乔初嫁，观众谁看了都会觉得温馨。但是小乔说到“轻轻为我脱绣鞋，轻轻为我解衣衫……”时，我的舞台提示叫作“羞得说不下去了”，小乔她也的确羞得说不下去了，总不能叫她自己往下说啊，这时候，诸位，我们的伴唱就来了：“忽见枝头桃花绽，春风已度玉门关……”在座诸位都是成年人，这也不涉及“扫黄”，又文雅，又美好。

从小乔与叶儿两人推磨起唱—谈及初嫁感受—娶亲情景—喜宴

场面—进洞房—揭盖头—摘凤冠—脱绣鞋—解衣衫……一步一步直到“春风已度玉门关……”这就是层次感啊！有这种层次感，你说演员她唱得过不过瘾？观众他看得喜不喜欢？

第三，强调与推进。第三场“送郎”，小乔送周瑜，叶儿送王小六，在“对比”一节，我已经讲了当时的情景了。接着，出征钟声响了，都要走了。周瑜要走了，小乔怎么反应？王小六要走了，叶儿怎么反应？她们送郎，又要对比，又要送得不同。周瑜起身，小乔一边给他披挂，一边问他：“还记得在叶儿姐姐家，那首‘送郎调’吗？”周瑜说记得。小乔说，其实自己也会唱，然后开始唱“送郎调”。

这么多年以来，我对各地的民歌、情歌一直情有独钟，在自己的作品里也喜欢借鉴、运用它们。但各地的民歌、情歌，有相当大一部分从形式到内容都大同小异，尤其是一些所谓经过新文艺工作者“整理”过的作品，“整”掉了民间的原始生命张力，让人看着无语。

“送郎调”也是一样，各地都有，我查阅了七八个省份，竟找不到现成可用的，只好将它们综合改造重写。

“送郎调”一共五段唱词，五段唱词其实表达的是一个意思，女人们的依恋不舍之情，这也是类型民歌特色之一。怎样写这五段唱？怎样处理这五段唱？此时此刻，我的考虑不仅是编剧的考虑，还有导演的考虑，作曲的考虑，在写唱词的同时，我还在想象、设计、营造着舞台的情境与氛围。当然，术业有专攻，我不可能取代他们。但我们今天的剧本不仅是案头文学，更要适合演出。一个没有舞台感觉的编剧，是写不出好的舞台剧来的，特别是戏曲舞台剧。

小乔说，其实自己也会唱，便轻轻唱起来：“送郎送到墙拐角，留郎不住跺跺脚。郎问我跺脚为什么？我说蚂蚁咬我脚……”我给作曲家说，这几句让小乔清唱，没有音乐伴奏，轻轻地，轻轻地唱。

小乔唱了，这边叶儿唱：“送郎送到巷子口，巷子口上栽杨柳。杨柳年年发新芽，我郎一去不回头……”音乐进入，小乔进入，形成了女声二重唱。

这时，第三段，送郎的女人们，从石拱桥上陆续走过：“送郎送到石拱桥，石拱桥上脚打飘。我郎走了无依靠，一脚低来一脚高……”设计这段唱的时候，我想起了女声组合“黑鸭子”，虽然是戏曲，但我希望能达到“黑鸭子”那种音乐效果，用心灵去诉说……

大家一定注意到了，正如我前面所说，这几段唱词其实是表达的一个意思——女人们的不舍。内容是重复的，动作是平行的。但是不断重复，就成了强调；再加上场景、音乐上的处理，不断将戏剧情势推着往前走。

这时，第四段，田塍上，河汊里，出现了更多送别的女人：“送郎送到荷叶湾，风吹荷叶往上翻。上一翻，下一翻，好像刀刀割心肝……”所有的女人都在唱，很震撼了！

最后，第五段，“送郎送到十里亭，十里亭外人挤人。一声号令郎走哒，只见尘埃不见人……”女人们都在唱，苍凉浑厚的男声烘托，那是何等的气势！我激动了，情不自禁在舞台提示中，来了一点文学青年的笔调，“送别的人们从四面八方汇聚，‘送郎调’如潺潺溪流，从女人们心底流淌出来，汇入江河似雪浪奔涌，化为白云在蓝天飞翔……”

这就叫强调，这就叫推进，诸位有疑义吗？

第四，辩驳。小乔过江后，我设计了一个戏剧情景，曹操请她在楼船上饮酒赏月，就他们两个人。明月当空，大江东去。伴唱声传来“对酒当歌，人生几何？譬如朝露，去日苦多……山不厌高，海不厌深。周公吐哺，天下归心”。这是曹操的代表作《短歌行》，苍凉的歌声在空旷的江面上传来，小乔不是叶儿，她是有高度文学艺术修养的，听着这样的歌声，不禁动容。曹操看在眼里，很得意，问她：

曹　操　怎么样？

小　乔　什么怎么样？

曹　操　我的诗？

小　乔　很好，真的很好。

曹　操　比周瑜如何？

小　乔　不好比，他从不以周公，以及任何先贤自居。

曹　操　你是说我不配，既不配和周瑜比，更不配和先贤比？

小　乔　是的。

曹操不怒反笑：“且不说先贤怎么样，只与你论一论这眼前的短与长。三分天下我有其二，哪一点比不上你的周郎？”小乔怎么回答？“我不比人品和模样，那会让你把心伤。我不比六艺与修养，见仁见智不好论短长。”诸位，就剧中人物而言，小乔是知道曹操的水平的。就编剧而言，更应该懂得曹操。且不说他的文治武功，单就建安文学奠基者之一的历史地位，就足以傲视千古了。所以，我们不能因为剧中的他是小乔的对立面而贬低他。周瑜当然也是才华横溢的，但论六艺与修养，严格地说，周瑜还真不好和他相比，所以小乔才说“不比六艺与修养”。然后话锋一转：“小乔本是民间女，羡的是并蒂莲花刎颈鸳鸯。我只说温柔体贴情专一，天底下谁比得过我的周郎？”那种深情，那种恩爱，那种幸福感，发自肺腑。

曹操听了哈哈大笑：“几句话笑得我前俯后仰，周公瑾原来是一个脂粉儿郎。大丈夫建功立业在疆场，岂能够沉溺在温柔乡？”我们中国男人，有用的和没用的，都会这样说，大言炎炎啊！“我只道他高远志向，却一味地儿女情长。可怜东吴无男儿，尽是些花儿鸟儿与鸳鸯。”曹操这个挖苦，好厉害。小乔怎么说？“小乔请教曹丞相……”这个“请教”我用得很得意，她是个很温柔的女人，不事张扬，但不会退缩：“小乔请教曹丞相，哪一个坚决不向你投降？哪一个据天险统雄兵与你对抗？哪一个不惜马革裹尸回家乡？说什么花儿鸟儿与脂粉？你内心畏他如虎狼。说什么东吴无男儿，你睁眼看一看江对岸，呼啦啦‘周’字帅旗迎风扬。”小乔这一段唱，我写得血脉偾张！

最后，谈一下尾声。我原来是这样设计的，破曹之后，王小六夫妇提着一串鲫鱼，去看小乔（小乔也生了孩子），小乔正哼着“摇篮曲”（没有词），哄宝宝睡觉……但在第六场，我写到曹操向小乔逼过来，小乔后退，撞落了华佗的医药箱，里边东西都掉出来。小乔捡起手术刀准备自尽，但这时曹操的偏头痛发作了，曹操倒地（前面有交代曹操把华佗投到监狱里去了），这时候小乔扔掉手术刀，拿起银针（原来也有交代，小乔是华佗的学生），给他扎针，曹操虚弱地叫了一声“小乔夫人”……这就是说他已经认输了，被小乔彻底地征服了。这种悲天悯人，这种高尚，这种善良，这种柔性的力量。

写到这里的时候，突然，我觉得可以不写了，全剧就收在这里，就收在曹操虚弱地叫了一声“小乔夫人”，戛然而止……

这时我要求音乐，什么打击乐、管乐，全给我停住，只要弦乐。音乐像水一样地漫过来，我的舞台提示是：“火光映红了江水、夜空……也映红了小乔脸庞……”多好。

我知道中国戏曲舞台上没有这种结尾，唯其没有，才更应该有啊。但朋友认为还是不要这样结尾，以免引起争议；又说我原来设计的尾声有生活气息，很温馨，应该保留。我呢，是个很容易妥协的人，就不再坚持了，虽然我认为戛然而止是最好的。

补缀那一块坍塌的文化天空*

现在我们戏剧、影视的创作状态很令人担忧，包括我们湖南的状态也是如此。湖南人原来那种敢为天下先，那种不服输、不信邪的精神，在戏剧、影视创作这一块，反而成了我们的精神包袱：不服输、不信邪变成了不服行，坐井观天、夜郎自大，总以为湖南人了不起，倔强。这个倔强用得不是地方，变成了倔强地不承认别人的长处。这从我们舞台剧的创作中可以看出来，近两届湖南艺术节，比较惭愧，一二名都是被我拿了，上届艺术节第一名、第二名也都是我的剧本；这届艺术节第一名是我学生的剧本。我在戏剧、影视界都是边缘人物，特别在家乡，多少年没有回湖南参加戏剧活动了，拿到这第一、第二名，说心里话我并不高兴，为什么呢？这说明我们湖南的戏剧创作进步不大。如果在座的能像我们当年"谷雨社"那样，那我就高兴了。我多少次给家乡的领导、同行说外面的进步，可惜听者寥寥。再一个，影视创作也好，戏剧创作也好，有很多错误的方向和令人担忧的问题，有的是"打着红旗反红旗"。前不久有记者采访张黎导演，他有一句话，"被要求接地气是可耻

* 此文系作者在湖南中青年编剧高级研修班的讲课录音整理而成，发表时进行了稍许润色。

的”，说是从我这里来的。事实上，因为要求接地气，有了多少庸俗的作品。这些作品开始还有一点现实主义的东西，后来完全成了伪现实主义的东西。以接地气来掩盖他的庸俗、空乏苍白和令人发指的胡编乱造。如果真要接地气，就应该是敢于直面社会，敢于直面人生，敢于直面苦难。我人微言轻，但每次谈创作我都愿意来，就是希望把自己的观念提供给大家参考。咱们是中国人，是中华民族中的一员，我希望我的作品，成为一颗颗色彩斑斓的女娲补天的小石子，来补缀我们中华民族已经坍塌了的那块文化天空，这是我的梦想。

在我们湖南，曾经有“谷雨社”、戏剧湘军。当时中国有三个戏剧窝子：四川自贡、福建莆田、湖南常德，那时候我经常说，论单打独斗，我们还没有特别有影响力的剧作家，但是我们整体实力不俗，我们一个常德地区就有 200 多个编剧，48 个专业编剧，多少人都能够写，打团体赛我们能打冠军。希望我们在座的诸位，都能迅速崛起，在全国处于领先地位，我们走出去面上也有光。我刚才讲了我的几个担忧：一个是所谓的接地气；一个是伪现实主义；再一个是过度娱乐化。我觉得这些对我们整个中华民族文化的走向，对我们青少年的培养，严重点说是个戕害。所以我希望发出我的声音，我们要写真正的黄钟大吕式的（小桥流水也行）具有民族特色的带着时代精神的又真正能够感染人的电视剧、舞台剧，从而影响大家，奋起抵抗卷地而来的庸俗化浪潮。

下面讲我的老三篇，所谓老三篇，是我从事创作这么多年来的三点心得，我为什么不说是经验而说是心得呢？因为经验是成熟的，而一旦成熟，离腐朽也就不远了。我当知青的时候当了公社文化辅导员，等于群艺馆的编外工作人员。第一次写戏，我写了一个叫作《搬家》的戏。内容是要修水库了，这个地方要搬迁，大家克服了自己的一些自私的思想，服从大局，最后就搬了。我准备把它写成一个小话剧。写完“搬家”这题目，然后写场景，那时候我们没有受到这么多的技术教育，就开始想怎么写场景。我想写一张桌子，这张桌子上面贴的是旧报纸，我就想写出那种感觉来，却怎么都写不出。还有，这桌子是放在舞台的左侧还是右侧，靠观众近一点还是远一点，在我心目中有那么一个位置，但是我始终表达不出来，就为这张桌子怎么摆，我用文字要怎么表现，三天没有写出一个字。所以说创作，先天都是些感性的东西，要靠后天的锻炼，创作天赋是第一重要的，但是技术性的问题必须学习，它和写诗不同，所以作为编剧要有一定的生活阅历。这是我的一个感觉。后来这个戏还是写成了，写成以后，就到县里去会演，当时老师讲评这次会演的剧本时，我坐在后面，好想听到老师能提到我的名字，但老师整个就没提我的，我以为我写的好得不得了，但是老师对我那剧本根本没有印象。所以我太理解我们作为文学青年往上努力时的那种心态，直到今天我还有这种心理。

好了，现在就开始我的老三篇，题目还是那样——“艺术创作中的逆向思维”。我这样重复一遍对曾经听过我课的同学还是有好处的，像祥林嫂一样在你面前嘀咕，你要记住这个“逆向思维”！我就这样嘀咕，你们以后写的时候总会想到盛某人这样一两句话吧。

整个题目叫“艺术创作中的逆向思维”，分为一个导言和三个部分：一、主题的提炼，二、人物陌生化，三、独特的叙述框架。

导言两句话，第一句话——“一切纪录都是为打破而存在的。”

跳高的纪录、刘翔跨栏的纪录，这些纪录是为打破而存在的。我当初调到湖南省湘剧院，准备了两个题材，一个就是准备用来写广播剧的《屈原》，一个就是《夹山钟声》，写李自成在我家乡所属的石门县夹山寺出家当和尚的故事。考虑了很久，写《夹山钟声》相对来说比较容易，戏剧结构、内容都比较充实。但是一个朋友对我说，要写就写别人没看到过的，这句话对我意义重大，我决定写《屈原》，也就是后来的《山鬼》。创作《山鬼》的时候，是二十世纪八十年代，正是好戏多得不得了的时候。我把当时最好的剧本都摆在我案头，很虔诚地学习，怀着崇敬的心情，很仔细地看这些剧本，看着看着就觉得还有些问题，看着看着就觉得我也能写出来，再看下去我就觉得我能写得比它好。这就是纪录，是可以打破的。我就看着它们，学习它们，然后希望超越它们，就是这样，如此而已，没有任何别的东西，但是你学的时候要真的学，不是说一上来就要掀翻它们。好的东西摆在那里是希望你超越它，我创作的时候从来不以任何蓝本为我的蓝本，我从来不照抄人家的，包括改编都极少。

第二句话——“当一项艺术方案出来，百分之六十的人赞成再干，为时已晚。”我们党的、国家的政策方针，要得到绝大多数人的拥护。但是我们的艺术方案拿出来，所有的人都叫好，这个作品的品质就值得怀疑。因为人的个性是有差异的。都说这个不错时，为时已晚，就已经有很多庸俗的东西在里面了。我的《十二月等郎》写出来以后，他们拿去评奖，我是第一届曹禺剧作奖第一名的获得者，但后来我老是评不上了，为什么呢？大家平时看惯了两万多字的剧本，一看到这八千多字的剧本，他怎么着都觉得有点单薄。

我这两个（导言的内容）都是解释逆向思维的，我写剧本从来不把任何一种成功模式当成我的蓝本。这就是逆向思维的导言。逆向思维贯穿在整个创作之中。

现在讲第一个问题：主题的提炼。如果用个通俗的说法，我把它叫作鹤立鸡群法。下午讲评的时候我会问在座的几个剧作者，你们写的时候，想表现一个什么东西？这是很重要的。我们拿着一个题材，决定这个题材的时候，比如说，电视剧京汉大铁路要我写，江南造船厂要我写，开滦煤矿、首钢都要我写，都是老总们出面，因为写了《走向共和》，所以他们就让我写。我就想，你们要我表现什么东西？叶剑英也要我写，贺龙元帅也要我写。就是说，你拿到这个东西的时候，你要问自己。贺龙和叶剑英很传奇，故事很好听，为什么不写？你要写的时候，你想表现什么？不是表现他们个性的不同、故事的不同，那不是目的，那只是另外讲了一个故事。一样的故事你要提炼出你的主题，你想干吗？你想表现什么？主题的提炼就决定了我们拿到一个题材以后这个戏的品质，鹤立鸡群，立意很高。取法乎上则得其中，取法乎中则得其下。你的立意高，你的作品才与众不同。我拿着一个题材，我首先想的就是怎么样才不重复前人的窠臼，怎样不同凡响，怎样在同类题材中高出人家一筹。一定要有这个想法，否则糊里糊涂，这个故事好听、人物有味就这样写下去，当然这也重要。我们的文艺概论教导我们主题要多元化，是不错，文艺概论还教育我们，不要主题先行，主题是露在海面上的冰山，只能露出 1/7，其余的要深深留在海面以下，都不错，都是真理。主题要隐蔽好，这都是不错的。但是在创作的时候，心中没有个高人一筹的主题和目标，这个不行。

《走向共和》的主题是什么？写《走向共和》的时候，有关戊戌变法、民国风云这样的文艺作品从小说到戏剧不胜枚举。但是我在写这个的时候，我就要想，我们的主题是什么？他们的主题大多是表现什么袁世凯、什么奸雄或者创业的艰难，不对。我在写的时候，我和大家商量，主题是什么？我们提炼出："找出路。"李鸿章也好，谁谁谁也好，他们都是中华民族的一分子，他们绝对不是什么卖国贼，他们的所作所为都是为了中华民族的出路。洋务派也好，君主立宪派也好，革命派也好，都是找出路，只是方式不同而已。没有说谁就是个天生的卖国贼，没有谁从娘胎里出来就口含天宪，一贯正确。这是《走向共和》，因为定了这个主题，这也成了它的贯穿行动线，"找出路"贯穿我们这部电视剧的始终。这主题出来了，起点一下就高了。

再就是，《恰同学少年》，它的主题是什么？《恰同学少年》是欧阳常林台长的创意，叫我们写的，为了写这个才把我从湘剧院调到湖南电视台去。我最后的主题确定是为中华崛起而读书。

京剧《梅兰芳》是一个著名的剧作家写的，要我去讨论。我说了，这不知是湖南人的优点还是缺点，或者是我个人把它强加在湖南人身上，我本来是不去的，后来他们说过士行去了，我就去了。为什么呢？因为你看每次《剧本》发表作品，总是话剧摆在最前面，你戏曲写得再好也是摆在第二、第三，话剧写得再孬，也是头版头条。我们国家对话剧、歌剧的重视总是比对戏曲高一筹，我就不服这个气。其实在中国戏曲学院高端演讲那次我就说了，"我们戏曲文学是我们母语中的精髓，我们不能这样糟践它，不能这样瞧不起它”。因为过士行兄是话剧大腕，他去了，我也去，我就是为表现自己去的，要让你们知道戏剧界还有能够和你们抗衡的人。在座诸位都对京剧剧本发表了一通言辞，好，说到我饭碗里来了，我就接着侃了一通，侃得他们瞠目结舌。由于我这一番耍表现，编剧就落在我头上了，推都推不掉。我说这剧本的问题出在什么地方呢？出在主题的提炼上。它把梅先生塑造成一个爱国者，塑造成一个政治人物，而且是当时左联的那种政治人物。它把梅先生完全塑造成一个三四十年代的、左联的、政治的、爱国的人物，我就觉得这主题出现了问题。我觉得梅先生是可以和上天对话的人，他不仅代表中华文化，他还代表着人类的文化，要这样认识这个问题，所以我就提炼了“上善若水”这个主题。梅先生是演女人的，女人是什么？不是说女人是水吗？由此我想到我们中华民族的性格，世界上多少彪悍的民族都湮灭了，随着历史，灰飞烟灭，它们曾经比中华民族强悍得多，中华民族的性格逆来顺受，就像水一样，你打一拳会缩回去，你不打了，它又上来了。上善若水是什么意思，人往高处走，水往低处流，它藏污纳垢，能够包涵一切，容纳一切，最后澄明澄清一切，和厚德载物一个意思。我们的大地母亲，承载着世界上的一切物品，有恶的，有善的，有好的，有坏的，这才是厚德，才能载物。我在梅先生身上提炼出我们的民族性，他以一个人的抗战，打败了整个日本军国主义，这就是“上善若水”，这就是主题体现，这就是我在创作之前和创作之中反复考虑的，提炼出来的。提炼出“上善若水”这个主题，就有别于一切写梅先生的作品，就到达了一个新的境地。张和平局长、陈薪伊导演他们非常高兴，在哪个地方都讲，对这个主题很认可，因为这样一来就大不一样了。

《山鬼》大家讨论得很多，在座的老朋友们也看过这个戏，都是很赞赏的。《山鬼》演出的时候，很有争议，甚至争议到国外去了，在北京首演的时候，影响非常大，丹麦、日本、美国、德国等 11 个国家的大使馆都要票，没有票了，组委会临时调的票。但《山鬼》刚出来的时候，遭到很多人的怀疑："屈原能这样写吗？"我说屈原是中国知识分子两千年集体生存心理的一种表现，今天我自己来总结屈原的主题是"人是在不断追求完美的，唯其追求不到，才不断地追求"，后来有人解释说这是两种文化冲突，见仁见智，反正我是有自己的想法的，这是《山鬼》的主题。

《十二月等郎》是一个写农村留守女人的戏，它的主题不仅仅是关注农民工，更重要的是关注"千百年来中国女人的等待究竟是为什么？"这个问题，我自己也不能回答，所以这个戏很多人看了以后又感动又惆怅。

在说主题提炼的时候，还有一个最最重要的问题，就是我们的编剧不是政治家，而是思想者。我们不要在自己的作品中去回答什么问题。比如改革开放股份制的时候说股份制好，什么时候说什么好，然后好像这就能够解决一切，这都是从人家那里批发来的一些观念。作为编剧，要有自己独立的思想，为什么要从人家那里批发一些观念来呢？改革开放，邓小平都要摸着石头过河，你编剧有那么大的能耐，在你的剧本中提供现成的答案和灵丹妙药？但是我们很多编剧仍然以为自己在作品中，能够回答或解决我国种种社会问题并且以此自豪，这就有点黑色幽默了。你可以提出问题，一个作品能提出一个问题引人深思、给人启迪就行了。我们真的不是政治家，政治家解决问题有时候也解决得不尽如人意嘛！一个作品最高的、最好的品质就是能够提出问题。请大家记住，我们不是政治家，我们是思想者。

第二个问题是人物陌生化。我给人物陌生化再取一个文学性强一些的标题“原来是你?！”所谓人物陌生化，就是在我们剧本创作中，写一些我们（观众）熟悉的人，比如李鸿章，比如梅兰芳。但写出来以后，却并不是我们（观众）原来想象中的那个样子。不熟悉的人呢？我用排除法，如“她是贤惠的”“她是善良的”“她是温柔的”“她是泼辣的”“她是个女强人”“她是个小女人”，把这些写人物的套路全部排除，最后塑造出真正具有鲜明艺术特色的独特人物形象。

人物陌生化是我在长期创作实践中提炼出来的一个非常重要的原则，我不遗余力地在各种场合推广它。如果说提炼主题别人也还似曾有过，只是提法不像我这样独特，那么人物陌生化在我看过的书里面是没有的。举例子都举大家知道的，我先举个大家不知道的：这次我花几年工夫写了一部电视剧《广州十三行》。十三行是清朝半官方、垄断性的对外贸易机构。里面一个首富叫伍秉鉴，他祖籍福建，在广州做生意，成了首富。这个首富是个什么概念呢？当时大清朝乾隆盛世的时候年收入是五千多万两银子，他的家产有两千六百多万两。《华尔街日报》曾经评出近一千年来世界首富，评了五十个，中国有六个，刘瑾、和珅等，甚至把忽必烈也算上了，但只有伍秉鉴是一个真正的商人。关于十三行，我创作的时候查到浩如烟海的资料，几乎所有的资料都说这些商人是在贪官污吏、腐败的清王朝的统治下和外商如英国东印度公司的夹击下过日子，最后毁灭，所有表现十三行的文艺作品也是这样。我就想，如果是这样，他们怎么能做到世界首富？伍秉鉴还是东印度公司最大债权人，就像我们今天是美国最大债权国一样。如果他像我们史学家所考证的、所塑造出来的那样，他怎么会有这么大的成就？两个细节打动了我：一、我写的是1793年马戛尔尼觐见乾隆皇帝，一直到鸦片战争爆发这四十七年之间的历史，伍秉鉴在这个过程中很牛，他的办公室全是白人书记员。请试想一下，那时我们的国人，甚至高层统治者，连西洋人的概念都没有，而他用的却是白人书记员。前几天有个十三行的学术研讨会，来的几乎全是学术刊物主编、博导，结果安排我第一个发言，我就从艺术的立场来讲这些事情，我就讲了这个例子。我讲这个细节可能是你们学术考证中忽略了的细节，但是作为一个艺术工作者我很注重这个细节，第一，他用的白人书记员；第二，美国的华盛顿总统专门写了一个便条，替自己和夫人到十三行采购中国的南京布和瓷碗。这两个细节打动了我。第一个细节证明那时候我们的商人对时代格局的把握，对中、西方所制定的商业游戏规则的把握，证明了商业地位带给他的尊严；再一个，华盛顿总统都亲自给他写便条来采购这些东西，证明十三行在世界上的影响。其他教授都是洋洋洒洒的学术论文，我把这两个细节一讲，掌声响起来。

我还讲了《走向共和》的例子，我写《走向共和》以后，引起全国很大的争议，有的史学家很失落或者有意见，我当时就给媒体讲，他们不必失落或者有意见，第一，与《走向共和》有关的学术论著都摆在我的案头，我都看了；第二，他们研究二十年、三十年，得出一个结论，李鸿章是怎么一回事，但三十年了大家还是不知道。

我通过《走向共和》把理性的东西感性地融合在一起，变成艺术作品，呈现给观众。自《走向共和》以后，全国再难妄言李鸿章为卖国贼，可以说起到了这个作用，这是史学家所达不到的，但这正是我们艺术家所要还原给人民群众的，这就是人物陌生化的重要的意义。

在我写《走向共和》之前，李鸿章卖国贼、老迈昏庸的形象深入人心。但我看到一张照片，他在天津视察大沽口炮台的照片：他头上包着青布帕子，穿着一身黑色短打，腰间系着一根带子，带子上插着沙皇皇太子送他的金色左轮手枪，那年他 73 岁。他作为洋务运动上升时期的代表人物，他的朝气、代表新兴力量的豪气都体现出来了。这就和我们印象中包括《甲午海战》里面的形象完全不一样，但这就是陌生化的、历史上真实的李鸿章，是观众平常想不到的李鸿章。正是李鸿章身上传达的信息还原了历史的真实或者说散发着历史的气息才感人。大家都讲李鸿章写得好，写得好的一个重要的原因就是人物陌生化，因为我把大家舆论中、教科书中、观众印象中所不同的李鸿章展现给大家，而伍秉鉴是因为我掌握了大家平时忽略或者没有找到的资料，然后从资料中得出有些商人并不是大家想象中的那个样子。工业化是从工业革命以后开始的，工业化的过程中，我们中国在商战上是彻底失败的，但这失败中出现了一些悲剧英雄，如伍秉鉴。我在电视剧《广州十三行》里就是塑造这些悲剧英雄，我相信这个戏出来以后对我们当下有启迪作用。我们的历史往往是曲解了的，我们的历史有太多太多的谬误，我创作的时候本能地去怀疑一切，从怀疑结论开始创作，结果，果不其然我的怀疑是正确的，那些结论是荒谬的，伍秉鉴的例子、李鸿章的例子都证明了这种荒谬。

我前天在北京讨论60集电视剧《毛泽东》，写毛泽东的历史。最早这个题材是在写完《恰同学少年》以后，让我们接着完成《风华正茂》这个电视剧，我坚决不干，不写有两个原因，写《恰同学少年》时是韩剧、日剧、台湾校园剧非常得势的时候，我不排斥这些，但是我有我的青年偶像的标准，不是那种像快男一样风花雪月——很多年前就有一种文化现象，“男人跳舞像女人，女人跳舞像小孩，小孩跳舞像木偶”，这些快男——我不是人身攻击而是一种艺术感觉——一个个“乖伤了”，漂亮得不行，但是把他们派到南海，可以想象是什么情况。他们好多都戴着耳环，体现出来的气质没有男子气概，快男有个“男”字啊，男子汉大丈夫还是应该有丈夫气概。所以我才想到写《恰同学少年》，写那特立独行的、真正忧国忧民的、倔强的、胸怀大志的湖南的年轻人，毛泽东们、蔡和森们、萧子升们就是这个样子。虽然我没有想到《恰同学少年》后来会那样成功，但我知道至少是会不同凡响的。因为我头脑中有那么一批人，那么一批陌生化的青春偶像。蔡和森其貌不扬，长得不高，不符合今天帅哥的标准，但蔡和森却是那么英姿飒爽，他的学问非常了得，他就义的时候两边的刺刀往他身上刺！什么叫无畏？什么叫偶像？这就是！你看当初那批忧国忧民、胸怀大志、特立独行与倔强的年轻人真正体现了湖湘文化的精髓，体现了我们中华民族文化的精髓，这才是偶像。这里不是因为我有了一点点话语权后就抨击他人，只是我们不能搞得娱乐至上啊！甚至讲话行文都必须油腔滑调，不能一本正经。你一讲使命感，一讲崇高，一讲精英，就会遭到媒体与网民的讨伐。不过我是经历过“文革”的，我不怕。

现在电视台播放电视剧不是看质量、看剧本，而是看演员，是名演员就上。如果一切价值都以此来判断，我们这个民族就没有希望了。所以我才想写这么一批青春偶像。毛泽东读“一师”这个阶段，他还没有接触到科学社会主义，所以他全凭着儒家文化和接触到的一些西方文化来行事。过早地把他框在革命里，他的所言所行都要遵循这个行动线，那他就不是那个时候的毛泽东。这就是我们所说的陌生化的一个重要问题。后来我为什么不肯写《风华正茂》了呢？也就是因为这个问题。我觉得我们历史上好多问题还没有搞清楚，如果在《恰同学少年》成功的基础上，再去写，遇到科学社会主义的时候，会绕不过去。

《山鬼》当年为什么会引起那么大的震动？就是因为把屈原写成不是大家熟悉的忧国忧民的屈原，而是把他放在部落里发生奇遇，他的理想和现实是那样不符合，是那样不适合于此时此地的环境，写出了知识分子集体生存心理，写出了他的缺点，写出了一个陌生化的不一样的屈原，所以当年才有那么大的争论。

讲到人物陌生化我就讲这几个例子，有成功的，也有失败的例子。毛泽东、屈原、李鸿章这都是历史上有的人物，但是文艺创作中经常是自己塑造人物，那么怎么陌生化呢？我前面讲了，就采取排除法。描写一个女人我们下笔一定是这个女人一定很温柔，这个女人一定很泼辣，是个女强人或者是个小女人，写的时候总是不知不觉遵循着这个路子（写道德模范人物除外）。于是我们就要采取排除法，偏不写温柔也偏不写泼辣，不是女强人也不是小女人，这样把自己逼到绝境，绝地反击。逼到绝境，那总得写出个名堂，只有去想办法了。我觉得这是个铁律，如果不这样，按照集体惯性思维，肯定出来的人物没有多大起色。这就是说，不熟悉的人物，你就是要采取排除法，逼着自己把头脑中惯有的思维全部抛掉。

讲到人物陌生化我还要讲到我那“失败”的作品《夜宴》。《夜宴》源于冯小刚想导一个不是贺岁片的电影，这是他的转型，之后才有《集结号》《唐山大地震》，包括今天的《一九四二》。《夜宴》是他的第一部转型作品。应该说台词一直是我的强项，但《夜宴》恰恰出在这个问题上，台词被批得一塌糊涂。事实上要是陈道明来说这个台词就会不一样。我不是说葛优不行，他艺品人品都好，而且我们俩关系也非常好。但葛优和陈道明说台词，观众感觉完全不同，看到葛优观众就会忍不住要笑。第一次转型的冯小刚不可能抛弃葛优，于是我的台词就吃了亏，写得越深情越深刻就越滑稽越好笑。《夜宴》出来后由于媒体诱导，被大加讨伐。开始呢我还一片诚心，书呆子气十足地给大家解释古装戏的台词要怎么写，现代戏的台词分几种类型。我一本正经地讲，结果有的“娱记”把我掏心窝子的话说成是向网民叫板，引来众多网民的围攻，我成了媒体狂欢的祭品。后来我才明白，我的错误在于把一场娱乐秀当成了学术讨论。像那些台词：“你贵为皇后，母仪天下，睡觉还要蹬被子。”他们批这个台词不土不洋，不文不白，我觉得这个台词好极了。一个男人对他心爱女人的呵护，和子怡的可爱状态，什么都出来了，我一点都不为这种台词后悔。保持你的特色，哪怕你遭到全国人民的讨伐，你也要坚持。

第三个问题是独特的叙述框架。我给它取了一个文艺化的名字叫“风景这边独好”。我在整个的讲课中其实说的都是“独特”，不同一般，不同凡响，其实就是个逆向思维的问题。叙述框架由两个层面构成，一个是我们传统意义上的故事结构；再一个就是作家本人的风格。传统意义上的故事框架梗概，和作家本人的风格重叠在一起，形成这种独特的叙事框架。我最明显最早的例子就是从《梅兰芳》开始，再进行到《十二月等郎》就比较完整了。“上场”“下场”“上”“下”等描述，在写作过程中形成我表达情绪、表达结构的阻碍，我干脆拿掉它们不要。《十二月等郎》中苗子遭到乡亲们的误会，说苗子和工作队长周龙接吻，周龙要遭到上级的处分，苗子就说：“哪一天周大哥受处罚，哪一天苗子就嫁给他！”如果照常规的编剧、一般的剧本格式，这时候苗子要“冲下”，然后周龙上。周龙上了以后，乡亲们告诉他苗子刚才讲的话，周龙“啊”地惊愕，感动，再开唱……我把这些全部舍去，苗子的话刚落音，甚至她还没有冲下场，转台一转，就把周龙推向前台，直接就唱：“傻苗子，你又在说傻话，男子汉的热泪，为之抛洒……”这样连接，舞台的节奏、心理节奏把拖戏的地方全压下去了，效果极好。再比如《梅兰芳》，写到最后，梅兰芳离去时的舞台提示，我忍不住写了：暗香浮动。结果讨论剧本时，大导演就挖苦我：“暗香浮动？盛和煜，要我在舞台上给你撒香水吗？”她认为“暗香浮动”这舞台提示不专业，我一下跳起来：“我要给你扫盲！”我觉得作为一个剧作家，我写到这儿，情之所至，就感觉到梅先生向舞台深处走去，梅花在他经过的地方静静绽放，怎么不会有暗香浮动……？舞美刘杏林老师极其喜欢这提示，他觉得这四个字太牛了。独特的叙述框架会带给每一个剧本鲜活的生命。我讲了，我不喜欢“上、下场”、“上、下”的舞台提示，但不是说不要上下场，我的意思是哪怕是在传统的金科玉律中，我们的想法一定要独特，哪样来的好就哪样来。

写电视剧，都要去学电影，所谓平行蒙太奇，把故事打乱，一场场并列，连字数都差不多。我跟我的学生们说，你们不能这样做。他们说要为演员避免台词过度，我说不。《走向共和》里，李鸿章整顿北洋水师，我写了好几页，不换场，长镜头，结果效果都很好。所以真的要独特，不能完全照搬文艺概论，照搬学校教的东西。独特的叙述框架要靠自己全心全意地去领会，需要阅历，需要实践，但是有一个先决的条件，就是把逆向思维四个字始终放到心上。就讲到这里，谢谢！

辑　三

|戏里戏外|

我仍然像一个刚出道的文学青年一样，对世界充满好奇的探索心，不管什么题材，都能激起我的创作欲望。就像德国音乐家台列曼所说："真正的作曲家能够替入场券配音乐。"

温馨的记忆

奶奶

小时候，奶奶带我睡，我睡这头，奶奶睡那头。冬天，我穿着家织布长内裤，睡在被窝里，裤脚会捋到膝盖上面来，裹得很不舒服。我就喊，奶奶，帮我扯一下！奶奶就会伸过手来，帮我把裤脚从膝盖上抻到脚踝，粗糙的家织布变得又熨帖又暖和，我至今感觉得到。

大概四五岁时，听大人讲了《水浒传》，心驰神往。以为城外的梁山（太阳山）就是水浒英雄啸聚的水泊梁山，竟一个人跑去寻觅。六月天的日头下，走了很久，又热又渴又饿，实在走不动了，便坐下来，一条乡间道路通向远方的山影，黄尘起处，似乎一队水浒英雄策马驰来。

幻想一番，便往回走，到家时已是午后。奶奶守在饭桌边，帮我将冷饭泡上开水，拌盐菜，我吃了三大碗。奶奶说："你吃得比挑河水的人还多。"

读小学了，家里给五分钱买早点。麻圆坨（油炸的芝麻糯米团）两分钱一个，买两个还多一分钱，便与一个姓武的同学合伙，我一分钱，他一分钱，又可买一个麻圆坨，两人平分。可后来不知怎么搞的，武同学找我算账，说我欠他买麻圆坨的钱，一共五角。那时候一学期的学费好像都只有两三块钱。武同学天天堵在校门口逼债，我每天上学充满恐惧。这样魇镇般的日子持续了半个学期，一天睡觉时我不知怎么跟奶奶说了。奶奶从枕头下拿出五角钱，说，明天你还他就是。第二天，我偿还了“债务”。望着天空明媚的阳光，简直不敢相信，魇镇般的日子就这样轻而易举地结束了。以后我逐渐明白，许多事情，原本不那么沉重的。奶奶的五角钱，让我受用终身。

父亲

父亲很严厉，小时候，哥哥姐姐和我都怕他。

我们在堂屋里玩得正热闹，父亲在房里咳一声，我们都不敢出声了。父亲说：睡觉。哥哥姐姐便悄声对我说，你跟爹爹讲，我们再玩一下下。我就说，爹爹，我们再玩一下下。父亲在房里不吭声，我们便再玩一小会儿，睡觉。

读初一，练毛笔字。嫌学校发的字帖太板正，便想让父亲写一张帖供我临摹。因为奶奶曾说过，父亲毛笔字写得好，十二岁时，便有人请他写招牌，常德好多商号的招牌出自他的手笔。鼓起勇气跟他讲了我的意思，父亲拿起毛笔，问，写什么呢？我说，生命的永恒。他看了我一眼，没吱声，在我的大字本上写了这五个字。父亲的字真是写得好，那构架、那笔锋，比学校发的帖强多了。后来我有点遗憾，遗憾自己胆子太小，不敢求父亲多写几个字。而且，生命的永恒，一股学生腔。应该请父亲写一首唐诗的，汉乐府也行。

有一次，父亲理发回来，脸色很不好看，一连好几天不说一句话。后来我才知道，他兜里的十八块钱被人偷了。那时他和母亲都抽烟，“沅水”，两角钱一包；“红桔”，一角三分钱一包。冬天，家里冷，他和母亲促膝对坐，腿间夹一个烘笼，一根烟，父亲抽两口，让给母亲；母亲抽两口，又让给父亲。晚上，舍不得开灯，父母亲就那样在黑暗中坐着，只有烟头的火星一闪一闪。钱被人偷了后，父亲不再买盒装烟，开始自己卷“喇叭筒”，仍然是他抽两口，让给母亲；母亲抽两口，又让给他。冬日的黑暗中，烟头微弱的火星一闪一闪。

母亲

母亲得到一张戏票，去看《打金枝》。我闹着也要去。

母亲说，看能不能带你进去，如果不能，你就自己回来，好不好？我说，好。到“天声剧院”门口，守门的果然不让我进，母亲给他说好话，求了半天，守门的不肯。母亲只好让我回家，她进去了。我在剧院门口呆呆站了一会儿，正准备往回走，忽然看见母亲又从剧院出来，慌慌地往四周望着，一眼看到我没走，忙走到售票窗口，将手帕包着的钱全掏出来，递进去，买了一张票，牵着我进了剧院。看戏的时候，母亲一直攥着我的手，没有松开。

“文革”中，我被从插队落户的慈利山区抓回常德，关进设在市一中的“学习班”。那年大年三十，母亲来“探监”。炸的肉丸子，用一个旧洋瓷缸子装了，让我吃。当时父亲因为是“资本家”，也进了“学习班”；九嫂和传洁都刚分娩，在家“坐月子”，奶奶已九十岁了。我望着柔弱、瘦小的白发亲娘，不知她怎样惨淡支撑，心里愧痛，难于下咽。看守在一旁催促，母亲仿佛没有听见，面色沉静如水，慢言细语对我说，我刚才给你爹爹也送了几个肉丸子，他都吃了。母亲晚年，身体多病，常去看中医。中医只认廖仲颐。廖老先生故去，便只认他侄子廖斌。那时母亲因体弱，行走亦困难。送她去中医院的任务便由四哥、九哥和我分担。单位有一辆买菜拉煤的三轮车，轮到我送母亲看病时，便去借了，用扫帚扫去煤屑菜叶，放上一把有靠背的矮椅子，小心翼翼扶母亲坐上去，稳稳蹬着三轮，往中医院而去。看完病，又小心翼翼扶母亲下楼，上“车”。每到这时，总有人羡慕地问母亲，这是您老人家的儿子呀？母亲答，是啊，幺儿，老十。人便惊叹，您老人家好福气！母亲谦和地笑着，是呀是呀。

“树欲静而风不止，子欲养而亲不待”，这是何等痛彻心扉的人生经验！

这几年，我常痴痴地想，倘奶奶、父亲和母亲还在的话，我一定要在常德给他们买一套房子，不大，但舒适。特别是冬天，暖气要开得足足的，老人家怕冷；我还要给他们买好多条烟抽，软包“芙蓉王”，带蓝把的那种；当然，我还要请母亲去看戏，不是“天声剧院”，是北京的“长安大戏院”！我们的国家领导人、来访的外国元首，都在那儿看戏。如今，那台上正演着轰动京城的京剧交响剧诗《梅兰芳》，我们国家最顶尖的京剧演员都参加了这个戏的演出，一千两百元一张的票，可咱们不用买，因为，这个戏就是母亲的十儿写的啊！

2004.12.2

喜欢自嘲

一

年轻的时候，不懂事。跟在别人的屁股后面瞎起哄。瞧不起孔夫子，写一些愚蠢的文字便以为能把他老人家怎么样了。

如今，稍微增长了点阅历。读孔夫子，顷见暗夜消退，宇宙澄明。夫子着宽大袍服，谦恭沉稳，袖手立于泰山之上，一派哲人光辉，融融于天地之间。是为化境，是为极致。

也觉出自个儿的小来。

以我之小，偏又鼓捣着编剧这高台教化的大使命。

除却自嘲，还有什么法子呢?

二

我的一个好朋友，作为访问学者去了西德，临行前为我留下九字箴言：做学问北上，发财南下。

我又想做学问又想发财。

只好留在湖南受穷。

再穷也没有在湘西山区插队当知青的时候穷。但那时候穷得踏实，穷得快活。又野性又妩媚的山水，打一声吆喝，悠悠透出远古的神韵，还有我们的知青歌谣，我能唱几十首。如今偶发野性，吼上几句，往往四座皆惊，称羡不已。许多人怂恿我去抢毛阿敏的饭碗。

现在的穷是打心眼里往外穷。

不敢印名片，因为家里没装电话。不怕你摆出一副真名士自风流的派头，人家可是从名片上掂斤两，何苦招惹那份闲气。

长沙这鬼地方呢，不知怎么成了中国四大火炉之一。热起来让人不想活了，恨不得从阳台上往下跳。看高级职员或个体户们纷纷携家带口搬入宾馆避暑几个月不出来，替他们一算房租，唉，一声叹息！

前不久，上北京领取第一届“文华奖”（拙作《马桑树》获文华剧作奖）。说是政府最高奖，但没有奖金。没奖金没关系，咱只讲奉献不求索取。捧着个铜牌牌踏上归程，火车上盒饭要五块钱一份，这不是坑人吗？三五一十五俺一天补助才四块呢。领大奖，上北京，倒贴二十一块零三分，还有自己垫付的几百元路费揣在兜里至今未报，剧院说没钱。

还写戏呢，还人模人样说是教授级的编剧呢。

三

于是写戏不喜欢深沉。没资格深沉。

也不喜欢闹剧，闹剧是穷折腾，还嫌生活中没折腾够？也不喜欢大悲伤，如《奥赛罗》，看恶人奸计一步步得逞，好人一步步上当毁灭，心灵早被折磨得痛苦不堪，哪里还有什么审美愉悦可言？

喜欢自嘲。

《现在的年轻人哪……》里，钟玉宁说：“人若分等级，我是等外品。”这是剧中人物的自嘲。《闹龙舟》中一段唱：“个子矮更不应悲观泄气，有作为管什么个子高低？把欧洲杀得个昏天黑地，拿破仑他只有一米六七；雷锋叔叔身高一米五五，伟大形象矗立在人民心里。”这是作者借剧中人物之口的自嘲。

至于《山鬼》中，自嘲的成分就更多了。已成绝响，不说也罢。

自嘲会让你会心一笑心头一热浑身一激灵。自嘲是良医的针灸，不是往你心窝上捅刀子；是情人的微嗔，不是阴险的诅咒；是人类美好本性的自然流露，不是印刷机麦克风，更不是戏。

一部好作品中没有自嘲简直不可思议。

有了自嘲，就有了亲切，有了鲜活，有了含蓄，也有了力量。

1990

戏剧之梦

一

这是一条幽深的山涧，终年被水雾和绿色所笼罩。山涧旁有一座水碾房，不时有山民用箩筐担着，或用背篓背着稻谷来这里碾米，涧水冲击着巨大的木轮叶，带动石碾“吱呀呀，吱呀呀”日复一日地转动……

隔水碾房几丈远的坡上，住着一户彭姓山民，再往上，就是大队民办小学了。

这天，孩子们放了假，空落落的教室里，一个年轻人在伏案写作。

那就是我。

作为知识青年，当时我已经插队落户到湘西北这个僻远的山村六个年头了，“日出而作，日落而息”，农活繁重，一遇灾荒便和乡亲们一起挨饿。这期间，还被生产队派去修过铁路、水库。修水库时，他们让我办《水库战报》，表现出了一点点写作才能，于是上面让我当了区文化辅导员，每月工资五元。天上掉馅饼，我好高兴，格外珍惜这份工作。我们是龙潭河区，下属的龙潭河、景龙桥、二方坪、高桥、丛木坪五个公社（乡），每个公社都有一个文化辅导站。景龙桥的文化辅导员是周保林，“农民诗人周保林，讨个堂客郑成英”，他们夫妇在当地很有些名气；二方坪的文化辅导员叫向阳开，取敬仰毛主席，葵花向阳开之意。

我当上区文化辅导员不久，县里要搞全县文艺会演，这是我分内事，也是机会，于是便一头扎进妻子代课的大队民办小学，准备写一个戏，参加会演。我以前修铁路时也给文艺宣传队写过“戏”，但严格说，只能算一个小演唱。这次我要一本正经地写一个戏，不鸣则已，一鸣惊人。

踌躇满志地铺开稿纸，第一行字便卡住了：“幕启，舞台左侧摆着一张两屉桌……”左侧？左上侧还是左后侧？放在右侧是不是更好？还有，这张两屉桌应该是半旧的，上面糊着旧报纸，观众能感觉到吗？……稿纸撕了又撕，可我头脑中想象的舞台场景，笔下怎么也表现不出来！幕启的第一行字，折腾了我整整三天，末了，只得悻悻地承认，一鸣惊人，那是楚庄王的事，我做不到。

做不了楚庄王，文化辅导员的饭碗可不能丢，我便呕心沥血，另写了一个类似小演唱的玩意儿《搬家》。高桥公社有一个拖拉机手，能拉会唱，我便请他谱曲。里边的花鼓调唱腔，我至今记得：

莫非是大队买了拖拉机……？

（白：不是的）

莫非是支农来了工人老大哥……？

（白：也不是的）

莫非是赤脚医生诊好了李幺爹……？

多年后，陈亚先的京剧《曹操与杨修》名动天下，他常眯着眼，极享受地哼着里边的唱腔：“半壶酒一囊书飘零四方……”我气他不过，也唱起来：“莫非是大队买了拖拉机……？”他听了笑得在地上打滚，连连说：“我搞你不赢！我搞你不赢……”以后，他在许多场合说：“写唱词，我佩服两个人，一个是我自己，一个是盛和煜。”其源盖出于此。

《搬家》由我们公社铁树团大队（村）毛泽东思想文艺宣传队排练，参加了全县的文艺会演。会演期间，常德地区文化部门派杨善智老师来指导。天哪！诸扬荣、杨善智这两个名字，于我而言，就是俄罗斯的文学青年听见了托尔斯泰！他俩编剧的歌剧《心红眼亮》曾由常德地区歌剧团演出，在全省文艺会演中一炮打响，响彻全国。当时，歌剧团的书记把演职员召集在一起，说：“你们都给老子把军大衣穿起，皮鞋擦得锃亮，列队上街，走上一走！什么叫趾高气扬？这就叫趾高气扬！”

县文艺会演快结束时，文化局让杨老师给编导人员讲评参演节目。我坐在后面，伸长脖子，好想听到杨老师表扬，可一上午的讲评，他一个字也没提到《搬家》，表扬最多的是县里的资深农民作者王大志。不过，散会后，我还是和他说上了话，说些什么不记得了，只记得他审视的目光。那一年，杨老师三十五岁。

二

在慈利县姜家湾的小山村整整务农七年后，我被招工至常德纺织机械厂。因为我当过区文化辅导员，参加过农村调查，还帮县水利、农机等部门写过材料，他们拟安排我在厂办公室工作。我说：“我在农村写材料蒙骗过贫下中农，如今又要写材料蒙骗工人阶级，我不干。我希望到产业工人中间去。”这种口气，嗨！

我被分到最苦最累的浇铸车间，抬铁水。几天下来，我在日记里写道：“不管命运把我抛到什么样的深谷，我都要坚韧地攀登到理想的顶峰。”

我开始了业余创作。

我们浇铸是中班，下午两点上班，午夜十二点下班。每次下班后，同寝室的青工们会聚在一起打扑克，天亮睡觉。我则把被子掀到一边，趴在铺板上开始写作，我要写一个农业机械化题材的大型歌剧：《金翅膀》。

我是一个爱玩的人，身边伙伴们打扑克的叫嚷笑骂，实在是极大的诱惑。我硬着头皮，坚持写下去。大概两个多月时间吧，才写完第一场。拿去给杨老师看，他批道：“对比强烈，堪称虎头！”可是往下怎么写，我怎么都编不出来了。杀牛起会，打狗散场，至今，《金翅膀》还躺在我的废稿堆里，飞不起来。

在纺织机械厂干了两年多，常德文化部门准备成立地区创作组，编制三人，诸、扬两位老师自在其列，还有一个名额，准备从业余作者中选拔。

黄士元、水运宪和我，被列入候选名单。

黄士元兄，一直坚持农村题材写作，他的作品曾得到胡耀邦总书记的肯定，今日已是这方面卓有成就的剧作大家；水运宪兄的《为了幸福，干杯！》《祸起萧墙》《乌龙山剿匪记》更是领一时之风流！就是当年，二位也是了不得的人物啊！申报材料上，代表作一栏，黄士元是《山村兽医》，水运宪是《关键问题》，而我则是“诸扬二人，极力推荐”！

上苍眷顾，我入选了。

这时亦是恢复高考的第二年，我已拿到了准考证。两相权衡，决定放弃高考。

诸扬荣老师亲自给我办调动手续。

多年来，诸老师一直是常德地区戏剧创作的领军人物。诸、朱同音，大家都尊称他为“朱老总”。那时沅水上还没修大桥，他骑一部旧自行车，到河边搭轮船，到德山老码头上岸，再骑车到我们厂，来来往往，要折腾整整一天。为我的调动问题，他一共跑了六趟半。最后半趟，是他到了德山，路上遇见我们厂办陈主任，告诉他，我的调动手续已办好，这才欢天喜地折回来。“朱老总”身高体胖，又气喘。老码头石阶很陡，时至今日，我每次回想他推着车，气喘着，一级一级登上石阶的情景，嗓子眼就哽住了。

三

没想到，我调到地区创作组之后，却屡屡和老总发生冲突。那时文艺刚刚“解冻”，有许多事情要做，创作组又只有我这一个兵。老总性子急，一件事情稍一耽搁，他便暴跳如雷，偏偏我又是个吃软不吃硬的主，便和他对着干，一时间，我们的关系竟有些紧张。可老总从来没有打压过我，也没有给我“穿小鞋”，更没有炒我的“鱿鱼”，我每有些许进步，他竟比我还高兴。唉，所谓古君子之风，也不过如此吧！

去年金鹰节高峰论坛上，我说我刚开始学编剧时，我的老师送我一句话："前世作了恶，这世搞创作！"引得全场大笑，鼓掌，后来网上还为此展开过热烈讨论。送我这句话的便是杨善智老师。我在另一篇文章中曾提到，我开始写唱词的时候，不懂平仄，杨老师就在一张小纸片上写了"平平仄仄平平仄，仄仄平平仄仄平"，"上仄下平"给我，一写唱词，我就拿出来对照，十年间成了习惯。有一次将纸片放在口袋没取出来，被洗衣机搅烂了，以后写唱词的时候，竟觉得少了些底气。

我原来曾说两位老师是我写戏的启蒙老师，现在想，不准确。他们对我做人、为文的影响，悠久绵延。前年，我曾将自己的选集送呈两位老师，上面写着"师恩难忘"。杨老师回赠我他手书的一副古代名联："春风大雅能容物，秋水文章不染尘"，殷殷之意，如春雨润物。

常德地区创作组成立不久，便改名为戏剧工作室。其时，我们已有戏剧专业作者 48 名，业余作者 200 多名，真个是人才济济，佳作迭出。时人评曰，全国有三个"戏窝子"：四川自贡，福建莆田，再就是湖南常德。

我去临澧县创作组"了解"创作情况时，他们六员大将，一字儿排开！于乾浩（他的小戏《换猪》参加全国会演，获一等奖。可惜英年早逝，愿他在天之灵快乐）；邵启发（文字极严谨，后为常德市委宣传部副部长，成了编剧们的顶头上司，但天地良心，他可一点架子也没有）；刘京仪大姐（擅诗词，有激情，才气与个性同样彰显。一次研讨会上，她难于接受人家的意见，愤而将自己的剧本一页页撕毁！我们这些小老弟称其为"黛玉焚诗"。她是我真心佩服的剧作家之一）；吴家兴（他写的一个电影剧本，由北影拍摄，放映那天，是我们地区的文化盛典）；万家煌（他很会讲故事，他的大戏《发霉的钞票》参加全国会演，荣获二等奖）；雷元淦（我们都叫他雷坨，现在的常德艺术研究所所长。他后来去上海戏剧学院深造，余秋雨带他们。雷坨写了一篇关于常德汉剧《祭头巾》的作业，余秋雨给了 96 分，批道："实在提不出什么意见来了！"）一个小小的县创作组，便出了如许人物，我们地区创作力量的强大，那是可想而知的了。而我，忝列中坚，不出点成绩，那还像话？

我这个人，好幻想，懒实施；有激情，缺毅力；阅读快，写作慢。有了这份自我剖析，便去改正缺点，发挥优势，几年下来，也折腾出四部剧本，三部发表上演。此外还有小说、广播剧什么的。我的第一部歌剧《现在的年轻人哪……》是与汪荡平合作的，记得当时省厅两位老师来常德说，他们此行最大的收获就是发现了这个本子，准备推荐给省里最好的歌剧团上演。汪荡平喜滋滋地把这个消息告诉我，我却反应平淡。当晚却在日记中写道：我的目标是国家级剧院！真个是"少年心事当拿云，谁念幽寒坐呜呃？"！

不久，《现在的年轻人哪……》在我国歌剧艺术最高殿堂中央歌剧院上演，《剧本》发表！

我说过，我是一个爱幻想的人，一个连幻想都不敢的人，他还能做什么呢？我又是个激情澎湃的人，绝不玩深沉。我以为，幻想和激情，是创作力的表现。今天，很多人已经叫我老师，冯小刚甚至开玩笑地叫我"盛老"了，我仍然像一个刚出道的文学青年一样，对世界充满好奇的探索心，不管什么题材，都能激起我的创作欲望。就像德国音乐家台列曼所说："真正的作曲家能够替入场券配音乐。"

十年前，戏剧界一位前辈曾评价道："盛和煜是我们国家最有实力的剧作家之一。"我说："请改一个字，'实'字改为'潜'字，盛和煜是我们国家最有潜力的剧作家之一。"我知道，今后的岁月中，这句话会不断得到验证。

四

在常德地区戏剧工作室工作八年，由刘鸣泰老师力荐，我被调入湖南省湘剧院。作为晋见之礼，我创作了湘剧高腔《山鬼》。

这里，我不想再就《山鬼》的影响和意义说什么了。知道的，《山鬼》在他们心灵深处；不知道的，你说得天花乱坠，他也只当下桃花雨。有人问我，为什么会想到弄这个东西？我在"全国探索性戏曲研讨会"上的发言回答了这个问题，那篇发言的题目叫作《我不探索》。不过，我一直以为，文字很难准确地表达思想，特别是艺术思想。古人说，"文章本天成，妙手偶得之"；外国人说，"艺术是偶然发生的"，不必说出个道道来。

但是，自从写了《山鬼》，我的价值观、人生态度、审美取向、特别是对艺术的感受，有一点禅宗顿悟的味道，又似乎掌握了"芝麻开门"的咒语。噫，难与外人道也！

我不想开一张创作清单，来报告自此以后，我创作了多少部作品，得了多少奖项。贾平凹曾说自己的作品"皆是速朽的玩意儿"，我没有他那个勇气。虽然中国当代知识分子清高不起来，但以获奖论英雄也太无聊。这个月初，我带几个年轻朋友去长安大戏院看我写的一个戏。说明书上，相对于其他主创人员洋洋洒洒的介绍文字，编剧一栏只有“盛和煜，湖南人，剧作家。代表作：《山鬼》《走向共和》”十几个字。年轻朋友看了，对我说：“震撼！”

五

1999 年，我受刘文武、罗浩之邀，担任电视连续剧《走向共和》的编剧，一只脚踏入了影视圈。

在影视圈的经历，让我对我的写作怀着虔诚和敬畏之心，而对以前瞧不起电视剧的心态，有了一个深刻的反省。

这样说，不是因为我如今身在影视圈，卖什么吆喝什么，而是因为这是现实！拿我创作和参与创作的作品而言，《恰同学少年》的影响，恐怕是一百台同等质量的舞台剧也不能比拟的吧？《夜宴》的台词在引起争论的同时，全国何止千万的观众上了一节影视台词普及课！《走向共和》就不用说了，吴宇森导演邀我参与《赤壁》创作，告诉我，他就是看了《走向共和》才有了回大陆拍电影的念头。

虽然我是个剧作家，但我一直关注着其他艺术门类，并从中汲取营养，特别是小说。可是，我越来越惆怅地发现，小说的衰微。振兴民族文化的伟大作品，极有可能从电视连续剧中产生。

而我，却怎么也放不下舞台剧，我永远的爱人和梦想！

2006 年 4 月，我创作的京剧交响剧诗《梅兰芳》应邀赴德国柏林演出，我们的演员阵容有于魁智、李胜素、孟广禄、赵葆秀等京剧名家，而与我们合作演出的则是享有盛名的柏林喜歌剧院交响乐团。这种合作，是两国艺术家的第一次，也是东西方文化交流史上的第一次。

我坐在歌剧院的头等包厢里，看金碧辉煌的剧场已坐满了仪容庄重的德国观众，心中又是紧张又是感动。

演出的钟声响了！

交响乐像水一样漫过来……蓦然，清越的京胡声凌空而起……

剧场内一阵骚动，观众彼此交流着惊奇、欣喜的眼光……

“祥云冉冉波罗天——”

于魁智的唱腔，穿云裂帛而来！

剧场内安静极了，只有京剧之声，从舞台穿越观众席，飞向不远处的勃伦登堡门，在柏林的夜空缭绕……

“上善若水……”

合唱声响起，这些蓝眼睛、黄头发的音乐家可曾知道，他们咏唱的是东方先哲最智慧的语言？我想他们是知道的，不是因为他们发音的准确，而是因为他们演唱的深情……

我的眼前出现了那条被水雾和绿色笼罩的山涧，耳畔响起花鼓戏曲调：“莫非是大队买了拖拉机……？”

2007.9.22
北京

七中，校园里的春天

男生考上了女子中学

那年，我从北正街完小毕业，报考常德市一中，没考上。老师和同学都很惊诧，因为我的学习成绩一直在全年级名列前茅，考试也发挥得很好，再加上小学升初中，录取比例还是很大的，可我居然没考上，这实在是说不过去。唯一能解释的理由是，我的家庭出身是“资本家”。

失学的日子常常做梦，和同学们手拉着手围成一个圈，在操场上快乐地旋转着……突然醒了！我不知道怎样来描述一个孩子的失落与恐惧，我只知道梦中的一切已不属于我，在老师与同学那里，我从此不存在。

时至今日，每逢创作压力大的时候，我就会做一些怪诞的梦，都与考学校有关，结果往往是我没考上，而其他考上了第一流学校的那些同学，对我冷淡如陌生人。

我家住在玛瑙巷，巷子这边是居民住宅，隔着窄窄的巷子，就是市一中高高的围墙。历史应该有这样的记忆镜头：一个小小的、孤独的身影经常会几个小时一动不动，依偎在墙脚，倾听着墙内书声朗朗。

对于我连初中都没考上，我慈爱的父母连一句重话都没说过，他们甚至默契地不提“读书”两字，直至整整一年后，我决定报考常德市七中。

七中原来是女子中学，到我报考的那一届才改为男女合校，开始招收男生。但人们一时改不过口来，仍然称其为“女中”。

等待录取通知的日子里，我和另一个孩子相邀到学校去看看。正值放暑假，校园里静静的，没有人影，绿树掩映着几栋红砖洋房，那份幽静与高雅立即摄住了我的心灵，我以前只在苏联电影里看到过这样美丽的景色。

走在两旁修剪整齐的女贞树甬道上，一丝恐惧又升上心头，我是如此渴望在这里读书，可万一又考不上怎么办呢……？

接到通知，我被录取了。

常德市第七中学录取了我，我不在乎人们讥笑我考上的是“女中”，正是她，以女性的善良慈爱，收留了一颗“读书种子”；以母亲的胸怀，接纳了一个无助无辜、被琅琅书声抛弃与遗忘的孩子，这才是母校啊！

校园里的春天

我们这一届新生分为三个班，初 9、初 10 班各有十几名男生，其余大部分是女生，初 11 班则全是女生。我被分配在初 9 班。

第一节晚自习，我在作文本里写下重新跨入校门的感受。班主任肖礼云老师走过来，拿起作文本看了一眼，不禁读出声来：“……

坐在新教室里，看着那样熟悉而又陌生的讲台、黑板、课桌……我的心情不可名状……”他看了我一眼，“不可名状？”显然，他很诧异一个初一新生能使用这种字眼。

我们是寄宿生，初9、初10两个班的男生，住在学生宿舍一楼一间大寝室，楼上是高年级的学姐们。学生宿舍条件很好，好像还铺着地板。下晚自习后，那些学姐会嘻嘻哈哈从我们寝室门口经过，有的还会伸头往里张望一眼，然后又笑着“咚咚咚”跑上楼去。

入学的新奇与激动平静下来后，记得有一个星期天的上午，我双手枕头，一个人悠闲地躺在学校的草坪上。高远的蓝天，一抹白云像山峰上纯洁的积雪；阳光将教学楼映成金色，那是童话中的宫殿……不知是否从那一刻起，我心中的诗意开始放飞！

作文课，肖老师在黑板上写下题目：校园里的春天。我心里一动，提笔“唰唰”写起来……两节作文课时间过去，我没写完，我向肖老师要求拿回家去写，肖老师答应了。

那天写完作文，已经快半夜12点钟了，母亲唤我快睡，我说还要上厕所。蹲在玛瑙巷的公共厕所里，我觉得自己扎扎实实做了一件事。

作文交上去不久，发下来了，肖老师用红笔赫然在上面列了一个算式：100-13＝87，也就是说，我这篇作文他给了100分！扣除13个错别字，还有87分。

这篇作文轰动了全校！

高中语文教研组组长堵祖伦先生，拿着这篇作文在高三年级的课堂上朗读，并宣称：“它达到了大学二年级的水平！”（后来，即使堵先生对我十分亲切，我却始终不敢问他老人家，大学二年级的水平是怎样计算出来的?）

高中部的学姐们纷纷跑到初 9 班来看我，一个高三年级的语文课代表、一个校篮球队的学姐认我作了弟弟。

激赏我的作文，堵先生又把我叫去，问我写这篇作文时旁边是否有“蓝本”？我不懂“蓝本”是什么意思，他也就不问了，却要我回去再写一篇作文，他当场出了一个题目：故乡散记。

两天后，我将命题作文《故乡散记》交给了他。

不久，全市中学生作文竞赛，每所学校每个年级规定推选一篇作文参赛，《校园里的春天》和《故乡散记》却双双破格被推选，又双双获得一等奖。

获奖作文被编辑成《常德市中学生优秀作文选》，刊印成册，发到每所中学，后来，下乡插队遇见别的学校的同学，一提起来，他们马上反应强烈：“啊，你就是写《校园里的春天》的某某人啊！”名头煞是响亮！

这些年，江湖漂泊，浪得虚名。湖南台《名人本色》主持人曾经采访我，问我出名后的感受。她哪曾知道我初中一年级就出名了！至于感受，那就是千万别得意！出一次名，你就得经受一次“修理”，我初一出名，初三被“修理”。从那以后，我多次出名，多次被“修理”，今日已被“修理”成金刚不坏之身矣！

我的老师们

肖礼云老师教我们语文，又当了我们三年班主任。他个子不高，浓眉深目，脸部轮廓英俊，那时也就 30 来岁吧，可能因为是北京大学法律系毕业的，显得严肃而老成。有一次恰逢三八妇女节，有歌云：“三八妇女节，男的真造孽（常德土话，可怜之意也），女的看电影，男的拉板车。”班上的女同学放半天假，真的看电影去了。我们这些男生就想，怎么着也得让我们自由活动半天吧？没想到肖老师进来，板着脸宣布，男生在教室内自习半天！大家那种兴奋企盼的心情一下子掉进冰窖！这还不算，说是自习，肖老师却一直坐在讲台上监视我们，冷若冰霜。当时我们心里都在嘀咕，干吗呢？不就是一个三八妇女节吗？都是男同胞，何必这样“斩尽杀绝”？

肖老师不亲近，但也不疏远，我觉得他是刻意与学生保持一种距离。

但他授课水平高，讲解严谨精到；还有，他不整学生，无论这个学生出身“红”还是“黑”，成绩好还是差。

我应该算他得意的学生了，但三年间，他从未当面表扬过我，一次也没有！我看着获满分的作文，捧着获奖的证书，真不知这是从哪里来的！唉，老师的境界，可能是我们这些做学生的永远不能企望的吧？

我喜欢上胡立铭老师的历史课。

胡老师高个子，脸颊饱满，年轻而富有朝气。讲课也一样，充满激情。讲着讲着，“唰唰唰”，黑板上出现一行行漂亮的板书……一回头，发现哪个同学有点分神，“唰！”他手中的粉笔头便画一道弧线，准确击中那个同学的鼻头，他笑了，那个同学也笑了，全班同学都笑了！没有人会想到“体罚”这两个字，更不会动不动就要求“精神赔偿”！

有一节课讲“辽沈战役”，讲到林彪攻打四平，忘情之际，他竟点名让我站起来回答：“盛和煜，如果让你指挥攻打四平，你怎么打？”

我那时的历史课平均成绩是 100 分。

苏堤老师曾教我们数学，她举止优雅，像个贵妇人。我的数学成绩不算好，可有一次数学测验，五道题目，全是应用题，我最早交卷，并全部答对。她难掩欣喜，高声夸道：“到底是语文好！”

那时候，常德市其他中学都是学俄语，不知教育局出于何种考虑，居然让我们学英语，这实在是一件好事，是一个机会。可惜的是，我的英语成绩平平，而且现在不管我怎样拼命回忆，连英语老师是谁，甚至是男是女都记不清了，真是奇怪。

上地理课的女老师姓名我也忘了，只记得她戴着眼镜。为了让我们记住地理课本上那些地名之类，她很得意地教给我们一个方法，读谐音。例如苏联有一个很大的煤田叫库兹巴斯，她让我们读成“裤子巴诗”，“裤子上面巴（巴，贴的意思，常德土话）一首诗！”她一边说，一边还做出往裤子上贴东西的样子，十分滑稽。我们曾经打算拍一部华人煤矿工人参与苏联卫国战争的电影，说起苏联的煤矿，我随口道：“库兹巴斯！”导演很是诧异我的博学，他哪里知道，这都是我那位“裤子巴诗”老师教导有方啊！

红色少年

校图书馆在学校后面，操场的一侧，规模不大，好像连阅览室都没有。借书倒是挺方便，上台阶，进一小门，管理图书的老师坐在一张桌子后面。我们发有借书证，一次能借两本还是五本书我忘了，反正我课桌下面屉斗里，塞满了课外书籍，而且多是文学艺术类，虽然那时我的理想是当一名天文学家。初中二年级，我几乎将那时能找到的世界文学名著都读完了，都是些在历史的天空熠熠闪光的文学巨星，雨果、歌德、莫泊桑、杰克·伦敦、司汤达、欧·亨利……俄罗斯的更不用说了，托尔斯泰、普希金、屠格涅夫、陀思妥耶夫斯基、莱蒙托夫、契诃夫、果戈理……真是如数家珍。受我九哥的影响，我还迷上了法国科幻小说作家儒勒·凡尔纳的作品，《海底两万里》《气球上的五星期》《神秘岛》《八十天环游地球》……弄得我脑海里充满了对未来的幻想。

那时候好像并无素质教育一说，我读课外书，打乒乓球，几乎全凭兴趣，兴趣就是最大的动力。而我感谢学校的是，她根本不限制你。那时每个期末，学校还举行文艺晚会，初 11 班的女同学曾表演过一个舞蹈：整个剧场的灯光突然熄灭，黑暗中，舞台上亮起点点烛光，朦胧可见她们穿着长长的纱裙，手心托着点着蜡烛的碟子，妙曼地移动着。那些美丽的烛光，时而如一条小溪，潺潺流淌着光亮，时而又如一团团星云，在宇宙中旋转……更让人激动的是刚分配来的陈克理老师，他为我们带来了诗歌朗诵！“在苍茫的大海上，狂风卷集着乌云。在乌云和大海之间，海燕像黑色的闪电，在高傲地飞翔……”那纯正的普通话，那浑厚的男中音，那手势，那姿态，让台下的少男少女们，生出多少憧憬！

这个学年，我获得了学校“作文比赛一等奖”“大字比赛一等奖”“全校乒乓球男子单打第一名”“双打冠军”“乙等奖学金”“红色少年”等各种奖励。奖状都是一个样，是那种比课本还小，质地与印刷都很粗糙的硬纸片。这些奖状我都保留着，不是为了炫耀，一个经历过三年困难时期、“文化大革命”、上山下乡运动的男人，一个与这个民族一起走过那么多苦难历程的作家，需要在以往的岁月中寻找一丝光亮，温暖自己的记忆。

乙等奖学金是十元人民币，五元我交给了母亲，五元去买了一只凤凰琴。每天晚餐后，晚自习前，我就会在教室里叮叮咚咚弹起来：“一树红花照碧海，一团火焰出水来……”

本来还想写一节的，小标题也想好了，叫“阶级斗争来了”。后来一想，不写了。我的大脑有一个自动过滤功能，只留下美好和崇高。我的老师，我的母校，留给我的是校园的春天，那样纯净美丽，生机勃勃，充满爱与希望……

2010.8.9 凌晨

曹禺先生和《山鬼》

一

1988年12月，湖南省湘剧院携由我编剧的湘剧高腔《山鬼》，赴京参加首届中国戏剧节，抵京后，我想到的第一件事便是去拜访曹禺先生。

我对先生，心仪已久。特别是听说在当年的全国优秀剧本评奖中，先生竟不顾病体，拄着拐杖，破例赴会，为有争议的《山鬼》大声疾呼时，心中的感动，真是难以表达。

经中国文联副秘书长邓兴器同志的安排，我们来到了木樨地曹禺先生住宅。

一进屋，便瞥见先生穿一套白底蓝条纹的睡衣，正在书架旁上下寻找，嘴里嘟哝着："刚才还放在这儿，怎么就找不着了呢？"那神态，让人看着好笑，也自然生出一份亲近。

邓兴器同志将我们介绍给先生，先生一边热情招呼我们坐下，一边用食指在掌心画着我的名字："盛和煜，是南唐李后主那个煜吧？李后主是大词家，你的《山鬼》也文采风流！"

曹夫人李玉茹老师拿着一件白衬衣走过来，说是来了客人，让先生穿正规点。先生无奈地摇摇头，顺从地穿上衬衣。忽然，他想起什么，对玉茹老师说：“你去打个电话，请新华社记者杨飞来一下。”

玉茹老师去打电话的当口，我给先生介绍《山鬼》为争取来京，我们所做的种种努力时，先生截断我的话，指着和我同去的王湘强同志（他当时是湘剧院副院长，《山鬼》作曲）说：“这些事应该他来管，领导来管。你是作者，只管写好剧本。还有，你自己不要评价自己的作品，我是从不评价自己的作品的。有人问我《雷雨》的主题，我让他们去问晏学（中央戏剧学院教授，曹禺研究权威）。”顿了一下，先生又说：“有的作者不把心思放在好好写戏上，却喜欢玩花架子，功夫在戏外！”听到这句犀利而又充满机趣的批评，屋里的人都笑了。

这时，新华社记者杨飞（后来我才知道，他是我们常德老乡）赶来了。先生一手拉着他，一手拉着我，说：“你们不是要给我照相吗？来来，给这个小伙子多照几张！”

快门“咔嚓”，留下了先生和我们在一起交谈的温馨镜头。

时隔不久，曹禺先生当选为全国文联主席。全国好多家报纸都登载了新华社所发的这张照片。

二

《山鬼》在京演出结束后，我们得知曹禺先生已住进北京医院，姜剑梅院长和我便带上一束鲜花去看望他。

先生老矣，且在病中，所以我们没有挑选素洁的兰花或白色花束，而是挑选了鲜艳的大红金黄花朵，在苍翠欲滴的绿叶衬托下，如一团火焰，一束阳光。我们抱着这束鲜花走过隆冬北京的街头，走进了曹禺先生的病房。

果然，曹禺先生和玉茹老师见到这束鲜花都非常高兴。玉茹老师立刻将鲜花插入花瓶，置于床头，顿时，病房平添了几许春色。

姜剑梅院长向曹禺先生详细介绍了《山鬼》演出的盛况。

《山鬼》首场演出，引起轰动，接下来，戏票一时吃紧。为了美、法、希、日、德等十一国的大使馆文化官员能观看演出，大会组委会的成员只好让出自己的戏票。

首都新闻界反应更是强烈，各家报纸杂志纷纷发表新闻。《人民日报》除了以两千多字的篇幅发表评论外，又临时腾出版面，刊发《山鬼》剧情介绍和剧照。《瞭望》当晚决定将《山鬼》剧照用于封面，《人民日报》（海外版）、《北京周报》、《中国日报》（英文版）原来都没有报道《山鬼》的计划，看完演出后，也以最快速度发出了报道，新华社为《山鬼》派出了文字摄影两批四名记者，中国国际广播电台在播放《山鬼》选段的同时，介绍了《山鬼》和湘剧的有关情况，将湘剧的影响扩大到了世界。中央电视台除了对整台演出进行实况录像外，还现场采访了剧组，在《新闻联播》和专题中进行了报道。

《山鬼》座谈时，到会的学者专家记者将中国剧协的大会议室挤得满满的，连前来采访录像的电视台记者都没地方摆放摄像器材了。还有许多参加座谈的人只好一直站在门外。有的同志感慨地说："《山鬼》不仅演出盛况空前，连座谈会也盛况空前。"又因为这次座谈会几乎汇集了戏剧界各个学术流派的代表人物，所以有人戏称

《山鬼》座谈会为“全运会”。

曹禺先生听得很仔细，他的耳朵有点背，该听清楚的地方，他便反复询问，玉茹老师也在一旁充当“翻译”。当我们谈到中央戏剧学院丁扬忠副院长认为《山鬼》已具备了世界意义的雏形，应当推到国际上去的意见时，曹禺先生深思着说：“我早有此感觉。你们回去得把这个戏好好弄一下，不然太可惜。”说到这里，先生脸上露出微笑：“我和你们某某书记是朋友。他是个诗人呢。你们回去向他汇报，争取取得领导支持。”

怕先生太累，我们欲告辞。先生让夫人将他扶到书桌前，给某某同志写了一封信，写好后又读给我们听：“某某同志，喜读来信，湘剧《山鬼》在京演出获空前成功，足见领导有方，艺术家开拓新的境界，至为感动，深表贺忱。曹禺。”

三

一年后，我又手捧鲜花，来到曹禺先生的病榻前。

这次，我是受河北电视台之托，请曹禺先生为河北电视台所拍的三集电视艺术片《山鬼》题写剧名的。

先生一直住在北京医院，因身体状况原因，极少会客，我和玉茹老师电话联系时，听说是我，先生高兴地说：“欢迎他来，欢迎他来！”

这次和先生交谈，话题较杂。他问我外面的情况，问我个人情况，当他听说我的工资数额时，不由惊诧地说：“这么少，怎么过呀？”我说：“中国老百姓不都这么过！”先生听了，连连点头：“说得好，说得好！都这样过！”顿一会儿，他又问：“那稿费呢？”我说：“少得可怜，有的只是象征性的。”先生笑了，自嘲道：“我是糊涂了，满世界演我的作品好些也不给稿费啊！”说到这里，先生不觉喟然长叹：“作者写一个戏好难啊！”

我们一时陷于沉默。

我想起了外面关于先生的传言，说他不管看什么戏，不管是好是孬，都一个劲地点头：“好好好！”原来我分析，先生所以有这种态度，是久阅沧桑表现出的一种超脱，现在看来，更有体谅作者的菩萨心肠。试想，以先生之地位，他不说好怎么办？他要真说某个戏不好，那这个戏也真差不多了。一代戏剧大师，也有他的难处啊！

正胡思乱想着，玉茹老师从书桌上拿起先生为《山鬼》题写的剧名，征求我的意见。我对书法，本来外行，遑论给先生提意见，连忙说道：“蛮好蛮好！”

先生笑了，笑得狡黠机智，一点不像年近八十的老人：“我知道我的字写得不好，你们要我写，我就写，能帮上你的忙就行！”

哲人胸怀，到底不是我辈所能完全体会得到的。

告别先生出来，走在长安大街上，冬日温煦的阳光融融照在身上，我的心温馨如阳光。

1989.12

如果我是《剧本》主编

《剧本》创刊600期了，筚路蓝缕，以启山林，一路走来真不容易。作为几十年的老朋友，我理当说几句大年初一该说的话。可一想，其他朋友肯定也会这样做，好话又当不得饭吃！那就叙友谊吧！戏剧荒凉，正需抱团取暖。但又觉得这样做，有点自怜的味道，内心那点清高不允许。相濡以沫，莫若相忘于江湖！想想，还是就怎样继续办好《剧本》，提几条建议来得实际。但这些年，我作为这个顾问，那个专家，提的建议不知有多少，却都随风飘去。也难怪别人，鞋合不合适，只有自己的脚知道。

好吧，如果我是《剧本》主编，我将怎样做呢？

一、上任第一天，我就要向国务院、文化部、中国文联打报告，请求将《剧本》列为国家级非物质文化遗产。理由就三个字，你懂的！

二、我将交三五个土豪朋友。这几个朋友都是被社会上讥讽为附庸风雅的那种人。但我认为，所谓附庸风雅，翻译成今天的话，从某种意义上来说，不就是尊重知识、尊重人才吗？我不和儒商打交道，他们只会糟蹋风雅。我交这些土豪朋友，是想让他们出钱。注意，是风险投资，不是赞助。《剧本》做大做强了，他们是有回报的。做垮了呢？人艰不拆哟……

三、我要将《剧本》的官网办得风生水起。这是个信息化、网络时代，曾经办得很好的期刊、纸媒都日渐式微，遑论《剧本》？所以，要把官网做好。衮衮诸公不要以为我这是书生之见，纸上谈兵。非也非也，我是有具体措施的。但咱们在这里只讨论大政方针，纲举目张。可以强调的是，《剧本》拥有的舞台资源、影视资源、娱乐资源、文化资源，丰厚至极！

四、多少年来，我一直期盼着我们的戏剧批评出现《汉堡剧评》现象。去年知道上海有一个剧评人，笔名叫“押沙龙在1966”，北京有一个剧评人，笔名叫“北小京看话剧”，但两位的真实身份谁也不知道。他（她）们之所以“隐身”，最根本原因是回避“人情圈子”，可以真实而尖锐地表达自己的意见。我看过他们的剧评，观点振聋发聩，文风犀利泼辣（也不乏幽默），专业知识极其扎实，真的写得好！如果我是《剧本》主编，一定给他（她）们开辟戏剧评论专栏，每期刊物一出，洛阳纸贵！当然，考虑到本刊刊情，我会注明，以上文章只代表作者个人观点，不代表本刊观点或立场。

五、哦，我还要搞好“曹禺戏剧文学奖”的评奖工作。慢着，这个奖还有没有？希望还有。毕竟我是首届“曹禺戏剧文学奖”的获得者，而且名列榜首，和它还是有感情的。虽然后来的《十二月等郎》《李贞还乡》等等都被它以“内容太单薄”一脚踢出，但我是以好脾气而著称的呀！

如果我是《剧本》主编，我要在就职演说中发表我的“施政纲领”。正说得起劲，门开了，上级进来，说，由于你满嘴跑火车，现决定，将你就地免职。

我又成了我。

2015.3.16

有点感伤

儒家知识分子的人生理想是三不朽：立德、立功、立言，即树立高尚的道德，成就一番事业，有思想学说流传于世。中华民族数千年文明史，依我看，达到这个境界的不多，王阳明算一个，曾国藩算一个。我难与先贤比肩，自觉将人生理想缩小一千倍，做一个好人，做好分内之事，写几个好剧本。

十几岁，恰同学少年，正值“文化大革命”。1968 年高中毕业，在湘西北的一个小山村插队落户七年。后来招工，当工人两年多。十年青春，就这样两行字给打发了。

但我符合毛泽东提出的无产阶级革命事业接班人的标准：种过田，做过工，打过仗（是真正的枪林弹雨，有一次，对立面武装攻城，情势万分危急，我们学生组织固守前沿，手榴弹盖子一律揭开，摆在沙袋上，随时准备与对方同归于尽）。

但我没能成为革命接班人，不是我不革命，是革命不要我。

我就当了编剧。

当时的常德地区戏剧工作室，资料充盈。只一个月时间，我通读了《剧本》自创刊以来（头几期是竖排字体）的全部剧本，外带莎士比亚、郭、老、曹，真可谓狼吞虎咽！

而内心，却滋润如一泓春水，生长出许多的向往来……

我也要在《剧本》上发表剧本！

不久，我的第一部作品，轻歌剧《现在的年轻人哪……》由中央歌剧院上演，随即接到通知，《剧本》准备发表。

冬夜，我和我的合作伙伴裹着厚厚的军大衣，走在寒风凛冽的长安街头，不知谁突然感叹："十亿中国人，怎么就轮到了我俩出头？"

许多年后，我批评他不应该说那句话，他却说那句话是我说的。朋友们则一致裁定是我的口吻。不管是不是，我都为那时的年少轻狂感到羞愧，做出反省。

二十世纪八十年代末，《山鬼》发表，上演，惊世骇俗！引发戏剧界一场大争论。今日回首尘埃落定处，不觉有几许惆怅，"知我者谓我心忧，不知我者谓我何求"。我想五十年之后，《山鬼》对于我们民族文化的意义，后人会做出评价。大争论那一阵子，也是我和《剧本》关系最为密切的时期。记得当时编辑部除了雪英大姐就全是男子汉了，我们一班兄弟，意气相投，纵酒高歌，往来于湖广、幽燕之地，恍见风吹竹林，魏晋风骨，铮铮作响……

岁月流逝，随着《闹龙舟》《山歌情》《瘦马御史》《马前泼水》……相继发表，上演，获奖，编辑部的兄弟们换成了一班小丫头片子，小丫头片子们又逐渐为人妻，为人母……我和《剧本》慢慢疏了，渐行渐远……

一个冬夜，突然想到这点，不安起来。检讨原因，这些年，影视剧的创作和策划占用了我大部分时间，《走向共和》《夜宴》《恰同学少年》……风雨坎坷，一路走来，但我却从来没有放弃过舞台剧的写作。《小河淌水》《凤阳情》《梅兰芳》《十二月等郎》……这些年我们国家每一届舞台剧盛会，虽然我人未参加，但戏参加了，说实话，我坚持写舞台剧，早已非为稻粱谋，除了对舞台艺术的挚爱外，还有那么一点小小的文化使命感，艺苑名伶，唱热了男儿肝肠！

是的，我的作品，不被某些评委看好，我这个人，也被他们边缘化了。但我与《剧本》的二十五年情谊，岂能因这些劳什子而离间？

第二天，我直奔东四八条52号。

好几年没来了，编辑部门开着，没有人，风物依旧，简朴依旧；我在记事的黑板上草书："盛大侠到此一游！"

扔掉粉笔，心里忽觉空落落的。

沈从文说："好的风俗和好的女人一样，是要逐渐老去的……"

有点感伤。

两种艺术

刘颖：

你好！

《夜宴》的剧本中，有这样一场戏——

〔包袱皮摊开在地上，里边是几页曲谱、一支短剑。

婉后 （拿起剑，突然挑了个剑花） 越女剑，最宜贴身格斗。

无鸾 我用来剪纸。

婉后 当初你父皇教我们剑术时，你可是学得比我好。

〔婉后拿起曲谱。

无鸾 《越人歌》。

婉后 唱吗？

无鸾 （扬声）今夕何夕兮……

无鸾 （看到婉后的脸色，停下来） 一个王子泛舟，打桨的女孩子爱慕他，唱了这支歌。

婉后 噢，情歌。

无鸾 不，寂寞的歌。

婉后 那你可以唱给青女听。

无鸾 她不会懂，一个人不会懂另一个人。懂了，就不寂寞了。

我以为，这应该是小说的灵魂——“一个人不会懂另一个人。懂了，就不寂寞了。”为什么电影不这样做呢？为什么电影要表达的却是“欲望能创造一切，欲望也能毁灭一切”呢？这正是两种不同的艺术形式所决定的。所以，我希望，小说能实现人对自身的追问，从人的内心情感一直到生存状态。那么，相对于电影的浓烈，小说的叙事风格应有一种阴柔之美，有一点子三岛由纪夫的味道，但不压抑，不变态，让读者掩卷之后，沉浸在深远的感动之中。

盛叔叔

2006.4.13

改编《曾国藩》

三儿:

非常抱歉，这两天特别紧张，竟抽不出时间商议《曾国藩》总纲，本想过了这两天再说，又怕你稿件要得急，所以先发这个简单意见给你。

为什么要写电视剧《曾国藩》?

我想有这样几个理由:

我们的国家、我们的民族正前进在伟大复兴的道路上，而国家民族的复兴最主要的标志是文化的复兴。湖湘文化是中华传统文化的重要一脉，曾国藩作为湖湘文化最主要的传承者（如刊印王船山著作），他的地位和贡献是值得重视的。

曾国藩的人才思想（如他所荐拔的左宗棠、李鸿章、沈葆桢、郭嵩焘等，都是世所公认的杰出人才），对于我们今天培育人才大国的目标，毫无疑问，是有着非常现实的借鉴意义的。

曾国藩是洋务运动奠基人之一，探索并呈现洋务运动对近代中国乃至当代的影响，应该是我们大国崛起的课题之一。

曾国藩作为儒家知识分子的杰出代表，近代史上不少政治领袖人物深受其影响。他的道德文章、人格理想即使在今天知识分子心目中，也是被推崇景仰的。

浩明先生的长篇小说《曾国藩》问世后，在海内外，特别是华人世界中掀起了“曾国藩热潮”“湖湘文化热潮”“儒家文化热潮”，产生了巨大的、积极的影响。对许多人来说，这部作品带给了他们深深的文化认同感。而将《曾国藩》改编为电视连续剧，相对于小说，受众将扩大千万倍，不同文化程度、不同文化背景的人都可以欣赏，影响也将扩大千万倍，实在是一件有利于提升我们的文化软实力、功德无量的事情。

我和浩明先生交往不多，但他唯独将《曾国藩》的电视剧改编权交给了我，我想，除了《走向共和》的影响外，还有我们彼此间的心有灵犀。所以，我们这部电视剧的改编，一定要恪守自己的艺术良知，做中华民族的忠臣孝子。

三儿，我这几点意见不一定成熟，但老师还是用了心的，希望能对你写总纲有一点点帮助。等忙过了这两天，我们再找时间一聚。

老师
2010.7.3

辑 四

| 旧雨新知 |

年轻时，和同行们是有些暗中较劲的。可现在，故交半零落……我有那么多的朋友和学生，每当想起他们，似水柔情便漫过我的心坎。

巴陵曹哥

曹宪成整天耷拉着脑袋，好像从来没有顺心的时候。我敢说，如果哪一天看见他昂起脑袋走路，那日头准打西边出来了。

我是在省第一期编剧进修班时认识他的。那时，他穿一件的卡其黄军衣。吃饭时，伸长胳膊，很谦逊地去夹菜，使得人好感油然而生。后来，又听他曾在中央级刊物《人民戏剧》上发表过一个小戏，我又平添了几分敬仰。可能这敬仰被他察觉，便把我叫去。他半靠半躺于床上，让我坐对面，于昏黄的灯光下，给我讲他一个小戏的构思。我听着，睡了。他叹口气（我想他应该叹气），拿笔写起来。我一觉醒来，他还在写。而且一直以半靠半躺的姿势，不挪窝地继续了一个白天。晚上，他将脱稿的剧本交给我。我吓了一跳，为他的速度。看完剧本，我又吓了一跳，写得几多好哟。我的鉴赏水平向来超过创作水平，便断言这个剧本前程辉煌。他以为我拿他寻开心，我就激他拿一半稿酬打赌。后来的结果，当然是我赢。只是那一半稿酬，他至今也不肯兑现。

那年到他家去，发现他再不以半靠半躺的姿势写作，而是拿两条上等好烟，将包装撕去，再将四百根烟整整齐齐码在书桌上，然后，点燃一支，于烟雾氤氲中铺开稿纸……四百根烟抽完，一个大戏也就写出来了。《杏花春雨》《梨花带雨》《乐四爹小传》……只看见他的戏上演，发表，获奖，搞手脚不赢。

好多人不服气，便把他优质、高产的原因归结于他有个好老婆。他可以睡到上午十一时不起床，起床后看床头摆着一杯牛奶和一碟糕点，就很不满意地咕哝几声。他可以白天东游西逛，家务事压根儿不沾边。他的朋友来家聊天，无论先生、女士（甚至漂亮的女士），曹夫人一律当好东道主，热情迎嘉宾。晚上，他开始写作，一碗热腾腾的面条压着两个荷包蛋便送到了手上。“红袖添香夜读书”，这哪里是写作，这明明是享福嘛。

不过，这日头也不能老在一人门口红。曹宪成近两年是不太顺遂。眼睁睁瞅着身边的朋友们这个剧本引起轰动，那个剧本晋京获奖，他的那种焦急和失落感是可以理解的。理解归理解，我看他有点病急乱投医。如前一阵子“探索”吃香，他便弄了个《炼金记》，跟在浩浩荡荡的“探索”大部队后面去“探索”。当然，剧本政治上是绝对没问题的，艺术上也不错。但是，曹哥，恕我直言，仅仅是不错而已，你的根基，你的优势，不在《炼金记》的骗子们身上，而在汨罗江广袤的田野上，在那些情窦初开、纯真无瑕的农村少男少女和乐四爹们中间，你的几部得意作品没有得到应有的评价，非战之罪，命也。

说到命，曹宪成的命也够好的：高级职称评上了，党龄恐怕比我的工龄还长。这么些年，我梦寐以求想当个临时小组长都无法实现，他可是名副其实的岳阳市戏工室副主任。官不大，权不小，一部小轿车随叫随到。那轿车我坐过，好像有点坐拖拉机的感觉，可毕竟是小轿车呀！他住的房子四室两厅一厨两卫，整个儿布置得像宾馆。歌曰："派克金笔游泳表，年轻的干部资格老，住的房子大，坐的车子小。"曹宪成占全了。还有，他先前有两个女儿，老祖母不满意。曹夫人一赌气，生了个双胞胎，全是带小酒壶的，把个老祖母喜得呀，光是泡姜盐茶款待客人，就用了五十斤芝麻、一百五十斤黄豆。如今，四个儿女都出落得俊逸非凡，一家六口，其乐融融。

可曹宪成还是耷拉着脑袋。

我知道，他是为着他无法达到的追求而苦恼。

那么，曹哥，我来给你说一个禅的故事：有一个人，离别双亲，出远门求佛。走了许多天，还没见着佛。他便问遇见的一个路人："哪里有佛？"那人告诉他："你回家去，看到有人披着毯子，反穿着鞋来迎接你，那就是佛。"他依此言回到家里，已是深夜。他母亲听到儿子叫门，高兴得来不及穿衣，披着毯子，拖鞋也穿错了脚，冲出来开门。这人见了，立刻大悟……

同样一件事，想通了就是天堂，想不通就是地狱。

曹哥，你的佛就在你身边。

1987.6

长沙

半仙吴傲君

一次，一些耍笔杆的朋友在岳阳氮肥厂开笔会，住在环境幽雅的厂部小招待所。吃过晚饭，我和吴傲君沿着林荫道散步。他忽然大发感慨：“不了解内情的人往往把我们这些人当作家，看得如何了不起。其实，对于文艺，我们还只是一只脚在内一只脚在外，只能算一个半仙之体。”

听了这话，我忍不住笑。我记他曾在自己写的一部电视剧中扮演过一个算命先生，那角色就叫“余半仙”。除了戴上一顶瓜皮帽外，他根本就用不着再化装：尖下巴，八字胡，眼珠子骨碌碌转着，从鼻梁的眼镜片后看着你。活脱脱一个摆摊卜卦的算命先生，半仙之体！

虽然形象如斯，吴傲君打扮起来还是耐看的。更兼平常日子，他最重仪表：头发梳得大起大落，西装笔挺，皮鞋贼亮，挺胸收腹，透出一股精神气儿，他的形象真正是雅俗共赏。

正因为吴傲君兄是半仙之体，所以他对人生的态度是通权达变，在创作上则左右逢源。他不像我们，只会认死理儿，吊死在写戏一棵树上。他是打一枪换一个地方，真的是个聪明人。

聪明人出生在平江，平江其实是山区。那地方我没去过，听说出竹木，更出人物。国民党、共产党的将军，合起来怕有两百挂零。解放了，不打仗了，平江人多余的能量便宣泄在文学上，成就了一大批骚人，如吴傲君。

认识他之前，我看他一个花灯小戏，好像叫《剪窗花》，载歌载舞，唱词很优美。跟着，他又以广播剧《支票》名噪一时，而那时我们许多人还不知广播剧为何物。当《支票》犹如一面旗帜在人们眼前飘拂时，他又在鼓捣《喜脉案》了。我和他深交，亦始于彼时。我看《喜脉案》剧本，看得很舒服，看他这个人也觉得舒服起来。有一回他在湘江宾馆改剧本，我跑去玩。他拉我帮他誊写了一场。我边誊边称赞，他大为高兴，作为报答，拿出餐票留我吃了晚饭，晚上让我睡床，他睡地板。

《喜脉案》的震动波还未完全消逝，吴傲君又变魔术似的，变出一部曰《巴陵女侠》的武侠小说。在《羊城晚报》连载，被珠影厂拍成电影，改名为《巴陵窃贼》。“女侠”也好，“大盗”也罢，光凭这名字就叫座。有一天我们游毕洞庭湖，登上岳阳楼。漂亮的导游小姐指着刻有《岳阳楼记》的十二块屏风，介绍：“这屏风有个传奇故事，拍成了电影，作家听说就是我们岳阳的……”我们笑疯了。当弄明白作者就站在她跟前时，她兴奋得两眼放光，拉着吴傲君要合影。哎，人到了这份上，不晕乎也得晕乎。自此，吴傲君说话走路，愈发气度不凡了。

这一天他踱方步，进了商店，看中一件40元的粗呢西服。徘徊良久，一咬牙，买了下来。然后向我宣布：“我的东西，要买就买最好的！”

我们一块儿出差，他的皮箱里除衣物、书之外，还有电动剃须刀、小梳子、君山茶等等，一应俱全。我拿起一个精致的小瓶，左看右看，不知里边装的什么。“那是发蜡，乡巴佬！”

啊，敢情头上油光水滑就是靠这玩意儿？真是乡巴佬。虽然我一直生长在城市，他是平江山旮旯里的。

大概是打一枪换一个地方太累，抑或是各种创作体裁都尝试过了，想彻底换口味。吴傲君突然投笔从政。虽然官儿不大，岳阳市戏工室主任，市文联副主席。可又一次证明他比我们聪明。不是说一等智商从政，二等智商经商，三等智商才从文吗？他是一等智商啊！

如同他搞创作要拔头筹，买东西要买最好的一样，他这个七品也真当出了名堂。岳阳市连续四届获全国优秀剧本奖，那可要费些心血。《镇长吃的农村粮》也投下了吴傲君智慧的影子。他甚至还帮助作者把整个剧本重写一稿，这可真是“包娶媳妇还要包养崽”。

由于他全心全意去当官，当好官，署上自己大名的作品自然少了。于是谷雨社的伙伴不止一次发出威胁，要开除他。他慌了神，吴傲君再傲，也知道这事儿开不得玩笑，谷雨社有规定，三年之内不出作品，就请走人。于是他抛开公务，躲到平江，拼死拼活拿出个《将军谣》。读了剧本，我很感动，相信其他人也会感动。

前不久，传来消息，吴傲君被评为全国文化系统先进个人。他好高兴，一溜烟跑到北京开会去了。他知道，即使不写《将军谣》，谷雨社也不会把他怎样了，开除全国文化系统先进个人，那还像话？

1987.7 长沙

好人甘征文

湖南剧作家里边，长相最不起眼的是甘征文，最有头脑的也是甘征文。

瘦小个，尖尖脸，眉目不甚分明；常年穿一件灰蓝色中山装，县城的裁缝把四个口袋缝得不成比例。喜欢笑，笑的时候突然想起嘴里只剩几颗牙齿，赶快又抿住，很是滑稽。

这模样竟让他占了不少便宜。

开学术研讨会，出席者皆名流。衣着入时，气度雍容，就他蜷缩在角落里。珍珠堆冒出块土疙瘩，反而引人注目。就有好些久居京师的大专家大学者和他亲近。好像一坐到他身边，就是深入了基层。

俟到他发言。与会者心底本存了轻视，可他一开口，生活气息扑面而来，又恰到好处、不卑不亢地缀以一两处理论名词，大大超出人们的料想，于是会场便激动、兴奋，形成了高潮。

他走进编辑部。编辑以为是哪个村办企业的会计走错了门，他却拿出一沓稿件。编辑漫不经心，刚扫上两眼，立即敛容，让座，上茶，请教他对于“寻根文化”的最新见解。

当然，这都是过去的事了。如今，甘征文的名气很大很大，《八品官》的作者，咯还不晓得？头衔也很多很多：湖南省戏剧家协会理事，中国作家协会会员，湖南省劳动模范，湖南省人大代表，还有一些县呀区的就不说了。有一次，几个县人大代表甚至要提名他当副县长候选人。吓得他赶快找到这几位代表，打躬作揖，请他们打消了这个念头。

他不是没有当官的经验。五年生产队长，三年团支部书记，两年大队党支部副书记，六年县文化局副局长，虽然都是未入流的芝麻绿豆官，但这么些年在基层摸爬滚打，正符合我们党选拔干部的一贯宗旨。他也不是没当官的能力。且不说他任上的德政显著，单是那次我们筹备召开“湖南戏剧现象暨谷雨社研讨会”时，大家就看出他的不同凡响。开始我们乱糟糟地出点子，提建议，七嘴八舌，莫衷一是。等我们安静了，他才说。如何邀请编辑记者，如何敦请上级领导，日程如何排，报道如何写，谁谁谈创作体会，谁谁写总结文章，大概经费需要多少，哪些谋求赞助，哪些自己掏腰包。真个是头绪清楚，安排周详，一席话把大伙儿镇得半天没缓过气来，欢呼惊叹，他真是块当官的料。

然而，他连文化局副局长的职务也辞掉了。

辞掉了好。

他生来就应该是个作家而不应该是别的什么。

因为他是五月初五（端午节）午时降生在汨罗江畔的哟！他降生的时刻，汨罗江上龙舟竞渡所溅起的浪花，一定也溅湿了他小小的精赤的身体，他婴儿时的第一声啼哭，便融入了祭奠屈原先生的鼓乐声中。

白天，他去放牛，江边沙滩上，深深浅浅，那是屈原先生低吟徘徊的脚窝；夜晚，那悠远的诗魂化作江涛拍岸，又成了他的催眠曲。虽然，他只读过三年半小学，但他早从汨罗江水中汲取了屈原先生的文章灵气；虽然，他早年家境贫寒，备尝艰辛，但那正是成就一个大作家所必需的人生体验。

甘征文发表作品早，还出过几部长篇。但让他闻名遐迩的，却是花鼓戏《八品官》。那时，我刚涉足剧坛，看了《八品官》，崇拜甘征文。及见面，才发现他没有一点名士派头；及交谈，便让人从心眼里生出亲切来。可惜的是，我们在一起的时候不是很多，他不喜欢在外面跑。开始，我以为他是做淡泊状。后来才知道，他妻子患了鼻癌，他想尽量多待在她身旁。后来，他妻子的病居然奇迹般痊愈了，他仍然不大外出，他更想尽量多待在她身边。

那次给他看手相，当着好几位朋友对他的过去未来神侃了一通。他坚决摇头否认，说我全是胡诌。晚上，却又悄悄跑到我房间，求我再给他好好看看，他和妻子能否相偕白头。我抑制着内心的激动，对他说：你和你的妻子一定会白头到老，你的生命你的事业都是长久的，你是好人。

1987.5
长沙

石头城上凤凰鸣

——罗周其人其文

一

前几天在上海看见罗周，我说："你变得明亮了。"

她很高兴，觉得这句话准确道出了她现在的状态。

我也很高兴，为自己用词独特。还有，阅人之明。

初识罗周，是在大前年。江苏省文化厅让我们几个"编剧大佬"给他们各个剧团的主要演员与青年剧作家讲创作，签订合作意向。开会时我心里有点不爽，一个学术会议，却处处透着官场做派，不好玩。快散会时我高兴了，因为汪立人兄让我读到了罗周的昆曲《春江花月夜》。

罗周站在我面前，穿一件黑呢短大衣，把自己包得严实。我问了她几个问题，她一一作答，语气与其说是不卑不亢，不如说是不咸不淡。我便明白，因为《春江花月夜》，许多老师、前辈兴奋、激动、惊叹，都问了她相同的问题。回答得多了，她便没有了兴奋、激动，只有不咸不淡了。

我就问她写过长篇小说没有，她说写过；我又问她写作速度一天多少字，她说顺手的话一天一万余字。我请她将她的作品再发两部给我，她说好。

没多久，收到了她的话剧《春秋烈》与歌剧《一江春水向东流》。

我将这几部作品给我一个心高气傲的学生看，她只说了半句话：老师，你知道，我本来是从不嫉妒别人的……

好多年前，长安大戏院约我写一个京剧《霸王别姬》，我弄了个自己很得意的大纲，还写出了第一场（相当于序幕）。后来，由于各种原因，定金都化成水了，剧本也没能往下写。再后来，长安大戏院又催促起来，我就想到了罗周，把大纲和第一场给她寄去，讲了一些我的想法和大致要求，请她续写。说是续写，几乎是要她单独完成整个剧本。

没多久，剧本完成稿寄来了。我真的是很惊讶，因为续写的难度比她自己原创大多了，所以极少有编剧能在规定的时限内交稿。还有，除了《春江花月夜》，我并没有看过她其他的戏曲本，看着《霸王别姬》的文辞，我只有一个词来形容——星汉灿烂！（就在写这篇文章的时候，我又读到了几个她的剧本，还是只有一个词来形容——星汉灿烂！）

决定将一部以盛宣怀为主角的 40 集电视剧交给她写。

一定有人会叫起来，戏曲界编剧，特别是青年编剧，本来如凤毛麟角，你却把她弄去写什么劳什子电视剧，挖墙脚也不是这么个挖法吧?

我呢，是这样想的，电视剧来钱快，40 集写完，罗周可以挣一大笔钱，以后的日子就可不必为稻粱谋了，就可以专心致志写戏曲本了。这个想法呢，俗是俗了一点，但实在，不虚伪，对不？再说呢，虽然咱们国家大多数电视剧很烂，但也有好的，也可以从中学到许多东西。记得我刚开始写《走问共和》时，他们教我怎么写，我在心里冷笑：爷是编剧的祖宗，还用得着你们教？可后来发现，不同的艺术门类有不同的写作规律，人家说的真有道理，这才渐渐收敛了狂谬之心。他山之石，可以攻玉，戏曲界到了这步田地，真的不要再夜郎自大，自欺欺人了。

从要她写电视剧到今天，快两年了吧？她只拿出一个九万字的分集大纲和5集剧本。咱们的投资方居然不催不急，说要往精品上奔，也算是一朵奇葩了。于是，这期间，罗周鼓捣出七八部舞台剧，而且拿这稿酬买了车买了房——戏曲编剧有这能耐？这期间，听说她还当上了剧目工作室的副主任——我有点喜欢江苏省文化厅了！

二

2011年10月，我在上海戏剧学院给全国青年剧作家研修班授课，讲评三个剧本：管燕草的《寻画记》、余青峰的《李师师》，再就是罗周的《春江花月夜》。

燕草的剧本，故事讲得好，这在当下戏剧、影视都忽视或缺乏讲故事能力的情况下特别难能可贵。不足之处是作者太想表达自己的主观意念而不是故事本身产生的意念。

青峰的剧本，结构老到，文采斐然。我给他的建议是七个字，“逆着想，停下来写。”也就是偏不往别人想得到的方向去写；再就是重要关目要停下来，不要急着写下面的情节，而要把正在写的地方写深写透，写出一波三折，一咏三叹。听说青峰现在名气蛮大了。

放心，我不会劝你夹着尾巴做人，那是猴子的事。人生得意须尽欢嘛！

讲罗周《春江花月夜》，颇费了一些踌躇。

我知道她听了太多称赞，而她也当得上这些称赞，但我却不想重复这些称赞，否则，要我来讲评何用？

说了几点看法：

这是当代青年知识分子向母语文化致敬的一个文本。戏曲是我们母语文化——汉语的精髓，千百年以来，它是我们民族历史的、哲学的、价值观的教科书。可是，现在的广告商和媒体，娱乐圈与评论家，谁都可以瞧不起它，谁都可以作践它……石头城上，天低吴楚。蓦然间，一声凤凰啼鸣，其声清亮，其姿优雅，闻者观者，莫不动容。我想，这就是罗周的意义，这就是《春江花月夜》的意义。

这个文本表达了一种古典情怀。很难给古典情怀一个定义，曲水流觞，醉里挑灯看剑，都算吧，这也是一种感觉。我主张编剧，特别是戏曲编剧，都要培养、具备这样一种感觉。

读完这个本子，有点感叹，有点惆怅。罗周说，好多人都是这样。我听了，顿时觉得心里很温暖，被知己温暖。

我又问罗周主题是什么，她回答，人面对宇宙时的一些思考。是呀，“江畔何人初见月？江月何年初照人？”这情景，这问题，是很能让人心地清凉，思绪飞升的。

如果这部戏投排，我建议让演出适应文本，而不是让文本适应演出。

很多人会反对我这个建议，我也说不出个子丑寅卯来支持这个建议。我只是怕适应演出需要的修改，会破坏它独特的品质。一件国宝级的青铜器你不能擦去它的锈斑吧？还有，我讨厌“观众是上帝”这种说法。我们好多影视剧、娱乐节目是真把观众当成上帝的，结果导致集体沉沦。

如果我来写这个本子会怎样？

如果我来写，不会像罗周那样一本正经，我会多一些调侃，多一点机锋，多一点禅意，这和苦难有关，和阅历有关。但是，这个话等于白说，我连昆曲的曲牌都弄不清楚，国学底子比罗周博士差得远了去了，又怎么写得出来？

三

可罗周是叫我“老师”的呀！得，教你一招吧——

这篇文章的题目本来叫“凤鸣菊坛”，雅，贴切。

想想，还是改成了“石头城上凤凰鸣”，奇兀，瑰丽！

会有人不服气：你把罗周比作凤凰？当然，人中之凤。

罗周自己也不满意：老师小觑罗周了，我之志向，岂囿于石头城上？那好哇，到时候老师再给你写篇文章：《一声凤鸣惊海内》！

做人要中庸，搞艺术要极端。

罗周同学，以为然否？

2013.12.6. 凌晨

于北京工作室

先生之风　山高水长

陈健秋老师逝世时，我正躲在昆明乡下写剧本，待得知消息，追悼会都已开过了。内心愧痛之极，给健秋老师的夫人单萍打电话，只说得一句“陈老师逝世，我不晓得……”，便已泣不成声。

这些日子，陶渊明的挽歌辞时时浮于脑际：“亲戚或余悲，他人亦已歌。死去何所道，托体同山阿。”辞意所传达的那种悲凉感慨，不禁又让我热泪盈眶。

我是永远不会忘记健秋老师的。

不会忘记他和他的作品。

不会忘记他对我的帮助和影响。

陈健秋是我的老师，这个老师，是本来意义上的传道授业解惑者，而不是像一般文艺界人士那样，以“老师”作为一种客气的通称。

吾生也幸，自学习编剧以来，遇到了不少好老师。原来在家乡常德，诸扬荣、杨善智老师就教过我很多。开始写唱词，不懂平仄。杨老师就在一张小纸片上写了“平平仄仄平平仄，仄仄平平仄仄平”“上仄下平”给我。一写唱词，我就将小纸片拿出来对照，十来年间成了习惯。有一次将纸片放在口袋没取出来，被洗衣机搅烂了。以后写唱词的时候，竟觉得少了些底气。

调来目前供职的这个剧院，第一部作品是《山鬼》。刚脱稿，便陷入水深火热。而健秋老师看后，立即给我打来电话，第一句就是："祝贺你！"……放下电话，那种被理解的感觉，真可谓如沐春风。这以后，健秋老师对我创作的帮助和影响，用"润物细无声"来形容，那是非常妥帖的。再以后，我又写了几部作品，得了几个奖。也有人开始叫我"老师"了，自己也似乎找到了当"老师"的感觉。那次，我将刚脱稿的《蝴蝶梦》，拿去请健秋老师指教，待拿回来时，只见稿子上健秋老师密密麻麻，写了两千多字的评语，还在我的原稿上，改正了一处病句，一个别字，一处不合平仄的地方。看着评语和被改动的地方，我深深感动了：这才是老师啊，这才是有着真学问和真切的创作体验，还有一颗好心眼儿的老师啊。

认识健秋老师的人都知道，他非常绅士。而中国自古便有"文如其人"之说。其实，说到健秋老师和他的作品，我头脑中老是冒出昔日范仲淹对严子陵的赞语："云山苍苍，江水泱泱，先生之风，山高水长。"那时，我常想，如果健秋老师穿上古人的宽袍大袖，手执其剧诗，徜徉于云水之间，是不是会有古人的几许风范？几许神韵？奇怪的是，在这个形象上，我又叠印上了杜甫的影子，那个荒屋江村，灯火一点，"民间疾苦，笔底波澜"的杜甫的影子。两个截然不同的形象，中和出一个陈健秋，中和出他的作品。

在一篇文章中，我曾提到他一部名为《老同学》的电视剧。在剧的结尾处，几个大学时代的好友，经过二十多年不同的人生际遇，重相聚会时，各人地位、境况、内心打算已大相径庭，可他们共同唱起了青春时代最喜爱的《红莓花儿开》。随着那熟悉、优美的旋律，一种人生的温馨气息伴着些微惆怅，从房间弥漫出去，飘出荧屏，一直浸透到观众心灵深处……这部电视剧在陈健秋几十部影视、戏剧著作中不那么引人注目，但却是一部最能代表他风格的作品。他以诗人的感受去反映社会历史心理的变化，忧伤地呼唤着不要让美好逝去。对生活执着的热爱，几十年的马列主义教育，数千年的中国儒教精神浸透于他的血液中，使他社会责任感格外强烈，但济世良方又不是吾辈所能拿得出来的。既不能“我以我血荐轩辕”，又不能“且放白鹿青崖间”，诗人在矛盾和痛苦煎熬中，便只能发出忧伤的呼唤了。

《水下村庄》是健秋老师最直面现实，也是他自己很看重的一部话剧。20 世纪 60 年代初期，湖南修建了一座大型水力发电站，这是一项浩大的成功的建设，至今效益巨大。但当时，为了修这座电站，不得不淹没大片田地村庄，也不得不将原来世世代代生长在这片土地上的人们大规模迁移他乡。陈健秋的目光注视到这些移民身上。三十多年了，历史、现实、土地、人、情感……他在做了大量的准备工作之后，一头扎进了库区和移民区，深入那些坚韧善良的人中间……几个月过去，当陈健秋脸膛黧黑、形容枯槁归来时，便捧出了这部沉甸甸的《水下村庄》。读它的时候，我被作品所呈现出的那种沉郁的悲凉深深感动着，掩卷太息，难以自已。我没能赶上看《水下村庄》的彩排，听说相当好（怎么可能不好？）。我便一直等着看正式演出。后来又听说有人认为移民问题是个敏感问题，搁了好几年后，我才在“中戏”看到这个戏的公演。

我不知道是不是《水下村庄》的遭遇促使健秋老师将感情投向了戏曲，我无从探究话剧《水下村庄》—昆曲《偶人记》这之间作者的心理轨迹。但中国戏曲这种独特的艺术形式的确是他最好的情感栖息之地。从话剧那质感的世界，到戏曲空灵的氛围，写《偶人记》的陈健秋，平添了几多潇洒和超脱。心灵不再受环境的羁绊，笔端也涌上不尽的机趣，他自己说："创作中有很多愉快。"我甚至从作品中感觉到，他对自己以往创作的方法、认知能力，都有着一种反省和彻悟。《偶人记》写得一派仙风道骨。

《雾失楼台》《偶人记》《马陵道》……那时候，健秋老师的脑际里成天檀板轻敲，丝竹缭绕。他好几次对我说"写得过瘾"。戏剧的本质是自娱和娱人，以他这种良好心境写出来的作品，焉能不满足观众的审美需求，并带给他们极大的愉悦？健秋老师曾和我讨论过所谓的戏曲历史剧，我坦言我不大喜欢某些我的同仁所创作的这类剧作，虽然我们是很好的朋友，虽然我很佩服他们的才华，虽然专家们对此褒奖有加，我还是不大喜欢。他们的戏曲历史剧太凝重、太深刻、太文以载道，也就太超越了戏曲的负荷能力。"只恐双溪舴艋舟，载不动许多愁"，载不动啊。

很多次，健秋老师要我给他的作品提意见，我很为难。这倒不是碍于面子或有什么其他想法。意见好提得很，但要提到点子上，确实很难。当然，编剧这营生，看似没什么深浅。不管阿猫阿狗，只要识几个字，或者只要长着一张嘴，都可以对着你叫一通，你还得做唯喏状，否则你的名声将不怎么样，你的日子将很不好混。在常德时，诸、杨二位老师曾教诲我道："编剧的脑壳上要捶得几把稻草"，诚哉斯言。作为谷雨戏剧文学社社长，健秋老师修身养性的功夫不知强过我们多少倍，就是对着他浑说一通，也不要紧的。但是，我的确认为，他的作品大多已达到或接近炉火纯青境界，偶有微瑕，不说也罢。写到这里，心里又酸楚起来：健秋老师在日，最忌别人说他“德高望重”。当时我就想，也是，被“德高望重”这几个字抬着，就下不来了。偶有非分之想，小有越轨之举，都是不行的。但非分之想，有时候就是幻想呀，一个连幻想都要泯灭的人，多累呀。我便建议他“歪搞”。“歪搞”是常德土话，意即由着性子乱来。“文无定法”，做人也不一定要有什么规范。不到四十岁的苏东坡能够“老夫聊发少年狂”，健秋老师为什么不能在他的作品里边“歪搞”一下子呢？让感情得到充分的宣泄，让生命力得到充分的张扬，让作品更具震撼力和感染力……健秋老师显然兴奋了，以后在各种场合，多次提到这点，引以为知己之言。

从《偶人记》《马陵道》开始，一直到《宰相刘罗锅》《贵妃东渡》，健秋老师晚年的创作迸发出火山般的激情，那么绚丽，那么辉煌。许多人常和我说起这个现象，惊讶他的创作能量从何而来。我当然为老师得意，而且对他继续铸造辉煌充满信心。可是，他却突然走了……

我手里攥着在昆明乡下写成的《小河淌水》的剧本，可健秋老师走了，我拿给谁去看呢？

2002.9.2

昆明

纸醉金迷多忧愁

刘杰是我的学生。我们师生的缘分是因为我看了他的电视文学剧本《海上繁华梦》，我欣赏这个剧本里边的一段描写：“已近黄昏了，夕阳晒在高处的墙上，美林和红云云就在泥金色的暗处走着，都没有说话，静静地走，美林是中式的装扮，看上去倒真像一对迷惘爱着的羞怯的学生。隐隐有钢琴零星的脆响和混沌的叫卖声传过来。”

其实，电视剧本中这样的描写是奢侈的、不宜提倡的。但就是这段文字，让我心动了一下，看到了他文学上的“慧根”。

去年夏天，我们几个躲在北京乡下讨论剧本。刘杰说他写了一些散文，想请我看看。我拿在手中，不经意地翻阅了几页，便放不下了。门前池塘里，十几只鸭子惬意地游来游去。白色的是北京鸭，栗色的是主人从湖南带过来的麻鸭。小南风习习吹着，垂柳依依。

我不懂散文，但我喜欢散文，甚至幻想着哪一天不写戏了，也要去写散文。可能写不了刘杰这样好，不要紧的，“沧浪之水清兮，可以濯我缨；沧浪之水浊兮，可以濯我足”，人生的态度本可以随意一点。

读刘杰文章时，我常常诧异，我们的人生背景相去甚远，而对生命的细微感受却如此相同。比如说安静，那种夏天午后的感觉，“一只鸡轻手轻脚地走进光里面”；比如说快乐，“家里洗好了被单，用竹竿架在门口晒。小时候常常背着大人钻到晒着的被单里去，那里面阳光粉融融的，很有意思”，这都唤起了我小时候温馨得让人感伤的记忆。

感受相同，感悟却未必。

在这个集子里，刘杰谈京剧，谈国画，谈中医，年轻轻的他很有点清末民初文人的做派。北京气候燥，阿姨嘴唇起了燎泡，他给开了方子，一副汤剂下去，燎泡立马消失；朋友流鼻血，也是他一副汤剂解决问题。都说他胆忒大，后来才知道，他的方子一律是“白茅根泡水服用”。他还是京剧票友，旦角、程派。一句“春秋亭外风雨暴”，依稀见迟小秋的影子。他告诉我，大学毕业后很长一段时间，“漂”在北京，长安居，大不易。但只要长安大戏院有程派戏上演，他一定会去买 80 元一张的末等票，哪怕站在剧场最后面，看（听）得如痴如醉。知道了我和京剧界的关系后，头一件事便央我弄了一张贵宾席，坐在那里，品香茗，尝茶点，檀板轻敲，丝竹盈耳，不亦乐乎？其实，他这些做派，很对我的脾胃。可同样一出《贵妃醉酒》，他看后得出的结论却是“有作为的男人都愿意找个简单的女人，教授和保姆才是上等婚姻”。——天！

我们这茬人，是从那样一种政治环境中走出来的，加之儒家精神浸润，家国概念、忧患意识，使我在读刘杰散文时，觉得气局小了一点。他的小师妹却不以为然，说，文章读得喜欢，便是好文章。我想想也对，刘杰的散文中，是绝对没有过去的那种政治性概念的，可喜的是也没有时下的哲理性概念，我估摸着他也没有什么关于大散文、小感觉之类的拘束。古人的闲适、西方的批判，倒是都有一点，却不是有意为之，想象他写作的快乐，真有点嫉妒了。

刘杰是湖南邵阳人，邵阳古称宝庆，邵阳人便称“宝古佬”，出了名地强悍。许多外省人可能不在意这一点，但若提起著《海国图志》的魏源，再造民国第一人蔡锷，人们可能就会为之一振了，都是眼光雄阔、敢于担当的民族脊梁。还有，火烧赵家楼，跳进曹汝霖宅子里放第一把火的匡互生，也是邵阳人，一把火烧出个五四运动。所以，当我看到玉面长身，人忧郁，文阴柔的刘杰时，不禁感叹造物神奇，生态平衡了。

2008.8.22

北京

春风大雅　小崔文章

30 年前，由我执笔的赣南采茶戏文本《山歌情》在《剧本》上发表，他们告诉我，责任编辑是崔伟，我稍稍有点吃惊。崔伟？就是那个长得白白净净的小男孩吗？他当我的责任编辑？后来，我看发表的文本，两三处增删得当，版式、标点也很讲究，放下心来。再后来，《山歌情》获首届曹禺戏剧文学奖并名列榜首，我就想，那小子是个福将。

以后见面，我叫他小崔，他怎么叫我，忘了，反正彼此交往不深。

有相当一个时期，我创作的重心在影视剧上，逐渐成了戏剧界的边缘人物。近些年，国家大力扶持戏剧事业，领导重视，市场需要，我因此稿约不断，又逐渐回归戏剧界，这才知道，小崔成了中国剧协的秘书长。这次我的吃惊程度可就远远超过听说他给我当责编的那一次了！

适逢一个剧目研讨会，崔秘书长坐在中心位，我远远看着他，虽华发早生，却还是一张娃娃脸。待他发言，脸含笑意，语气从容；没有套话，很有见解；胸有丘壑，却不显山不露水。我不禁暗自赞叹，中国剧协得人矣！

便留了心，寻他的文章（包括视频）来看。

这真是一次令人难以忘怀的学术之旅。

小崔的文字，优雅真诚，既有当代评论家的敏锐和视野，又有点老式文人的做派，我蛮喜欢。然而，鸟飞草长之际，也有春寒料峭时候，读到他对当代戏剧文本的失望和批评，我会出一身汗。

我发现，他是真懂戏。

当然，秘书长，中国剧协的“大内总管”嘛，不懂戏哪行？但我们国家的剧种，除话剧、歌剧等舶来品外，据不完全统计有 360 多种，博大精深，浩如烟海。不敢说小崔每个剧种都能说出个子丑寅卯来，但至少京剧、昆曲、豫剧、越剧、评剧、秦腔、湘剧、黄梅戏、采茶戏、花鼓戏等主要剧种，他都懂。所谓懂，不光是这个剧种的艺术特色、源流演变、代表剧目、主要角儿他如数家珍，更主要的是这些剧种当今生存状况、发展方向他都有极其清晰的判断与思路，懂，是一种格局。

还有，我发现，在中国戏剧面前，他怀有一颗赤子之心。

他这本文集，书名叫《友·戏》，他自己是很得意这个名字的，是啊，戏剧的挚友、诤友。这个“友”字，也可作动词解，以一种亲近的姿态，去贴近、了解戏剧，和戏剧交朋友。但在我看来，岂止是“友”？四十多年，他是把他的生命整个融入戏剧之中了。读他的文章，看他的视频，听他讲梨园往事、菊坛人物，像不像在说自己沧桑又风光的家族史？那些从同光年间走过来的名角，直到今天的梅花奖演员，哪一个不和他沾亲带故，血脉相连？一个人于一项事业，痴迷到这般地步，做了这许多事体，也真是不枉此生了！

至于我与他的交往加深，则缘于他的两篇剧评。

前些年，我给安徽省黄梅戏剧院写了一个黄梅戏《小乔初嫁》，小崔写了一篇评论，表扬我，但里边有一句话让我震惊："尽管我始终对近年出现的文学能拯救戏曲的观点持保留态度，但看了这个戏的确感慨：真正的本子不仅重要，而且还很缺乏！"

这是我第一次听到一个当代评论家对当代戏曲创作表示不满。

再就是今年他写的《红色叙事的高光突破》，开宗明义第一句就是"在当代题材创作文本的成色越来越制约剧目整体质量的当下……"我当时就给他打了电话说，这句话分量很重，学术勇气、艺术良知，还有一份对戏剧的忠诚与担当。

抱歉，这两篇剧评都与我有关，但这不是凡尔赛。明眼人都看得出，小崔是借盛某人文本这杯酒，浇他自己心中块垒啊！

近些年，我们一直在提倡，让老百姓走近高雅艺术。何谓"高雅艺术"？歌剧、话剧、交响乐等等，唯独没有戏曲，真是荒谬至极。

你去读这本文集，你会听到从历史的天空，传来先贤的吟唱，"此曲只应天上有"啊！你会于檀板轻敲，丝竹悦耳之际，静静地感受到春风化雨，滋润着世道人心……中国戏曲，大雅大俗，相辅相成，小崔的呼喊，我相信会激起山川河谷的共鸣！

最近，我改了对崔伟的称呼，老是"小崔小崔"的，未免显得我有些托大，"崔秘书长"吧，又叫不出口。我现在叫他"伟哥"，以示感佩尊重之情。

是为序。

2022.11.18 长沙

相看两不厌

前些天，曼君突然很严肃地对我讲："我的文集快出版了，你得写一篇文章。"

她出版文集，我是知道的，但从不过问。我以为，这是种尊重。

据她说，这部文集有四五十万字，但，我可一篇文章也没看过。当然，有的文章是知道的，比如，那篇晓钟老师给了100分的文章，当年，我们是有过讨论的，而其灵感就来自1904年列宁的著名论述《进一步，退两步》。

这时，我才问她，谁给文集作序？她说是王馗。哦，馗哥，一个气质纯正的青年学者，那么，这部文集的理论高度与学术价值是有标杆的了，还要我写什么呢？曼君说："你写什么？怎么写？我一个字也不干预，但必须写。"

有什么法子呢？写呗。

这些年，曼君随着她导演作品的不断成功，携秋水，揽星河，硬生生地把自己整成了一个传说。业界对她由认可而致推崇，赞誉四起，花雨漫天。我冷静旁观，心头温暖。可是，有的评论家用词却……怎么说呢？有点极端。担心有些评论引起"逆反"，也担心曼君被"捧杀"，给她说了我的担忧，曼君凄然而笑："你还不知道我？”我心头一凛，眼前蓦然出现几十年前，一个身体单薄、眼神忧伤、因家庭出身而饱受歧视的少女，在赣南深山老林中苦苦跋涉的情景……

我不担忧了。

但这篇文章真的难写。

西谚云：“在亲人和仆人面前是没有伟人的。”

记得中央电视台曾有个栏目，叫《艺术人生》。那么，咱们今儿个，只谈艺术，不谈人生。

这部文集，记录了曼君对中国戏曲（剧）认识与贡献的全过程。其中，我们共同创作了 15 部剧目。30 余年，我编她导，如琢如磨，几乎全获国家级大奖。李白《独坐敬亭山》诗云：“众鸟高飞尽，孤云独去闲。相看两不厌，只有敬亭山。”真是“相看两不厌”啊！

1992 年，春节刚过，我收到了江西赣南采茶剧团寄来的公函和《山歌情》剧本。跟着，曼君代表他们地区文化局和剧团，从赣州打来长途电话。她告诉我，这个剧目是她从中央戏剧学院毕业后执导的第一个大戏，非常希望我能帮助他们改好剧本。

我由长沙登上了往南的列车。那时，没有高速公路，曼君驱车近 600 里来韶关站接我。然后，我们一同经广东南雄、江西大余，往赣州进发。车经梅岭古驿道，看一片褐红中透出的斑驳山痕，想起陈毅当年困卧此处草丛留下的《梅岭三章》中“此去泉台招旧部，旌旗十万斩阎罗”的千古绝唱，一种历史的沧桑感倏然涌上心头。

赣南这地方，风土人情和我老家湖南常德非常相似，甚至有很多土话单词都一样。当年中央红军在这里为创建政权而战时，那个靠两把菜刀起事的盐贩子也正把湘西北搅得个沸反盈天。我插队落户的山区，正是红二方面军活动的中心。听乡亲们说到“扩红”的情况，贺胡子的人在郑家台“竖牌子”（打出旗号）了，一声“打常德去哟！”成百上千的山民把锄头、柴刀一扔，跟着队伍就跑。真有点李秀成说农民参加太平军“蒙蒙而来”的味道。而早期共产党人成功之处，就在于能引导农民们将这种改变自身悲苦命运的本能冲动和愿望，上升为阶级觉悟，从而转化、凝聚为冲塌旧营垒的强大物质力量。

动笔后，手头资料太少，只有他们借给我的半本残破的《苏区革命歌谣》。我戏言：“我这是半部《论语》治天下。”我翻阅着它，艰难而敏锐地透过岁月风尘和文人们加工后的迷彩去发掘原汤原汁的山歌民谣。这些原汤原汁的歌谣朴拙、直白，甚至有些莫名其妙的、可爱的文理不通，但我分明从中感到一种原始生命力的充盈和躁动，还有点悲怆。

将我的感受讲给曼君听，她激动了。

她迫不及待地、迷醉地向我讲述她的导演构想：黑红的基调，赣南特有的大鼓大钹，原始山歌生命力张扬，轻快的采茶歌舞却要排得气势恢宏……整个戏的风貌在我们一次次思想的交流、撞击、相互启迪中逐渐形成。

《山歌情》演出后，我对她说，作为导演，你最成功也是最难得之处，就是将一出戏排得如此回肠荡气，而又不露导演痕迹。不心浮气躁地在舞台上处处表现导演的存在，初显大家风范。

记得剧本初稿出来，自我感觉快活，她却不甚满意。我的傲气上来，言语上便不那么知识分子。她看着我好笑：“嗬，你还真急了？”

我没辙，继续修改剧本。

凌晨 5：00 才改完，给她在桌上留了张字条："张导，又是凌晨 5：00 完稿，再不敢有快活感觉。你先将就着交上去，待讨论会后再说。不过，有几处地方我还是满意的，哇！写得几多好啊！真是大手笔啊！中国共产党万岁！"把笔一扔，我倒在床上，再也不能动弹。

上午 10 点左右，醒过来。见剧本和我的字条不见了，桌上压着另一张字条："盛兄，剧本我看了，落了眼泪。我现在就拿去交局里。饭煲里是我给你做的早餐，趁热吃，别凉了。"

《山歌情》赴南昌参加江西省第三届玉茗花戏剧节前夕，我曾给剧团几个领导写了封信："吾夜观天象，见紫气聚于赣南上空，此乃大吉之兆，主《山歌情》获大成功也！"

次年，《山歌情》进京，获文化部第四届"文华大奖"，曼君获导演奖，主演龙红获"梅花奖"，剧本获首届"曹禺戏剧文学奖"并名列榜首。与此同时，曼君凭两个传统折子戏和我专门为她写的一个独幕歌剧《夏姑》，获"梅花奖"。一个人，同时获"文华导演奖"与"梅花奖"，在当时，尚无先例。

老实说，行文至此，我有点不安了，显摆些什么呢？但当初，对于曼君与那个默默无闻的赣南采茶剧团，《山歌情》的意义，怎么推崇，也不为过。

我一直认为，荆门花鼓戏《十二月等郎》是曼君导演艺术臻于成熟与个人风格形成的标志性剧目。在这之前，我们给荆门艺术剧院排了花鼓戏《闹龙舟》。本来，《闹龙舟》是我专门为湖南省花鼓剧院写的，但他们没看上眼，就被荆门拿去了。曼君非常喜欢这个本子，欣赏我居然还有这样幽默的才情。以至她一提到这个本子，就对我说：“你现在是写不出来了！”不过，她提到我后来写的剧本，比如说《李贞回乡》，也是这个口吻：“你现在写不出来了！”我觉得，10 年，20 年后，她拿到我的剧本，还会这样说。当然，我淡淡一笑。

由于《闹龙舟》的成功，荆门方面对我们已是相当信任，非得要我再给他们写一个本子，我当时没答应，为此，他们一直揪着我不放。荆门到长沙，500 多公里省级公路，两个月内，他们的院长张云跑了 13 趟，我真的被感动了。

《十二月等郎》是我在戏剧文本上的一次重大探索和革命，文法、结构、程式、辞章，甚至上下场，都有全新的处理，颇有点齐白石“衰年变法”的味道。我清楚地记得，当时荆门方面拿到这个本子，真有点不知所措。我说：“找导演去，她有办法！”

至于她的办法，有太多论文阐述，我只说非学术性的两件事：当时演出舞台后面是一面老墙，斑驳灰暗，遮又遮不住，拆又拆不得。曼君灵机一动，在前面搭起了脚手架，转瞬变成了农民工施工场景，那种质感，那种真实，令人叹为观止。再就是整台五六十个农民一齐拉二胡的场景，所有人，没有一个南郭先生，弓法娴熟，行云流水，摄人心魄！很多人诧异，难不成荆门的演员都会拉二胡？他们哪里知道，是曼君说动了荆门市二胡演奏家协会，培训、化装，会员们变成了农民工！

我从来没有看到一个剧目能给当地群众文化生活带来如此巨大的影响，甚至有相当一个时期，荆门市民打开手机，彩铃声响起，那是《十二月等郎》的主题曲：“九月里等我的郎哪，九月九，情郎我的哥哥呀，是妹的心头肉。妹的心头肉，怎么舍得丢？怎么舍得丢？”

曼君常说，她懂得我“每一个标点”。

我呢，从《十二月等郎》始，每一次创作，《李贞回乡》《月亮粑粑》《小乔初嫁》《我的离骚》《一个人的长征》……都是汪洋恣肆，随心所欲，反正有她兜底。这叫什么？这叫“有恃无恐”！在舞台剧创作上，她是我的依靠。

我发现，具备这种心态的，不仅是我一个人。

首先，是许多戏曲界的“梅花奖”演员。这些演员，个个都是人物，但提起张导，那种依恋之情，唉，不说也罢。

其次，是剧团。

我不止一次说过，曼君去哪个剧团排一次戏，那个剧团就经历了一次全面的强化训练，整体水平会有一次极大的提升。这不是恭维，是事实。我想，凡是曼君排过戏的剧团，都会同意我这个结论。

作为戏曲导演，曼君有几个极大的优势：

第一，她是演员出身，而且是基层摸爬滚打出来的。他们那个县文工团，歌剧、话剧、采茶戏、样板戏，逮着什么演什么，我曾经听她演唱湖南花鼓戏《送货路上》，几可乱真。她排戏，有了导演总体构思后，绝对示范，一招一式地教，你说哪个演员不喜欢？

第二，她懂音乐，不管哪个剧种。记得排《李贞回乡》，那可是湘剧高腔啊，她张口就来，搞得负责唱腔的老师一愣一愣的。我这时才知道，有人就是天赋异禀。至于采茶戏音乐，于她更是一种享受，记得她第一次给主创团队讲《一个人的长征》，拿着剧本，连唱带比画，两个钟头，等于演了一遍，把我都看呆了。

第三，她文学功底蛮好，又特别肯学习。所以我们能从二十世纪八十年代“寻根文学”一直聊到今年诺贝尔文学奖得主安妮·埃尔诺。这对于她就剧本文学方面的问题与编剧沟通特别重要，我也相信这本文集会充分显示她的文字能力。

我写这篇文章时，她正在梅州排广东汉剧《天风海雨梅花渡》，我的剧本。从开排到如今，她让我改了 5 稿。我不想改，又没法子，于是很阿 Q 地说：“理解的要执行，不理解的也要执行，在执行中加深理解。”其实，我这样做也有几个原因：

一是演出实践往往证明，她是对的。

二是这些年，我混迹江湖，浪得虚名。别看一天到晚有人“老师老师”地叫着。其实，我好想有人来教我。如今，上天送一个“老师”来我身边，干吗不听她的？

曼君这个导演，当得太辛苦。灯服道效，没一样省心。她又是个心里搁不得事的人。和别的编剧合作，剧本哪里一点子过不去，她就焦躁，殚精竭虑，一宿一宿睡不着，长期吃安眠药。所以，我的剧本，不能让她再焦虑。让我改，我就改，不争辩。除了一二条理由外，这是第三条理由，心疼她。

2022.12.12 长沙

跋

近些年，我给自己定了三条规矩：

一、不接受采访；

二、不谋求评奖；

三、不参加编剧会议。

因第一条规矩，得罪了不少人，但也避免了不少麻烦。我也不是故作清高，活到这个年纪，清不清高都没有什么意义了。只是，我现在特别怕受恭维，一遇到这种情况，我就会突然转移话题，用粗俗的语言，说庸俗的事。这时，我知道，恭维我的人，不管是真心还是假意，盛老师在他们心中“高大”的形象都会轰然坍塌。

“圣贤庸行，大人小心”，看着那些成天乔模乔样充大头的专家权威，我替他们累得慌。

我发现，近代以来，中国文人都有一点流氓无产者的味道，这也是一种生存智慧吧。

第二条规矩呢？是我那一点可怜的自尊心作祟。早年的评奖，没有这么多“戏外戏”，要我去求个人，说说好话，我还是愿意的。再加上当年的评委，大多是我老师辈分，在他们面前求求情，服个小，也不丢人；可现在评奖，那些个“功夫”，内行人都懒得跟我讲。他们知道，我除了有点创作能力，组织和交际能力等于零。还有，现在的评委，除了朋友就是我的学生辈，要我舰着脸去求他们，你们替我想想，怎么着也做不出来吧？许多人批评我，你求他们，又不是为自己，是为剧团，为剧组呀！我说，我已低眉顺眼到这个份上了，你们就别再逼我了，行不？

至于第三条规矩，“道不同不相为谋”（这个道，是指学术方面，而非其他）。再就是我蛮讨厌“梁山英雄排座次”。什么行政职务啊，社会职务啊，不是排第几名的问题，这个我有自知之明。但中华民族从来就有“文无第一，武无第二”的说法。不是专业的编剧会议吗？怎么变成庸俗社会学的大卖场了？好吧，你们如果硬要“排座次”，那么，中国编剧里边，你们把我排在第一百零七名行不？水泊梁山好汉一百零八将，鼓上蚤时迁就排在第一百零七名，他长得不帅，除了偷鸡摸狗，一点儿本事也没有。而我偏偏就最喜欢这个时迁。不知道大家看过京剧折子戏《时迁偷鸡》没有？不装模作样，本性使然，好玩得很。可是，他知道，我也知道，咱们再怎么蹦跶，也就是一只跳蚤而已！

自从给自个儿定了这三条规矩，好像这人生看得很透彻了，那么，为什么还想着出版这本文集呢？

一、帕斯卡说：“人是一根会思考的芦苇。”这本文集就是一根芦苇思考的记录。我从来以为，文字很难表达思想，特别是艺术思想。可一个诗人又说过：“走过的路要勤相看，草鞋印子耀人眼。”作为一个个体生命，我的经历丰富而独特，种过田，做过工，打过仗。特别是“文革”和七年知青生活，我经常讲给朋友们听，闻者莫不惊诧。如果写出来，如果我寿命足够长，他们计算了一下，在二十二世纪初，我可获诺贝尔文学奖。

二、年轻时，和同行们是有些暗中较劲的。可现在，故交半零落。听到亚先因赶剧本而中风，不由悲从中来；曹哥的《桃花烟雨》获曹禺戏剧文学奖，我却觉得来得太迟。我经历过好几个东家，阿武、浩哥、宏亮、克波……情同手足。我有那么多的朋友和学生，每当想起他们，似水柔情便漫过我的心坎。这本文集，也是彼此间的一点念想。

三、曙光答应为这本文集作序。龚曙光，《潇湘晨报》创始人、中南出版传媒集团股份有限公司原董事长（湖南经济并不发达，他却将出版湘军领入了世界出版业第一方阵）、CCTV 中国经济年度人物、全国五一劳动奖章获得者……我不想拉大旗作虎皮，包着自己去吓唬别人。我和曙光，几十年交情，但他在位的时候，他红得发紫的时候，我从没找过他。即使当年，我好想好想出版我的影视戏剧剧作（后来，我的几本剧作集都是时任江苏凤凰文艺出版社社长黄小初给出的。责编有黄孝阳、赵阳。小初最够意思了，我到南京，他设宴招待，还邀了苏童、毕飞宇、黄蓓佳等我一直仰慕的朋友相聚，逸兴飞扬之际，也让我见识了天外有天）。

说实话，我看重曙光，真不在乎他那些头衔。我看重的是他是电视剧《走向共和》的策划人之一，是他在职时的兼济天下和悲悯情怀，是他的知行合一，一介文人能够做成那么多实际的事业。当然，更看重他的才情。曙光最近写了一篇关于韩少功的文章，这么说吧，看了以后，我都吓得不敢写东西了。所以，一二十年没联系，听到他退下来的消息，第一时间便给他打了电话。曙光当然也很高兴，没多久便邀我参加他们筹划的一个大型文旅项目《天宠湖南》，通过他，又结识了一批朋友，罗宏、许洁、龙博、向波、吉红，都是曙光的朋友或学生，有情怀、干实事。他们几个大概看我还顺眼，便鼓捣我出版文集。博哥自告奋勇负责这件事，曙光说他来写序，我多年知交、中国书法家协会副主席、湖南省书法家协会主席鄢福初先生欣然题写了书名，拿到我文集初稿后，湖南文艺出版社社长陈新文亲自安排了出版事宜，如此阵容，我也不能太不识抬举了吧？

这里，我真心表示欢迎批评，这年头，恳切的文艺批评已成了稀缺物质，我需要它。哪怕把我批得体无完肤，没关系的，还是那句话，当过七年知青的人，“龙门跳得，狗洞也钻得”。

2024.1.25